Die Verbannung des Highlanders

Keira Montclair

PROLOG

13. Jahrhundert, die Highlands von Schottland

JULIANA CLAVELLE SCHRECKTE in ihrem Bett hoch und war überrascht, ihre ältere Schwester Joan nicht schlafend neben sich zu sehen.

Irgendetwas hatte sie geweckt. Sie hielt den Atem an und lauschte. So sehr fürchtete sie sich vor der Dunkelheit, dass ein kleines Wimmern aus ihrem tiefsten Inneren kam. Sie schrie nicht, weil Papa ihr immer sagte, sie solle ein großes Mädchen sein. Und jetzt, da sie acht Winter war, würde sie das auch sein.

Doch ihre Hände krampften sich dennoch um ihren geliebten Plüschhasen, als sie ihren Vater in der Kammer nebenan plärren hörte. »Du wirst ihn heiraten!«

Juliana schlich zur Tür hinüber, den Hasen fest an ihre Brust gepresst, ihre Finger strichen liebevoll über seine abgenutzten Ohren.

Joan schluchzte. »Bitte, Papa. Zwing mich nicht, ihn zu heiraten. Ich verabscheue ihn.«

Juliana befürchtete, dass das Unvermeidliche eingetreten war. Ihre Mutter hatte sie immer gewarnt, dass Joan, die gerade acht und zehn Jahre alt geworden war, eines Tages heiraten und weggehen würde, aber sie hatte ihr nicht glauben wollen.

»Er ist von edlem Blut, eine bessere Partie für dich hätte ich nicht finden können. Außerdem ist er willens, bare Münze für dich zu bezahlen. Selbst wenn du ihn jetzt noch nicht magst, wirst du lernen, ihn zu mögen.«

Die Stimme ihrer Mutter drang durch die zugige Holztür. »Richard«, sagte sie leise, beschwichtigend, »er scheint kein netter Mann zu sein. Ich möchte sie nicht in die Hände von jemandem geben, der dieselben dann gegen meine Tochter erhebt.«

»Er wird sie gut behandeln. Da bin ich mir sicher. Du wirst ihn heiraten, Joan, und du wirst mit diesem Unsinn aufhören.« Ihr Vater klang immer englischer, während er weiter ihre Schwester tadelte. Obwohl ihre Mutter Schottin war und ihre Familie ihr ganzes Leben lang in den schottischen Lowlands gelebt hatte, rühmte ihr Sire stets die englische Art.

»Wer hat dir beigebracht, so trotzig zu sein? Mädchen sollten still und gehorsam sein, oder muss ich das in dich hineinprügeln, bis du es verstanden hast?«

Juliana schwor sich, dass sie von diesem Tag an still und gehorsam sein würde, um den Zorn des Vaters nicht auch auf sich zu ziehen.

Und doch konnte sie erkennen, dass Joan nicht die Absicht hatte, dem Gebot ihres Vaters Folge zu leisten.

»Eher laufe ich weg, bevor ich ihn heirate«, sagte ihre Schwester in grimmigem Ton. »Du wirst schon sehen.«

»Und wohin bitte willst du??«

»Zur Abtei von Lochluin. Ich werde mein Gelübde ablegen.«

KAPITEL EINS

Zwölf Jahre später

JULIANA ZÜGELTE IHR Pferd, da ihre Wachen abrupt anhielten.

Sie waren weniger als zwei Stunden von Lochluin Abbey entfernt, zumindest hatten die Wachen dies soeben angekündigt, bevor sie mitten auf einer Wiese haltmachten. Es war klar, dass einer der Männer etwas gehört hatte.

Alle sechs waren in Alarmbereitschaft, ihre Blicke schweiften hinüber zu dem Wald, der die Wiese umgab. Die knospenden Bäume behinderten ihre Sicht, wenn auch nicht sehr.

»Wir sind fast auf dem Land der Camerons«, sagte der Anführer. »Hierher wagen sich die Reivers nicht, diese Banditen. Wahrscheinlich waren es Wildschweine in den Büschen, die du gehört hast.« Juliana konnte nichts Ungewöhnliches sehen. Die Wachen bewegten sich langsam vorwärts und erreichten schließlich eine kleine Schlucht, als etwas in ihrem peripheren Sichtfeld ihre Aufmerksamkeit erregte. Einen Moment später stürmten bereits mehrere Pferde auf sie zu.

Juliana schrie auf, ihr Herz pochte vor Angst, als

sich die Plünderer näherten. Sie sahen so gefährlich und wütend aus, und was noch schlimmer war, sie starrten sie unverwandt an.

Je näher sie kamen, desto ängstlicher wurde sie, und ihre sanfte Stute bäumte sich aufgrund der Erschütterungen im Boden auf. »Winnie, beruhige dich!« Sie versuchte, ihr geliebtes Pferd von den Angreifern wegzulenken, aber das Tier zuckte hektisch in alle Richtungen.

Juliana konnte es nicht im Zaum halten.

Die Wachen, die ihr Sire angeheuert hatte, umringten sie und taten ihr Bestes, um sie vor der drohenden Gefahr zu schützen.

»Ich will sie«, rief einer der Räuber. »Für das Frauenzimmer winkt ein feines Sümmchen. Übergebt sie mir.«

Er zeigte direkt auf sie. Auf sie!

Wer sollte für sie schon Geld bieten? Sie wusste wenig über Männer und die Außenwelt, da sie stets von ihrem Vater beschützt wurde. Sie lebten nicht weit vom Clan ihrer Mutter, Clan Culloch, aber sie besuchten sie selten. Ihr Sire bestand darauf, dass sie zu Hause blieben. Nie zuvor war sie allein gereist. Hatte noch nie einen richtigen Kampf gesehen. Und jetzt entfaltete sich vor ihren Augen ihr schlimmster Albtraum.

Ihre Wachen ignorierten den Mann und kämpften weiter, das Klirren der Schwerter von Freund und Feind erfüllte die Luft. Entsetzt sah sie mit an, wie drei ihrer Wachen blutüberströmt zu Boden fielen.

Sie packte Winnies Zügel so fest, dass sie fürchtete, sie würde ihr liebes Pferd verletzen. Mit

Mühe lockerte sie ihren Griff um die Zügel und versuchte, die Stute zu beruhigen, indem sie sie mit einer Hand streichelte, während sie sie näher zu den verbliebenen Wachen dirigierte. Drei Männer waren jedoch nicht genug, um sie zu umringen, und einer der Räuber brach bald durch sie hindurch. Er kam nahe genug heran, um einen Arm um ihre Taille zu schlingen und sie vom Pferd zu reißen.

»Zu dumm, Männer, aber ich habe sie. Und jetzt besorgen wir uns das Geld für sie!« Das zerfledderte Plaid, das er trug, war so schmutzig, dass man es kaum noch erkennen konnte. Langes braunes Haar, das seit zwei Wochen nicht mehr gekämmt worden war, fiel ihm bis über die Schultern. Sein ungepflegter Bart war voller Krümel, aber das störte sie nicht annähernd so sehr wie der irre Blick in seinen Augen.

Sie schrie auf, gerade als ein paar weitere Pferde auf die Wiese stürmten. Der Mann an der Spitze trug ein rot-grünes Plaid, seine Gefährten rot-blaue. Es war offensichtlich, dass es sich um echte Krieger handelte, stärker und besser ausgebildet als die Söldner, die sie beschützten. Sie schalteten ihre Angreifer in wenigen Minuten aus, und ihr Entführer, der erkannte, dass er chancenlos war, versuchte, in Richtung einer Schlucht davonzugaloppieren. Der Mann an der Spitze, im rot-grünen Plaid, ritt wie wild hinter ihm her und brüllte.

Sie biss den Arm ihres Angreifers durch seinen Waffenrock, fest genug, um zu schmerzen. Der darauf folgende Schlag störte sie nicht halb so sehr wie der furchtbare Geschmack. Der Mann mit dem langen dunklen Haar holte sie ein, riss ihren Angreifer mit einer einzigen fließenden Bewegung vom Pferd und stieß ihm eine Klinge in den Leib. Leuchtend rotes Blut pulsierte aus dem Körper des Mannes, was sie schockierte, obwohl sie in den letzten paar Minuten schon reichlich Blut gesehen hatte.

Sie packte die Zügel des Pferdes, bremste das Tier, das nun Schaum vor dem Mund hatte, und drehte es in Richtung der Neuankömmlinge, um die Männer betrachten zu können. Waren sie gekommen, um sie zu retten, oder waren sie nur eine weitere Gruppe von Banditen?

Ihr Kopf drehte sich, als sie erkannte, dass die Männer, die ihr Vater angeheuert hatte, alle entweder tot oder verletzt waren. Einige schafften es zurück zu ihren Pferden, während andere noch immer fassungslos auf dem Boden saßen. Der gewaltsame Angriff hatte sich innerhalb weniger Minuten abgespielt.

Sie war genauso fassungslos wie die Wachen.

Einer der Männer der neuen Gruppe wies seine Leute an, ihren Wachen zu helfen, und zeigte in die Richtung, in die er sie gebracht haben wollte, wobei ihr das Wort »Heiler« an die Ohren drang.

Sie hoffte, dass sie dorthin gebracht werden würden.

Mit einem so düsteren Ausgang hatte sie nicht gerechnet. Sie zwang ihren Blick nach oben, weg von den Verletzten, und schloss die Augen, um Kraft zu sammeln, um irgendwie das Blut und die unsäglichen Bilder aus ihrem Geist zu vertreiben. Ein anderer Mann, etwas älter, ritt neben dem, der sie gerettet hatte. »Mit wem haben wir das Vergnügen, holde Maid?«, fragte er, »und wo wollt ihr hin? Ich bin Aedan Cameron, Chieftain des Cameron-Clans. Wir werden euch nichts tun.«

Sie blickte von einem Gesicht zum anderen, obwohl sie keines der beiden wirklich sehen konnte, weil ihre Augen voller Tränen waren. Clan Cameron. Der Anführer ihrer Wachen, der jetzt tot dalag, hatte eben noch gesagt, sie seien sicher, weil sie sich auf dem Land der Camerons befanden, nicht wahr?

Offensichtlich war diese Annahme ein tödlicher Irrtum gewesen.

Derjenige, der sie vor ihrem Angreifer gerettet hatte, kam näher. »Mädchen, es ist alles in Ordnung. Wir bringen dich dahin, wo du hin wolltest. Wo genau wolltet ihr denn hin?«

»Lochluin Abbey.« Ihre Stimme war brüchig, kaum in der Lage, die Worte auszusprechen. Ihr Bauchgefühl sagte ihr, dass diese Männer ihr nichts antun würden.

»Gut«, sagte der Anführer. »Wir sind nicht weit von dort entfernt. Wir würden uns freuen, euch den Rest des Weges zu eskortieren. Möchtest du lieber auf einem unserer Pferde reiten oder auf dem, das du gerade geritten hast? Mein Bruder hat die Pferde hinten auf der Wiese zusammengetrieben.«

»Mein Pferd, bitte. Das fuchsfarbene mit der weißen Mähne. Es war ein Geschenk meines Sires.«

Der Cameron beugte sich vor, um die Zügel des Pferdes des gefallenen Räubers zu nehmen. »Wer ist dein Sire?«, fragte er, während er begann, sie auf den Weg zurück zu führen. Der andere Mann, derjenige, der sie gerettet hatte, ritt mit ihnen.

»Richard Clavelle. Er ist Engländer, aber meine Mutter ist Schottin.« Sie wünschte, sie könnte das Zittern ihrer Hände stoppen.

»Alles wird gut. Wir bleiben bei euch, bis ihr in der Abtei angekommen seid. Und warum gehst du nach Lochluin?«

»Meine Schwester ist Nonne. Sie ist oft in der Abtei zu Stonecroft, aber die nächsten zwei Monde ist sie in Lochluin. Ich soll sie besuchen und entscheiden, ob ich ebenfalls mein Gelübde ablegen will.« Die Hufe der Pferde klapperten über den felsigen Boden, und alles, was Juliana tun konnte, um ihren Schock zu überwinden, war, sich festzuhalten. Als sie auf die Wiese zurückkehrten, sah sie die beiden verbliebenen Männer aus der Gruppe der Krieger. Sie hatten die Pferde der Gefallenen und ihre Stute eingesammelt.

»Welches ist deines?«, fragte ihr Retter. »Dieses hier?« Er zeigte auf Winnie.

»Ja, habt Dank.« Tränen füllten ihre Augen, weil sie so glücklich war, das liebste ihrer Tiere wiederzusehen.

Vor einiger Zeit hatte sie ihre Mutter verloren, ihre Schwester war eine Nonne, aber die liebe Winnie war immer an ihrer Seite.

Sie durfte sie nicht verlieren.

Ihr Retter ging los, um das Pferd zu holen,

aber jemand kam ihm zuvor. Einer der Männer, die die Pferde eingesammelt hatten, stieg ab und führte die Stute zu ihr. Als ob sie nicht mehr als eine Feder wöge, hob er sie vom Pferd des Banditen herunter und half ihr auf ihr eigenes. Sie war beeindruckt von seiner Haarfarbe, einem dunklen, tiefen Rot, und der Freundlichkeit in seinen Augen. Seine Hände waren rau und kräftig, aber auch seltsam sanft.

Der Schock saß ihr immer noch in den Gliedern, aber sie schaffte es, einen klaren Kopf zu bekommen und zu sagen: »Ich kenne keinen von euch, aber mein Dank gilt euch allen.« So sehr sie es sich auch wünschte, sie konnte ihre Hand nicht davon abhalten, das Fell auf dem Rücken ihres Pferdes zu streicheln.

»Ruari Cameron, Bruder des Chieftains«, sagte der rothaarige Mann mit einem schmalen Lächeln.

»Padraig Grant«, sagte ihr Retter. »Cousin.«

»Neil, stellvertretender Anführer des Clan Cameron«, sagte der vierte Mann, der älteste in der Gruppe. »Wie ist dein Name, Mädchen?«

»Ich bin Juliana Clavelle.«

»Freut mich, Euch kennenzulernen, Mylady«, sagte Ruari, und sein Blick bohrte sich in den ihren.

Ein Flirren tief in ihrem Bauch löste eine Welle der Hitze in ihr aus, etwas, das sie noch nie zuvor erlebt hatte.

Ruari Cameron war ein ungewöhnlich gutaussehender Mann.

Ruari konnte seine Unzufriedenheit über sich selbst kaum im Zaum halten. Wäre er neben seinem Bruder hergeritten, hätte er das Mädchen retten können, aber er hatte sich ablenken lassen, und Padraig war ihm zuvorgekommen.

Jahrelang hatte Ruari versucht, sich vor Aedan zu beweisen, aber langsam glaubte er, er sei verflucht. Für einen Mann von achtundzwanzig Jahren hatte er gewiss viel zu wenig erreicht.

Aber ein Blick auf seine Begleiterin reichte aus, um ihn von seinen eigenen Problemen abzulenken. Das arme Mädchen war sichtlich erschüttert. Obwohl die Kapuze, die sie trug, den größten Teil ihres Gesichts verbarg, sah er den Schock und das Entsetzen in ihren hellbraunen Augen, die fast denselben Farbton wie ihr Haar hatten. Er vermutete, dass sie noch nie so viel Gewalt gesehen hatte.

Nachdem sie fast eine halbe Stunde geritten waren, gab Aedan ihnen ein Zeichen zum Anhalten. »Ruari, du und Padraig, ihr werdet die Dame den Rest des Weges eskortieren. Bringt sie direkt zum Tor der Abtei. Neil und ich werden die Gegend nach weiteren Streunern absuchen. Ich würde gerne wissen, warum diese Männer eine Gruppe von Reisenden so nah an der Abtei angegriffen haben. Das ist höchst ungewöhnlich.«

»Aye, du kannst auf mich zählen«, sagte Ruari, dankbar, dass er diese eine kleine Sache übernehmen durfte. Vielleicht konnte er dem Mädchen ein paar tröstende Worte anbieten. Ihr durch ihre Nöte helfen.

Doch kaum waren die älteren Männer

gegangen, begann Padraig mit seinen lässigen Sticheleien und ließ Ruari gar keine Gelegenheit zum Reden. »Ihr wollt also Euer Gelübde ablegen, Mädchen? Ihr seid viel zu hübsch, um Nonne zu werden.«

Ruari warf einen Blick auf sie, wobei sie ein paar rosige Wangen aufblitzen sah, bevor sie zu Padraig blickte, der neben ihr auf der anderen Seite ritt. Sie sagte nichts.

»Ihr wisst, wie hübsch Ihr seid, nicht wahr?«, beharrte Padraig.

Ihr Blick war starr nach vorne gerichtet, in dem Versuch, ihn zu ignorieren, doch Padraig hörte nicht auf mit seinen saloppen Kommentaren. »Seht Euch all die Geschöpfe an, die herauskommen, um Euch zu bewundern. Da ist ein Hase, der Euch direkt anstarrt, da drüben ist ein rotes Eichhörnchen, und ich kann fast hören, wie der Otter da drüben fragt: ‚Wo ist sie? Ich möchte sie sehen ...‘«

Als er immer noch keine Reaktion von dem Mädchen bekam, zuckte Padraig mit den Schultern und schaute Ruari an. Normalerweise konnte der Bursche fast jedem ein Lachen entlocken.

»Vielleicht wäre es ihr lieber, wenn du still wärst, Padraig«, murmelte Ruari. Obwohl er dankbar war, dass Padraig, sein angeheirateter Cousin, gekommen war, um seinen Bruder zu unterstützen, schien das Mädchen immun gegen seinen Charme zu sein. Kein Wunder, nach allem, was sie durchgemacht hatte, und angesichts ihres Wunsches, Nonne zu werden.

Aber das Mädchen überraschte ihn. Ein leichtes Kichern kam unter ihrer Kapuze hervor, und Juliana bewegte ihren Kopf, um Ruari anzusehen, bevor sie zu Padraig schaute. »Ich sehe keinen Otter«, sagte sie. »Ihr erzählt Märchen.«

Padraig schenkte ihr ein breites Grinsen, ermutigt durch die Aufmerksamkeit, und sagte: »Ihr habt ihn verpasst. Ich habe ganz sicher einen gesehen. Nicht wahr, Ruari?«

»Ganz sicher nicht, du kleiner Narr.« Und weil er ihr gefallen wollte, fügte er hinzu: »Jeder, der Augen hat, hätte erkannt, dass es ein Dachs war.«

»Verzeihung, aber unterlass deine Beleidigungen, Cameron. Wenn überhaupt, bin ich ein großer Narr. Und ich habe zwei Augen in meinem Kopf.«

Sie lachte wieder, und der Klang ihrer Stimme war überraschend musikalisch. Als sie ihre Kapuze zurückzog, konnten sie etwas mehr von ihrem Gesicht sehen. »Es macht mir nichts aus, wenn er zu reden wünscht«, sagte sie, »aber ich kenne keinen von euch gut genug, um mich zu unterhalten. Papa hat mir gesagt, dass ich mich im Beisein von Fremden still verhalten soll.«

Ruari legte die Stirn in Falten und versuchte, seine plötzliche Abneigung gegen ihren Vater zu verbergen. »Hat er das? Ich kenne nicht viele Mädchen, die still sind. Ich habe zwei Nichten, und die hören nie auf zu plappern.«

Padraig, zur Abwechslung mal ernst, fragte: »Sagt mir die Wahrheit. Wollt Ihr wirklich Nonne werden?«

Sie blickte ihn an und neigte den Kopf. »Ich

bin mir nicht sicher. Ich werde vierzehn Tage hier sein. Am Ende meiner Reise wird es mir hoffentlich klarer sein.«

»Aber warum möchte man Nonne werden?«, fragte Padraig, ohne den Blick von ihr abzuwenden. »Das habe ich nie verstanden.«

»Um unserem Herrn zu dienen.«

Das machte Padraig sprachlos, etwas, das selten vorkam. Aber die Gelegenheit, ihr Gespräch fortzusetzen, war vorbei, seit sie an den Toren der Abtei angekommen waren. Ruari schaffte es, Padraig aus dem Weg zu schieben, sodass er Juliana von ihrem Pferd herunterhelfen konnte. Sie wog nicht mehr als sein Neffe Brin, der erst zehn Sommer alt war.

Sie errötete, als er ihre Füße auf den Boden setzte, aber er sagte nichts, da er sie nicht weiter in Verlegenheit bringen wollte.

Padraigs Worte mussten ihn eingeholt haben, denn er sagte: »Ruari, musst du so grob zu dem Mädchen sein? Sie wäre fast auf ihre schönen Knie gefallen.« Ein neckisches Glitzern lag in seinen Augen, doch dies war ihm in den Monaten, die er auf dem Land der Camerons verbracht hatte, ziemlich vertraut geworden.

Juliana kicherte wieder und hielt sich die Hand vor den Mund. »Nein, das ist wohl etwas übertrieben, aber ich glaube, das wisst Ihr, Mylord.«

Padraig sprang von seinem Pferd und drehte sich im Kreis, berauscht von ihren Worten. »Mylord? Meint Ihr damit mich?«

Sie deutete mit dem Finger auf ihn, und er lachte auf. »Nennt mich Padraig, Mädchen. Ich bin gerade mal sechs und zehn Jahre alt und mit Sicherheit kein Lord. Ein großer Narr, ein Rohling oder ein Bastard, wie mich mein Cousin oft nennt, aber kein Lord oder Herr. Euer Herr ist dort drinnen in der Abtei.«

Juliana brach in Gelächter aus und verbarg ihr Gesicht in den Händen in einem vergeblichen Versuch, ihr Kichern zu kaschieren. Diesmal spürte Ruari einen Anflug von Dankbarkeit – der Junge hatte sie ihre Sorgen vergessen lassen, wenn auch nur für einen Moment – und er konnte sich ein Lächeln nicht verkneifen. Es war ein schönes Lachen, und er wünschte sich, es noch öfter zu hören.

Er griff nach ihrer Satteltasche, dann führte er sie zum Vordereingang der Abtei. Padraig tat einen Schritt nach vorne, als wolle er sich ihnen anschließen, aber Ruari schüttelte den Kopf. »Bleib hier.« Er warf seinem Cousin einen strengen Blick zu, um ihn wissen zu lassen, dass er es ernst meinte.

Als sie die Abtei betraten, ließ Juliana endlich die Kapuze ihres Mantels sinken und sie betrachtete den Gang und die Kammer, die für den Empfang der Gäste bestimmt war. Sie machte große Augen, und es fiel ihm auf, dass das Mädchen in kurzer Zeit eine ganze Menge durchgemacht hatte. Sie musste sich von diesem Erlebnis überwältigt fühlen.

Einen Moment später trat die Äbtissin, Mutter Mathilda, in den kleinen Raum, um sie zu begrüßen.

»Ich grüße Euch, Mutter Matilda«, sagte er.

»Master Cameron. Wen habt Ihr mir heute mitgebracht? Ist das die Schwester von Schwester Joan, Juliana?«

»Aye, und hier sind ihre Sachen.« Er stellte die Satteltasche auf dem Steinboden ab. Juliana hatte immer noch nichts gesagt, sodass er erklärte: »Lady Julianas Wachen wurden von Banditen angegriffen. Sie ist ein wenig aufgewühlt.«

»Habe ich sie nicht gerade lachen gehört?«, fragte Mutter Matilda, während ihr Blick die Gesichter der beiden studierte.

Ruari konnte sich ein Lächeln nicht verkneifen, da ihre Aussage etwas bewies, das er schon immer vermutet hatte. Der Äbtissin entging nicht viel. »Aye, mein Cousin Padraig verbreitete seine übliche Fröhlichkeit, aber ich möchte, dass Ihr wisst, dass es eine anstrengende und erschöpfende Reise für das junge Mädchen war.« Seine Hand wanderte auf ihren Rücken, als hätte sie ein Eigenleben entwickelt.

»Ich verstehe. Aye, Padraigs Sinn für Humor ist mir vertraut. Er kann wunderbar sein, aber auch äußerst anstrengend. Banditen, sagt Ihr?«, fragte die Äbtissin. »Werden unsere Qualen denn nie aufhören?« Sie schüttelte den Kopf und verschränkte die Arme vor der Brust. Bevor noch etwas gesagt werden konnte, eilte eine Nonne, die er noch nie gesehen hatte, den Flur entlang und zog Juliana in eine herzliche Umarmung. Ihre Augen hatten denselben ungewöhnlichen hellbraunen, fast goldenen Ton.

»Ich habe den ganzen Tag auf dich gewartet! Ich habe dich so vermisst«, sagte Schwester Joan und trat dann zurück, um sie zu begutachten. »Du bist aufgeregt. Was ist passiert?«

»Sie wurden von Räubern überfallen«, sagte Ruari und trat einen Schritt vor. »Ich bin vom Clan Cameron. Wir haben uns um die Männer gekümmert, die das getan haben, aber wir waren nicht schnell genug da, um alle ihre Wachen zu retten. Einige sind tot, andere verletzt. Die Invaliden werden gerade zu Lady Jennie eskortiert. Für einige war es zu spät, und dafür möchte ich mich aufrichtig entschuldigen.«

Juliana wandte ihr Gesicht Ruari zu, Tränen vernebelten ihren Blick, als hätte sie den Angriff bis gerade eben vergessen.

Er würde Padraig dafür danken müssen, dass er sie auf dem Ritt zur Abtei so gut abgelenkt hatte.

Sie blickte zu ihm auf und sagte: »Ich danke euch für all eure Hilfe, aber ich würde mich jetzt gerne ausruhen. Joan«, sagte sie und wandte sich an die Nonne. »Bitte bring mich in deine Kammer.«

Ruari warf einen letzten Blick auf Juliana und war plötzlich von ihrer Schönheit beeindruckt, als sei ihm ein Ast auf den Kopf gefallen, der ihn erst darauf aufmerksam werden ließ. Er hatte bemerkt, dass sie hübsch war, aber er hatte sich geirrt.

Juliana Clavelle war das schönste Mädchen, das er je gesehen hatte.

KAPITEL ZWEI

RUARI VERABSCHIEDETE SICH, doch bevor er sein Pferd besteigen konnte, hörte er leise Schritte, die von der Abtei her auf ihn zukamen. Juliana. Sie war schon fast bei ihm, als er sich umdrehte und sie errötet und atemlos vor sich sah.

»Mylady, habt Ihr etwas vergessen?«, fragte er.

»Nein«, sagte sie, wobei ihr Blick erst zu Padraig wanderte und dann wieder zu ihm zurückkehrte. Sie starrte ihn einen langen Moment lang an, ohne etwas zu sagen.

Er wusste nicht, wie er darauf reagieren sollte, also sagte er nichts und ließ ihr die Zeit, die sie brauchte.

»Nun, doch, eigentlich schon. Ich habe vergessen, mich bei euch beiden richtig zu bedanken. Ich weiß, dass wir unterwegs gescherzt haben, aber ich möchte sehr ernst sein, wenn ich sage, wie sehr ich es schätze, dass ihr beide mir zu Hilfe gekommen seid, als ich sie dringend brauchte. Ich bin nicht oft von zu Hause weg.« Ihr Blick schweifte zurück zu Padraig, landete aber wieder auf Ruari. »Wenn ich daran denke, was hätte passieren können ...«

»Es war uns eine Pflicht und eine Ehre, Werteste«, sagte Ruari, und er hörte seine Stimme brechen, was er nicht erwartet hatte.

Ruaris Blick fiel auf ihre Lippen. Genauer gesagt auf die Stelle, an der sie etwas auf ihre Unterlippe biss, um sie ein bisschen voller erscheinen zu lassen, als sie von Natur aus war. Rosa und begehrenswert, darum bettelnd, geküsst zu werden. Porzellanhaut mit ein paar Sommersprossen zierte den Rücken ihrer zierlichen Nase. Sie hob ihr Kinn ein wenig an, und die glatte Haut ihres Halses winkte ihm zu.

Er schüttelte sich innerlich und zwang seinen Blick zurück zu ihrem Gesicht. Was zum Teufel war los mit ihm?

Ihre Hand landete auf seinem Unterarm, und es war ihm, als ob sie ihn mit einer sengenden Hitze brandmarkte. »Ich bin euch beiden sehr dankbar.«

Sie machte auf dem Absatz kehrt und eilte zurück ins Haus, sodass Ruari keine Zeit blieb, um eine adäquate Antwort zu formulieren.

»Was ist los?«, fragte Padraig.

»Nichts, ich ...«

»Was?«

Mit einer schnellen Bewegung stieg er auf sein Pferd. »Ich habe ihre Schönheit erst bemerkt, als sie ihre Kapuze abnahm. Das Mädchen ist umwerfend.«

»Dann solltest du sie vielleicht davon überzeugen, ihr Gelübde nicht abzulegen«, sagte Padraig mit einem Augenzwinkern. »Ein paar süße Worte könnten dich sehr weit bringen.«

»Süße Worte gehören nicht unbedingt zu meinen Stärken. Außerdem hat mir einmal gereicht. Ich werde nie wieder heiraten.«

»Nein, sag das nicht. Nie ist eine lange Zeit, Cousin.«

Ruari hatte das hübscheste Mädchen des Clans geheiratet. Sie hatten nicht aus Liebe geheiratet, aber er war von Doirin angetan gewesen. Trotzdem hatte sich die Ehe immer irgendwie ... unvollständig angefühlt. Ihre Zuneigung war nie zu etwas Größerem gewachsen, und Kinder hatten sie auch nicht. Kurz vor dem Unfall, der sie das Leben gekostet hatte, hatten sie sich bitterlich darüber gestritten. Er hatte sie gebeten, sich mit Jennie über ihre Unfähigkeit, Kinder zu bekommen, zu beraten, aber sie hatte sich geweigert. Beide waren laut geworden, und sie war davongestürmt, um auszureiten.

Nachdem Ruaris Wut verflogen war, war er ihr nachgegangen, da er wusste, dass sie ihren Pferden oft viel abverlangte. Zu seiner Überraschung fand er Neil an ihrer Seite, über ihren Leichnam gebeugt, ihr Pferd nicht weit entfernt mit einem verstauchten Bein. Doirin hatte sich damals bei dem Sturz das Genick gebrochen.

Drei Jahre waren seitdem vergangen, aber er dachte immer noch jeden Tag daran. Er hatte Doirin im Stich gelassen, und in seinem Herzen glaubte er nicht, dass er eine weitere Chance verdiente.

»Ja,« sagte er leise, »die Ewigkeit ist eine lange Zeit, aber ich werde es nicht tun.«

»Du warst doch vor nicht allzu langer Zeit auf

der Hochzeit meiner Cousins. Du musst gesehen haben, wie glücklich sie waren. Wünschst du dir nicht dasselbe?« Die Doppelhochzeit in der Abtei von Lochluin war ein enormes Ereignis gewesen, an dem jeder aus dem Clan teilgenommen hatte. Es war nicht zu leugnen, dass die beiden Paare wahnsinnig glücklich ausgesehen hatten, aber er traute seinem eigenen Urteilsvermögen nicht, wenn es um Mädchen ging.

»Das habe ich. Aber ich sage dir; das ist nichts für mich.« Nein, er hatte beschlossen, dass es sein Zweck war, seinem Bruder und dem Clan zu dienen. Nichts und niemand würde ihn davon abbringen.

Juliana ließ sich auf das Bett in der Kammer fallen, die sie mit ihrer geliebten Schwester teilen sollte. »Es war furchtbar, Joan. Ich hatte solche Angst. Wären die Cameron-Männer nicht gekommen, hätten mich diese Rohlinge mitgenommen. Es wäre besser, ich würde den Mann heiraten, den Papa mir gesucht hat. Ich wäre fast gestorben.«

»Ich bin so froh, dass ich von dieser geplanten Verlobung erfahren habe. Schon vor langer Zeit habe ich ihn versprechen lassen, dass er dich auf einen Besuch zu mir in die Abtei schickt, bevor du heiratest. Ich musste einen Boten schicken, um ihn daran zu erinnern, sonst wärst du wahrscheinlich schon mit dem guten Mann verheiratet.« Johanna verschränkte die Arme vor sich, ihr Blick war grimmig. »Also, wen sollst du heiraten, wenn es nach ihm ginge?«

»Du willst nur meinen Mann prüfen? Ich dachte, du wolltest, dass ich wie du Nonne werde, sodass wir immer zusammen sein können?«

Joan setzte sich neben sie und faltete ihre Hände. »Ich wünschte, du würdest dich für das Frauenkloster entscheiden, aber das ist eine Entscheidung, die du selbst treffen musst. Ich kann sie nicht für dich treffen, und Papa auch nicht. Er würde deine Entscheidung respektieren, wenn du darauf bestehst, Novizin zu werden. Aber ich bin froh, dass du hier bist, egal, was du zu tun wünschst. Ich kann dir helfen, die Wahrheit über die Ehe zu verstehen. Hat Mama dir von den Erwartungen erzählt, die ein Ehemann an seine Frau hat?«

Juliana schürzte die Lippen und schob sie von einer Seite zur anderen. »Du meinst, dass die Mädchen still und gehorsam sein müssen?«

»Nein, das nicht, obwohl es genau das ist, was die meisten Männer erwarten. Das Ehebett. Hat sie es dir nicht erklärt, nachdem deine Monatsflüsse anfingen? Ich weiß, dass es zwei Jahre her ist, seit sie bei uns war, aber ich dachte, sie hätte es dir schon längst gesagt.«

Juliana runzelte die Stirn, denn sie fühlte sich völlig ratlos. Ihre Mutter hatte ihr nichts darüber erzählt, was sie von der Ehe zu erwarten hatte. Sie hatte zwar das Gerede der Dienstmädchen und Stallburschen gehört, aber sie hatte es nie wirklich verstanden. »Nein, was ist damit? Gibt es spezielle Bettwäsche oder etwas Ähnliches? Kann ich nicht einfach in meiner eigenen Kammer neben meinem Mann schlafen?«

Joan stöhnte so laut, dass sie sich dumm vorkam. Sie hatte eindeutig alles falsch verstanden.

»Joan, ich habe von dem Schwitzen und Grunzen und all dem von den Dienstmädchen gehört, aber verheiratete Paare tun so etwas nicht, oder? Ich dachte, sie machen sich über mich lustig, wegen der Art und Weise, wie sich die Tiere in den Ställen paaren ...« Einen Moment lang herrschte Schweigen zwischen ihnen. »Aber ...« Ein paar Dinge fingen plötzlich an, für sie einen Sinn zu ergeben, Dinge, über die sie sich vorher nicht die Zeit genommen hatte, nachzudenken. »Es passiert wirklich so?«

»Oh je, es ist genau so, wie ich befürchtet habe. Ich muss dir noch viel beibringen, aber darum kümmern wir uns ein anderes Mal.« Joan stand auf und strich sich mit den Fingern über die Lippen, während sie nachdachte. »Ich muss dich vor den Realitäten des Ehelebens warnen. Du solltest dir dessen bewusst sein, bevor du deine Entscheidung triffst.«

Das klang bedrohlich, und Juliana war sich nicht sicher, ob sie das gerade jetzt verkraften konnte, nicht, wenn sie seit Stunden nichts mehr gegessen hatte. »Joan, ich bin hungrig. Müssen wir auf die letzte Mahlzeit des Tages warten? Hast du etwas Brühe da? Anschließend möchte ich mich ein wenig ausruhen. Es war eine sehr anstrengende Reise.«

Schuldgefühle und Sorgen zeichneten sich auf dem Gesicht ihrer Schwester ab. »Du armes Ding! Natürlich musst du hungrig sein. Und nicht zu vergessen, dass du von Räubern angegriffen wurdest. Ich wäre an deiner Stelle wahrscheinlich hysterisch jetzt. Erlaube mir, in die Küche zu gehen, und ich werde gleich wieder da sein. Kannst du dich bis dahin beschäftigen? Ich verspreche, dass ich schnell zurückkehre. Zumindest Brot und Käse sollten vorhanden sein.« Ihre Schwester drehte sich ganze drei Mal um, bevor sie zur Tür schritt.

»Aye, ich finde schon etwas zu tun. Ich werde ein paar Sachen auspacken, während du weg bist.«

»Aye, aye.« Sie kam noch einmal zurück, um sie kurz zu umarmen. »Entschuldige mich, dass ich nicht rücksichtsvoller mit der Situation umgegangen bin. Ich bin sicher, du bist aufgebracht und müde. Leg deine Sachen bitte in die Truhe dort, der kleine Beistelltisch daneben ist für deine Schreibarbeiten.« Joan huschte davon, aber nicht, ohne noch eine letzte Bemerkung zu machen. »Juliana, ich bin so froh, dass du hier bei mir bist. Bitte bereue deine Reise nicht, so beschwerlich sie auch gewesen sein mag. Wir brauchen diese gemeinsame Zeit. Und zwar beide.«

Sie verschwand so schnell, dass Juliana keine Zeit hatte, etwas zu erwidern, aber sie beschloss, dass Joan recht hatte. Sie hatten die Zeit zusammen verdient, also schwor sie sich, die furchtbaren Umstände der Reise nicht zu nah an sich heranzulassen.

Stattdessen würde sie sich auf ihre Schwester konzentrieren.

Juliana saß da und starrte auf die Tür. Ihr Vater hatte Joan nie verziehen, dass sie ins Kloster geflohen war, anstatt den Mann zu heiraten, den er ausgesucht hatte. Joan wiederum hatte ihm nie verziehen, dass er ihr keine andere Wahl gelassen hatte. Obwohl der Vater behauptete, er trage keine Schuld an den seltenen Besuchen bei Joan, war Juliana nicht sicher, was sie glauben sollte. Sie und ihre Schwester hatten sich seit der Beerdigung ihrer Mutter, vor zwei Jahren, nicht mehr gesehen. Es herrschte eine Distanz zwischen ihnen, die sie nicht mochte. Eine, von der sie hoffte, sie würde sich im Laufe dieses Besuchs legen.

Ihre Gedanken schweiften zu dem Mann mit den dunkelroten Haaren – Ruari Cameron. Sie hatte ihn von Anfang an für gut aussehend gehalten, aber als sie näher an ihn herangetreten war und tief in seine warmen braunen Augen geblickt hatte, hatte sie ein seltsam flaues Gefühl in der Magengegend verspürt.

Der Mann hatte ein markantes Kinn, das fast nach Berührung flehte. Aber was sie am meisten an ihm gemocht hatte, war sein Lächeln. Breit und aufrichtig, und allein der Anblick hatte sie glücklich gemacht. Wie sehr wünschte sie sich, ihn besser kennenzulernen. Ihn noch einmal zum Lächeln bringen.

Später, als sie seinen Arm berührte, hatte es sich angefühlt, als würde etwas zwischen ihnen passieren. Fast so, als hätten sich ihre Seelen schon einmal getroffen, und sie waren froh und dankbar, einander wiederzusehen.

Bei dem anderen, Padraig, hatte sie nicht dasselbe empfunden. Er war ein sympathischer Witzbold, aber er berührte ihre Seele nicht so wie Ruari.

Sie würde Ruari Cameron nie vergessen, selbst wenn sie sich nie wiedersehen würden.

Was wahrscheinlich war, da sie die nächsten vierzehn Tage in der Abtei verbringen sollte. Schwer seufzend stand sie auf. Nachdem sie ihre Kleidung aus der Tasche und in die Truhe geräumt hatte, nahm sie ihre Stickerei heraus und begann zu arbeiten.

Näharbeiten beruhigten sie, sodass sie meist mit dem einen oder anderen Projekt beschäftigt war. Sie hatte schon Kissenbezüge und kleine Wand-dekorationen angefertigt, aber dies war ihr bisher ehrgeizigstes Projekt.

Sie hatte eine Vision von einem Feld voller violetter Blumen gehabt, und der Duft des Lavendels war berauschend, als sie durch das Feld lief. Dies war ihr erster Versuch, eine echte Naturkulisse in ihre Arbeit einfließen zu lassen. Sollte es gut werden, wollte sie einen Wandbehang daraus machen, vielleicht für Joan, oder sie könnte ihn behalten und mit in ihr nächstes Heim nehmen, egal ob sie heiratete oder ihr Gelübde ablegte.

Etwas sagte ihr, dass ihre Vision von den Blumen wichtig war. Dass sie die Schönheit in ihrem Geist auf den Stoff übertragen musste. In ihrem Herzen wusste sie, dass es einen Grund dafür gab, doch sie hatte keine Ahnung, welcher das sein könnte. Außerdem wusste sie irgendwie, dass ihr etwas fehlte, aber sie konnte nicht herausfinden, was.

Es würde zu ihr kommen, wenn die Zeit reif war.

KAPITEL DREI

AM NÄCHSTEN MORGEN übten Ruari und Padraig gerade ihre Schwerttechnik für sich und schwitzten, ohne auf ihre Umgebung zu achten, als Neil auf den Hof kam. Er war viele Jahre lang Aedans Stellvertreter gewesen - ein Posten, den Ruari immer gewollt hatte.

Neil wusste das natürlich, und er liebte es, seine Macht vor Ruari zur Schau zu stellen. Obwohl der Mann ihn nie gemocht hatte, war er nach Doirins Unfall noch viel bösartiger geworden. Er schob die Schuld immer auf Ruari, und zwei Wochen nach ihrem Tod hatte er ihm sogar gesagt, dass Aedan ihn aus dem Clan hätte verbannen sollen. Diese Äußerung hatte er zwar nicht wiederholt, aber Ruari hatte sie nie vergessen.

Der ältere Mann lachte düster in sich hinein, als er auf sie zukam. »Es sind nicht deine Schwertkünste, die der Übung bedürfen, Ruari. Wie hat deine Bespitzelungstaktik bei den Reivers funktioniert?«

Ruari sagte nichts. Er würde dem Mann nicht die Genugtuung geben, sich dazu zu äußern. Sie wussten beide, dass er die Situation schlecht gemeistert hatte.

»Keine Worte der Weisheit für mich?«, beharrte Neil. »Hast du deinem Bruder zur Rettung des Mädchens gratuliert? Er und der feine Bursche, mit dem du trainierst, waren die wahren Helden des Tages.«

Ruari sagte nichts, obwohl es ihm immer schwerer fiel, zu schweigen.

Padraig meldete sich zu seiner Verteidigung zu Wort. »Vielleicht war er der Letzte, aber du warst ihm nicht weit voraus, Neil. Ich glaube nicht, dass es dir zusteht, den ersten Stein zu werfen. Was hat dich aufgehalten? War es dein Alter?«

Neil schnaubte verächtlich, machte auf dem Absatz kehrt und ließ die beiden Cousins allein zurück.

»Ich danke dir, Padraig«, murmelte Ruari leise, aber laut genug, dass er nicht überhört werden konnte.

»Der Mann hört nie auf, oder? Warum beharrt dein Bruder darauf, ihn als seinen Stellvertreter zu behalten? Du arbeitest viel härter, und jeder weiß das. Dieser Narr mag es nur herumzutänzeln und Befehle zu erteilen. Er hat seine besten Jahre hinter sich, und du bist ein viel besserer Schwertkämpfer.«

Ruari befand sich in der unangenehmen Lage, einen Mann zu verteidigen, der ihm nichts als Verachtung entgegenbrachte. »Als er jünger war, war er ein guter Zweitmann.« Er hob seinen Wassersack vom Boden auf, nahm ein paar Schlucke und warf ihn dann beiseite.

Als sei der Sack der Kopf seines Bruders.

Er spuckte knapp daneben auf den Boden, dankbar darüber, dass Padraig seine Gedanken nicht lesen konnte. Er liebte seinen Bruder. Er respektierte seinen Bruder.

Er wünschte, er könnte sich im Gegenzug Aedans Respekt verdienen.

»Ich kann nicht glauben, dass du ihn verteidigst.« Padraig warf ihm einen langen Blick zu, der angesichts seines Alters nur allzu aufschlussreich war. »Oder ist es dein Bruder, den du verteidigst?«

»Mein Bruder«, gab er zu. »Aedan hat viel um die Ohren. In letzter Zeit musste er nicht nur unser Land, sondern auch noch die Abtei verteidigen.«

Obwohl die Abtei nicht unmittelbar mit den Camerons verbunden war, waren sie im Laufe der Jahre immer wieder zu ihrem Schutz herangezogen worden. Es war eine Pflicht, die sie sich alle zu Herzen nahmen. Die Mönche dort arbeiteten unermüdlich an der Erstellung und Vervielfältigung der besten Folianten und Dokumente der Kirche, während die Nonnen das Werk Gottes in vielerlei Hinsicht verrichteten.

Padraig grunzte. »Eines Tages wird er die richtige Entscheidung treffen.« Er schritt ein paar Mal im Kreis um Ruari herum, dann hob er sein Schwert auf und nahm ihm gegenüber seine Stellung ein.

Ruari nickte nur und ging mit neuem Elan auf den Jungen zu.

Wie sollte er seinem Cousin erklären, dass seine größte Angst war, dass Aedan Neil durch jemand anderen ersetzen würde, wenn die Zeit gekommen war?

Tatsächlich war ihm in den Sinn gekommen, dass Aedan Padraig in der Hoffnung fördern könnte, der junge Grant würde bleiben und eines Tages sein Stellvertreter werden.

Würde sein eigener Bruder ihm das antun?

Als ihr Vater seinen letzten Atemzug getan hatte, hatte er Aedan angefleht, das Amt des Chieftains zu übernehmen. Er hatte betteln müssen, weil Aedan nicht die Führung des Clans übernehmen wollte.

Ruari wäre überglücklich gewesen, Anführer zu werden, aber die Brüder trennte ein großer Altersunterschied, und er war damals gerade mal elf Jahre alt.

Er zollte Anerkennung, wo sie gebührte. Aedan war ein guter Führer geworden, und er hatte ihr Land und die Abtei über die Jahre hinweg gegen viele Plünderer und Diebe verteidigt.

Wenn nur Ruari eine größere Rolle hätte spielen können.

Sein Bruder hatte anfangs gedacht, er sei zu jung, um zu helfen, sodass er seine Zeit damit verbracht hatte, ihre Verbündeten auszuspionieren. Dadurch hatte er im Alleingang ein Komplott zum Sturz seines Bruders aufgedeckt. Der ganze Clan hatte ihn danach zwei Monde lang mit Lob überschüttet, und er hatte jede Minute des Ruhmes genossen.

Aber dieser Ruhm hatte sich schnell verflüchtigt, und egal wie sehr er sich anstrengte, er konnte ihn nicht reproduzieren. Spionieren war ihm in

Fleisch und Blut übergegangen – er war ungewöhnlich gut darin – aber Spitzeleien waren nicht
die Antwort auf jedes Problem. Trotzdem konnte
er seine Gewohnheit, verdeckt vorzugehen, nicht
abschütteln. Sich an Leute heranzuschleichen,
sich im Gebüsch zu verstecken, seine Ohren zu
trainieren, um die Gespräche anderer zu belau-
schen, wurde ein Teil von ihm. Er neigte dazu,
sich ein umfassendes Bild zu verschaffen, bevor er
zum Angriff überging – etwas, das ihm viel Spott
von den anderen im Clan eingebracht hatte. Neil
war nicht der Einzige, der ihn für einen Narren
hielt.

Er zog sich aus dem Sparring zurück und
beschloss schließlich, die Frage direkt an Padraig
zu stellen. Obwohl er jung war, hatte der Bursche
einen scharfen Verstand. »Was mache ich falsch?«

Padraig warf seine Waffe zu Boden, dann
wischte er sich mit seinem Rock den Schweiß
von der Stirn. »Ruari, du bist ein guter Schwertkämpfer, und scharfsinnig bist du auch, aber du
hättest gestern nicht versuchen sollen, die Gruppe
von Reivers zu umreiten. Wir wussten alles, was
wir wissen mussten, um das Mädchen zu retten.
Vielleicht solltest du besser mit deinem Bruder
über all das reden. Frag ihn, warum er dich noch
nicht zu seinem Vertreter gemacht hat.«

Ruari ließ seine Waffe fallen und griff nach
der Lederhaut mit Ale, die er neben dem Wasser
mitgebracht hatte. Er trank einen Schluck davon
und dachte an die zehn verschiedenen Gespräche, die er mit seinem Bruder im Laufe der Jahre
geführt hatte. »Das habe ich. Er gibt mir immer

die gleiche Antwort. Ich habe nicht die nötige Erfahrung.«

»Hast du ihn gefragt, warum er denkt, dass es dir schwerfällt, dich im Kampf zu behaupten?«

Ruari hätte um ein Haar das Ale ausgespuckt.

Padraig schmunzelte und klopfte ihm auf die Schulter. »Denk mal nach. Nach allem, was Aedan durchgemacht hat, sollte er in der Lage sein, dir gute Ratschläge zu geben. Jeder weiß, dass er nicht Chieftain werden wollte, aber er hat sich der Aufgabe angenommen wie ein Naturtalent.«

»Er denkt, er weiß, was mich plagt. Er sagt immer das Gleiche. Er denkt, ich hätte Angst, aber ich bin mir keiner Angst bewusst.«

»Wie kannst du deine eigenen Ängste nicht kennen?«, fragte Padraig.

Oh, er kannte sie. Die Angst vor dem Versagen war sein ständiger Begleiter.

Ruari ritt mit seinem Pferd durch die Tore hinaus, er musste allein sein. Als er weit genug draußen war, lenkte er sein Pferd in Richtung der Berggipfel im Norden des Cameron-Landes.

Die schottischen Highlands lockten ihn - die Gipfel und Täler, das tiefe Grün der Wälder, die Kiefern und die üppigen Lavendelhaine. Wie sehr er dieses Land liebte. Er war sehr stolz auf seinen Clan und sein Land.

Wenn Ruari nur mehr für sie tun könnte. Er hatte sich nie gewünscht, dass Aedan ihm einfach den Posten des Stellvertreters des Chieftains überlassen würde. Er wollte ihn sich verdienen.

Aber es war schwierig mit Neils Augen, die ihn ständig beobachteten und nur darauf warteten, dass er Fehler beging, auf die er Aedan hinweisen konnte.

Ruaris verstorbene Frau, Doirin, hatte ihn auch für einen Versager gehalten. Sie hatte ihn dazu gedrängt, ihr Juwelen und Kleider zu kaufen. Auf ihr Geheiß hin hatte er Aedan gebeten, sie nach London zu schicken, um den Clan Cameron bei königlichen Veranstaltungen zu repräsentieren - etwas, das er getan hatte, um sie glücklich zu machen, nicht, weil er tatsächlich sein Zuhause verlassen wollte. Aedan hatte ihn abgewiesen.

Sie hatte es als weiteren Beweis für seine Würdelosigkeit aufgefasst.

Obwohl er nicht stolz darauf war, hatte Ruari Aedan immer um sein Glück mit Jennie beneidet. Es war eine ideale Ehe, zwischen zwei Menschen, die perfekt zueinander passten. Wie es sich wohl anfühlte, dieses Gefühl der Zusammengehörigkeit zu haben?

Er hatte das immer nur auf Cameron-Land erlebt. Mit geschlossenen Augen genoss er noch einen Moment lang die Ruhe des Tages, die Musik der Vögel, das Geplapper der Eichhörnchen, das Rascheln der Blätter und den Wind, der durch die Kiefern rauschte.

Gestärkt durch die Anblicke und Geräusche des Landes, das er liebte, kehrte er zu den Toren zurück. Aedan war nicht der Einzige, den er in letzter Zeit gemieden hatte.

Es war Zeit für ihn, seine Mutter zu besuchen. Etwas, das er zu fürchten gelernt hatte.

Trotzdem machte er sich auf den Weg zum Bergfried, um sie zu besuchen. Seine Mutter war nicht mehr in der Lage, sich um sich selbst zu kümmern. Sie wohnte in einer Turmkammer im ersten Stock, weil ihre Hüften es nicht mehr zuließen, die Treppen hinauf und hinunter zu gehen. Ruari war es gewohnt, bei schönem Wetter mit ihr kurze Spaziergänge im Freien zu machen, aber es hatte ihm wehgetan, zu sehen, wie sie sich bei der kleinsten Steigung abmühte, und so hatte er ihre Ausflüge eingestellt.

An manchen Tagen sprach sie viel, an anderen Tagen sehr wenig. Ihre Lieblingsthemen waren ihre Enkelkinder - Brin, Tara und Riley. Sie machte oft Bemerkungen darüber, dass sie sich wünschte, Ruari würde ihr mehr Enkelkinder schenken. Er ignorierte sie, weil er wusste, dass es gut möglich war, dass es nie dazu kommen würde, obwohl sie überzeugt schien, dass es eines Tages geschehen würde.

Als er den Bergfried betrat, war er überrascht, sie vor dem Kamin sitzen zu sehen, ein Plaid über dem Schoß. Er fragte sich, was ihr wohl durch den Kopf gehen mochte, während sie in die Flammen starrte.

»Mama? Wie geht es dir an diesem schönen Tag?« Er zog einen Stuhl neben sie. Im Moment war sie eine der einzigen Personen in der großen Halle, obwohl die Dienstmädchen emsig ein- und ausgingen, während sie das Abendessen vorbereiteten.

»Ruari, es ist so schön, dich zu sehen. Mir geht es gut. Das Feuer wärmt meine alten Knochen.«

Sie schenkte ihm ein breites Lächeln und streckte ihre Hand nach ihm aus.

Er nahm sie und hielt sie zwischen seinen Handflächen, überrascht wie immer von ihrer unnatürlich kühlen Haut. »Mama, möchtest du noch ein Plaid? Du bist so kalt.«

»Mir geht's gut, Junge.«

»Mama, ich bin kein Junge mehr. Ich bin achtundzwanzig. Nicht gerade jung.«

»Sei nicht dumm. Du wirst immer mein Kleiner sein.«

Der Blick seiner Mutter kehrte zu den Flammen zurück, ihre Freude darüber, dass er zu ihr gekommen war, war deutlich zu sehen. Warum kam er nicht häufiger?

Weil es ihm weh tat, sie so zu sehen, und er wusste, dass seine eigene Mutter ihn für einen Versager hielt. Obwohl sie das nie offen gesagt hatte, hörte er stets die Botschaft hinter ihren Worten.

»Ich sehe wieder diesen Ausdruck in deinen Augen, Ruari.«

Sie starrte immer noch auf das Feuer, während sie das sagte, sodass er nicht verstehen konnte, wie sie etwas gesehen haben konnte. Aber er wusste ganz genau, dass er gleich an sein Versagen erinnert werden würde. »Was für ein Blick, Mama? Ich bin einfach nur froh, dich zu sehen.«

»Diesen Blick habe ich im Laufe der Jahre schon so oft gesehen. Es ist nicht deine Schuld, dass Aedan unser Erstgeborener war. Es stand in den Sternen. Das wirft kein schlechtes Licht auf dich und deine Fähigkeiten. Schon am Tag seiner

Geburt war klar, dass er eines Tages Chieftain sein würde.« Sie hob ihr Kinn, wieder in Erinnerungen versunken. »Ich vermisse deinen Papa.«

»Das tue ich auch. Ich weiß, dass Aedan immer dazu bestimmt war, Chief zu werden, Mama. So soll es auch sein. Ich kann dem Clan auf andere Weise helfen.«

Sie tätschelte seine Hand. »Ich wünschte, du würdest das wirklich glauben. Hast du Brin heute gesehen? Meine Güte, er ist ein talentierter Junge, nicht wahr?«

»Aye, das ist er.«

Wie aufs Stichwort flog die Tür auf, und Brin stürmte durch die Tür, eine Handvoll Frühlingsblumen in den Händen. »Hier, Großmama. Ich habe ein paar Blumen gefunden und sie für dich gepflückt.«

Sie zog ihre Hand aus der von Ruari und klatschte in die Hände. »Brin, sie sind wunderschön. Herzlichen Dank dir.«

Das war für Ruari das Stichwort, um zu gehen. Er schlich sich zur Tür hinaus, hielt kurz inne, um Brin das Haar zu zerzausen, und ging durch das Tor hinaus in Richtung der Übungsplätze. Auf dem Weg nach draußen hörte er ein Rascheln im Busch an der Seite des Weges. Wildschweine liebten es, im Gebüsch zu wühlen, sodass er einen Blick darauf warf, um sicherzugehen, dass kein Eber drauf und dran war, ihn anzugreifen.

Ein pelziger Kopf ragte durch die Gräser und stieß einen schwachen Schrei aus. Ruari ging näher heran und war überrascht zu sehen, dass es sich um einen neugeborenen Welpen handelte, der versuchte, sich einen Weg durch das hohe Gras zu bahnen.

Um das Muttertier nicht zu kränken, hob er das Junge nicht sofort auf, sondern lief in der Gegend herum, um nach ihr oder weiteren Welpen zu suchen. Er fand nichts, sodass er das kleine Tierchen aufhob und an seine Brust schmiegte. »Meine Güte, du bist ja fast so kalt wie die Hand meiner Mutter. Ich muss dich aufwärmen. Vielleicht gehe ich eben in die Küche und hole dir etwas Ziegenmilch. Bist du der Schwächste im Wurf und deine Mutter hat dich verlassen?«

Der weiche, braune Welpe fiepte wie ein Kätzchen, als er sich an ihn kuschelte und sich mit einem zufriedenen Seufzer in seiner Hand gemütlich machte. Er zuckte mit der Schulter und machte sich auf den Weg zur Küche hinter dem Bergfried. Er begegnete Aedans Frau Jennie, die sagte: »Oh-oh, Mama hat ihn zum Sterben zurückgelassen, stimmt's?«

»Ich schätze, ja. Er quälte sich durch die Büsche.« Seine freie Hand wanderte zum Kopf des Welpen und tätschelte ihn liebevoll.

»Jammerschade«, sagte Jennie mit traurigem Blick, während sie die Flanke des Tieres streichelte. »Ich habe gerade gesehen, wie seine Mutter ihre Welpen an einen anderen Ort gebracht hat. Sie wird ihn nicht füttern, aber ich werde ihn nicht sterben lassen. Willst du, dass ich eines der Mädchen frage, ob sie ihn füttern kann?« Jennie blickte sich auf der Suche nach einer ihrer Töchter im Hof um.

Ruari schüttelte zu seiner eigenen Überraschung den Kopf. »Nein, ich kümmere mich um ihn.«

»Drinnen gibt es frische Ziegenmilch.« Jennie wies auf die Küche und ging auf die Vorderseite der Mauer zu. »Du brauchst einen Gefährten, Ruari«, rief sie über ihre Schulter. »Du wirst dich gut um ihn kümmern.«

Ruari hob den kleinen Hund hoch, sodass er ihm ins Gesicht sehen konnte. »Aye, das werde ich. Jetzt muss ich nur noch einen Namen für dich finden.« Er starrte in die Augen des Hundes, während seine Pfote sein Gesicht berührte. »Du siehst aus wie ein Heckie, Bürschchen. Heckie also.«

Nachdem er den Welpen gefüttert hatte, steckte er ihn in seinen Waffenrock, um ihn zu wärmen, und das kleine Fellknäuel schlief auf der Stelle ein.

Ruari wusste, dass es töricht war, aber ihm wurde bei diesem Anblick warm ums Herz. Er hatte einen neuen Freund, und irgendwie schien das seinen tristen Alltag etwas aufzuhellen.

KAPITEL VIER

JULIANA KAUTE AUF dem Brot, das Joan ihr gebracht hatte. »Das ist feines Brot. Es ist sehr schmackhaft.«

Ihre Schwester hatte seit ihrer Rückkehr ins Zimmer noch nicht Platz genommen. Ihre Haltung wirkte fast nervös. Vielleicht spürte sie auch die Distanz zwischen ihnen. »Wenn du willst, bringe ich dir noch mehr«, sagte Joan.

»Nay, mir geht's gut. Ich bin fast satt. Sobald ich den Käse aufgegessen habe, werde ich es sicher sein.« Sie sah sich in der kleinen Kammer um und fragte sich, ob ihre Schwester hier den größten Teil ihres Tages verbrachte. Sie schien recht trübsinnig zu sein.

Vielleicht war Nonne zu werden nicht der rechte Weg für sie.

»Also, wer ist der Mann, den du nach Papas Wunsch heiraten sollst? Oder sucht er nur nach einer geeigneten Partie für dich?«

Juliana nahm einen Bissen von ihrem Brot, um sich eine schnelle Antwort zu ersparen, denn irgendwie wusste sie, dass, egal wie die Antwort lautete, sie ihrer Schwester nicht passen würde. Natürlich passte es auch ihr nicht gerade, und es gab keinen wirklichen Grund, die Wahrheit zu verbergen. Joan war schon so lange nicht mehr zu Hause gewesen, dass sie den Mann wahrscheinlich sowieso nicht kannte. »Ailbeart Munro.«

Joan zuckte zusammen. »Munro? Er ist mehr als zwei Jahrzehnte älter als du.« Sie setzte sich auf das Bett, und Juliana konnte sehen, dass ihre Hände zitterten.

»Er kam vor nicht allzu langer Zeit mit Papa zu Besuch. Sie haben sich über eine Stunde lang unterhalten, und Papa schien recht glücklich zu sein, nachdem er gegangen war. Eine Zeit lang erwähnte er die Verlobung nicht, aber ein paar Tage später gab er zu, dass er zugestimmt hatte, meine Hand an Munro zu geben. Er ist ein Gutsherr, wie du weißt, und Vater glaubt, er sei eine gute Partie. Der Gutsherr hat seine letzte Frau verloren. Er möchte Söhne haben, bevor es zu spät ist, vor allem, da er noch keine Kinder hat.« Sie blickte Joan in die Augen. »Ich habe Papa angefleht, dass ich dich besuchen darf, sodass wir alles besprechen können. Er ging aus dem Zimmer, ohne mir zu antworten, und ich war sicher, dass er es nicht erlauben würde. Dann, zwei Tage später, sagte er, er hätte den Besuch arrangiert.«

Joan tätschelte ihre Hand. »Er muss meine Nachricht erhalten haben. Und scheinbar dachte er, der Vorschlag hätte etwas Gutes.« Einen Moment lang schwiegen sie beide, dann sagte Joan: »Bitte sei ehrlich, Juliana. Was hältst du von der Ehe?«

Juliana spielte mit ihren letzten Essensresten, unsicher, was sie ihrer Schwester antworten sollte.

Die Wahrheit war, dass sie nicht wusste, was sie fühlte.

Ihr Vater wünschte sich, dass sie einen Mann heiraten sollte, der fünfundzwanzig Jahre älter war als sie selbst.

Ihre Schwester wünschte sich, dass sie Nonne werden sollte.

Was, wenn sie sich keinen dieser Wege wünschte?

»Ich bin mir nicht sicher. Ich bin nicht an einer Heirat mit Ailbeart interessiert, weil er so alt ist. Ich hörte, er sieht gut aus, ist distinguiert, aber ich würde jemanden in meinem Alter vorziehen. Ich habe ihn aus der Ferne gesehen, aber ich habe ihn noch nicht getroffen, sodass ich mir nicht sicher sein kann. Vielleicht ist es möglich, dass ich mich in ihn verliebe.«

»Du wirst dich nicht in ihn verlieben«, erklärte ihre Schwester mit Vehemenz.

»Kennst du ihn denn?« Sie konnte das plötzliche Klopfen ihres Herzens nicht unterdrücken, bei der Aussicht, mehr über ihren möglichen Verlobten zu erfahren. Warum wollte ihr niemand mehr über ihn erzählen?

»Natürlich kenne ich ihn. Er ist unser Nachbar. Wie kann es sein, dass du ihn nicht kennst? Hat Papa dir mehr über seine vergangene Ehe erzählt?«

»Seine Frau starb vor sechs Monden. Das Einzige, was Papa erzählt hat, ist, dass er sich dringend Söhne wünscht. Er will nicht warten, weil er in die Jahre gekommen ist.«

Joan spottete. »Das ist ein lächerlicher Vorwand.

Papa möchte nur, dass du ihn heiratest, weil er ein Gutsherr ist und reich. Nein, du brauchst keinen alten Mann zu heiraten, nur damit Papa zu noch mehr Geld kommt. Sag unserem Sire, dass du Nonne werden willst, und du kannst für immer hier bei mir bleiben. Er würde es nicht wagen, dich aus dem Kloster zu reißen. Deshalb hat er auch sein Versprechen mir gegenüber gehalten, wenngleich nur widerwillig.«

»Du glaubst, Papa würde es erlauben? Ich glaube nicht, dass es ihm gefallen würde, Munro zu sagen, dass er die Verlobung annulliert. Und er sagte, du seist woanders geschult worden ... müsste ich dann gehen?«

»Das stimmt, du müsstest in Stonecroft Abbey lernen. Ich bringe dich in ein oder zwei Tagen dorthin, damit du sehen kannst, wie es daselbst ist. An diesem Ort gibt es so viele Novizen, dass du dich gleich wie zu Hause fühlen wirst.« Sie wandte sich an Juliana und nahm ihre beiden Hände.

»Aber da ist etwas, das ich nicht verstehe, Joan«, sagte sie zögernd. Wie konnte sie das ihrer Schwester erklären, ohne sie zu kränken? In ihren Augen klang es äußerst langweilig, eine Nonne zu sein.

»Dann frag mich. Deshalb bist du doch gekommen, nicht wahr? Was ist es?«

Sie wälzte sich auf dem Bett hin und her, um ihre Formulierung zu überdenken, aber dann platzte es aus ihr heraus. »Was macht eine Nonne den ganzen Tag?«

Joan lachte, ein süßes Geräusch, das sie selten von ihr hörte, obwohl sie sich gut daran aus ihrer Kindheit erinnerte. Ihre Schwester hatte sie immer zum Lachen gebracht, weil sie so liebevoll, so temperamentvoll war. Dies fühlte sich mehr wie die Joan an, an die sie sich erinnerte. Aber Augenblicke später verblasste das Lachen und die anständige Nonne war zurück.

Joan strich ihren Rock glatt. »Es kommt darauf an. Manche Nonnen beten die meiste Zeit des Tages, andere ziehen es vor, die Arbeit Gottes zu tun. Ich arbeite mit Novizinnen, das ist etwas, wozu du dich ebenfalls ausbilden lassen könntest. Manchmal arbeiten wir mit Waisenkindern, oder du könntest die Köchin der Abtei werden, oder anderen das Lesen beibringen. Das Lesen der Bibel ist eine dringend benötigte Fähigkeit. Außerdem könntest du die Kranken oder Sterbenden besuchen. Es gibt so viele Möglichkeiten. Das ist das Schöne daran, eine Nonne zu sein.«

Juliana grübelte einen Moment lang über die Möglichkeiten nach, die man ihr dargelegt hatte. Obwohl es ihr nichts ausmachte, gelegentlich einige dieser Tätigkeiten auszuüben, konnte sie nicht leugnen, dass sie sich nach einer eigenen Familie sehnte.

Aber sie würde sich ihren Mann nie selbst aussuchen dürfen. Entweder Ailbeart oder niemand, so die Devise ihres Vaters.

»Ich werde darüber nachdenken, Joan. Ich bin sehr müde. Ich glaube, ich gehe zu Bett.«

»Natürlich. Deine Reise muss anstrengend gewesen sein.« Ihre Schwester stand auf und sagte: »Ich werde dir eine Schüssel mit Wasser holen, damit du dich frisch machen kannst, bevor du zu Bett gehst. Wir werden morgen früh weiter über deine Berufung sprechen.« Sie küsste sie auf die Wange und verließ sie.

Joan sorgte sich offensichtlich um sie, was nett war, aber sie war genauso nachdrücklich wie ihr Vater. Wenn sie sie liebte, sollte sie sich dann nicht um ihr Glück bemühen?

Juliana fühlte sich plötzlich sehr allein.

⚬⚬⚬

Am nächsten Tag machte sich Ruari auf den Weg zu den Übungsplätzen. Als er die Stufen des Bergfrieds hinunterging, fand er eine grasbewachsene Fläche und setzte seinen neuen Freund ab, sodass dieser sein Geschäft verrichten konnte.

Brin jagte hinter ihm her. »Ein Welpe? Wo hast du den denn her? Mama hat gesagt, ich bin noch zu jung, um einen zu haben.«

Sein Neffe war ein braver Junge – sehr fleißig, mit einem großen Herzen und reichlich guten Genen von beiden Seiten der Familie. Einzig sein, im Vergleich zu den anderen Buben in seinem Alter, kleineres Äußeres frustrierte Brin unendlich.

»Er war der wohl Schwächste im Wurf. Ich habe ihn im Gebüsch gefunden, seine Mutter war schon lange weg, also habe ich ihn mitgenommen. Ich bin sicher, du bekommst einen, sobald du älter bist. Wer weiß, wenn du dich anstrengst, gebe ich ihn vielleicht eines Tages dir. Aber zuerst müssen wir dafür sorgen, dass er ausreichend Ziegenmilch bekommt.«

»Kann ich ihn hochheben? Oder wird er mich anpinkeln?«

Die Frage entlockte Ruari ein kurzes, aber lautes Lachen. »Hunde werden dich nicht anpinkeln. Sie wissen es besser.«

»Wie?« Brin warf ihm einen neugierigen Blick zu, den er gut kannte. Der Junge hatte die Frage nach dem »Warum« gestellt, seit er drei Winter geworden war. Er hatte die Neugierde des Burschen immer geliebt, auch wenn er wusste, dass seine Nichten, die beide älter waren, es mittlerweile satt hatten.

»Das weiß ich nicht, Brin. Hunde spüren mehr als die meisten Tiere. Ich bin mir nicht sicher, warum, aber er hat gewusst, sich zu beherrschen.«

Die beiden beobachteten den Welpen, wie er seine Kreise zog und schnüffelte, um genau die richtige Stelle zu finden. Als er schließlich loslegte, kicherte Brin. »Er musste dringend, nicht wahr?«

»Ja, das musste er.«

Brin hob ihn auf und kicherte, als der Welpe ihm über die Wange leckte. »Welchen Namen hast du ihm gegeben?«

»Heckie.« Als Ruari den beiden dabei zusah, wie sie sich kennenlernten, überkam ihn der Wunsch, eigene Kinder zu haben. Schnell verdrängte er ihn wieder. Er würde sich mit zwei schönen Nichten und einem Neffen begnügen müssen. »Komm, Junge. Nimm ihn mit. Wir gehen zu den Übungsplätzen.«

Er drehte sich um, um durch die Tore zu schreiten, und rannte fast in seinen Bruder hinein. »Guten Morgen.«

»Das trifft sich gut«, sagte Aedan, »ich habe nach euch beiden gesucht. Ich brauche ein paar Männer, die eine Gruppe zur Stonecroft Abbey eskortieren. Es gibt ein paar Nonnen, die später am Tag dorthin reisen wollen. Es dauert nicht länger als drei Stunden. Ich dachte, ich schicke dich als Führer, Ruari. Nimm Brin mit. Neil wird ebenfalls mitkommen.«

Ruari dachte, er müsse seinen Bruder falsch verstanden haben. »Du willst, dass ich führe und Neil dabei ist?«

»Aye. Ich habe Neil schon gesagt, dass ich das vorziehe. Er sagte, er würde gerne dabei sein.«

Eine Feder hätte Ruari umwerfen können, aber er hatte keine Zeit, darüber nachzudenken, was gerade passiert war. Brin platzte förmlich vor Aufregung.

»Und ich darf auch mitkommen, Papa?«

»Ja, es ist an der Zeit, dich auf Wache zu schicken. Du wirst auf alles hören, was Ruari und Neil dir sagen, oder du wirst für eine Weile nicht mehr mitgehen dürfen. Verstanden?«

Das Gesicht des Jungen erhellte sich mit ansteckender Ausgelassenheit. »Ich verspreche, brav zu sein«, sagte er. »Das werde ich, Onkel Ruari.« Der Junge reichte ihm vorsichtig den Welpen und begann sofort, vor lauter Aufregung auf und ab zu hüpfen. Ruari verstand. Als er ein Junge war, hatte er sich genauso gefühlt. Jede Gelegenheit, mit den Wachen zu reisen, war ein reines Vergnügen.

Aedan legte seinem Sohn die Hand auf die

Schulter und sagte: »Geh und verabschiede dich von deiner Mama und deiner Großmutter. Sag ihnen, wann und wohin du gehst. Es ist wichtig, dass immer jemand weiß, wann die Wächter und Krieger aufbrechen.«

»Aye, Papa«, sagte er über seine Schulter, während er in Richtung des Bergfrieds rannte.

Ruari war so verblüfft, dass er nicht wusste, was er zu seinem Bruder sagen sollte.

»Ich schicke meinen einzigen Sohn nicht einfach mit irgendjemandem, Ruari«, sagte Aedan. »Vergiss das nicht. Deinen neuen Freund wirst du allerdings zurücklassen müssen.« Mit einem Lächeln neigte er den Kopf in Heckies Richtung.

»Keine Sorge. Ich kümmere mich um ihn. Seine Mutter hat ihn verstoßen, also habe ich ihn adoptiert.«

Aedan stemmte nur die Hände in die Hüften und grinste.

»Ich danke dir, Aedan.« Er wusste nicht, was er sonst noch sagen sollte, aber er wollte seine Wertschätzung für das Vertrauen seines Bruders in ihn bekunden. Vielleicht glaubte sein Bruder ja doch an ihn.

Er würde sich auf dieser Reise beweisen müssen.

KAPITEL FÜNF

JULIANA FOLGTE IHRER Schwester aus der Abtei und trug ihren kleinen Tornister, in dem zwei zusätzliche Kleider und ihre persönlichen Sachen verstaut waren. Sofort eilte ein gut aussehender junger Bursche herbei und griff danach.

»Hier, Mylady. Ich kümmere mich darum.« Er konnte höchstens zehn oder zwölf Sommer alt sein, aber was ihm an Alter fehlte, machte er mit Enthusiasmus wieder wett. Plötzlich blieb er stehen und drehte sich zurück, um ihr ins Gesicht zu sehen. »Welches Pferd ist Eures?«

Juliana lächelte ihn an und zeigte auf ihre Stute. »Die fuchsfarbene mit den weißen Flecken im Gesicht.«

»Sofort, Mylady.«

»Wie ist dein Name?«, rief sie ihm nach.

Er wirbelte wieder herum, so schnell, dass sie sich fragte, ob ihm schwindelig geworden war. »Brin Cameron«, sagte er. »Ich kümmere mich um alles, was auch immer Ihr braucht. Soll ich Euch beim Aufsteigen helfen?«

»Nein, ich werde das Gestell dort drüben benutzen.« Sie konnte nicht umhin, sich zu fragen, ob er ihr überhaupt behilflich sein konnte.

Er war nicht übermäßig groß für sein Alter. Ihr Blick wanderte über den Rest der etwa ein Dutzend Wachen, die sich darauf vorbereiteten, sie zu eskortieren, aber hielt inne, sobald sie ihn sah.

Ihn. Der gut aussehende Mann, der sie vor den Reivers gerettet hatte. Sein rotes Haar war heute Morgen ziemlich zerzaust, aber ihre Aufmerksamkeit wurde von der Art und Weise angezogen, wie er sich etwas, das er in seiner Hand hielt, widmete.

Sie folgte Brin zu ihrem Pferd hinüber und flüsterte ihm dann zu: »Was macht der Mann da?«

Brin sah den Rotschopf an. »Mein Onkel Ruari?«, sagte er, viel zu laut, »er hat einen kleinen Welpen.«

Ihre Verlegenheit verblasste im Nu, und ihre Beine trugen sie eilig an Ruaris Seite. Ein wuscheliges, braunes Wesen lag in seiner Hand, sein ganzer Körper bewegte sich, während es überschwänglich mit dem Schwanz wedelte.

»Ein Welpe? Wirklich?«, fragte sie, unfähig, ihre eigene Aufregung zu zügeln.

»Aye«, sagte Ruari und lächelte sie an. »Sein Name ist Heckie. Möchtet Ihr ihn mal halten, Mylady?«

»Bitte nennt mich Juliana, Mylord. Wir sind uns bereits begegnet, und Brin hat mich daran erinnert, dass Euer Name Ruari ist. Ich freue mich, dass Ihr uns zur Abtei begleitet, Mylord. Ihr seid der Bruder des Gutsherrn, aye?« Sie machte einen kurzen Knicks.

»Kein Grund, so förmlich mit mir zu sein, Lady Juliana. Ich wollte Heckie gerade absetzen, damit

er seine Notdurft verrichten kann, bevor wir aufsteigen, aber Ihr könnt ihn streicheln, wenn es
Euch beliebt.« Sie strich über das Fell des Hundes, genoss seine Weichheit und das winzige
Kläffen, das er von sich gab.

»Mir gefällt der Name«, sagte sie, als Ruari
ihn im Gras absetzte. »Heckie ist perfekt für ihn.
Nehmt Ihr ihn mit? Habt Ihr ein Körbchen für
ihn?«

Ruari gluckste. »Nein. Aber ich habe einen
guten Platz für ihn«, sagte er und tätschelte seine
Brust. »Seine Mutter hat ihn verstoßen, dement-
sprechend ist er noch recht jung. Ich möchte ihn
warm halten.«

Juliana konnte sich nicht davon abhalten, die
Brust des Mannes anzustarren, und ihr Mund
wurde trocken bei dem Gedanken, sich an den
warmen Torso dieses Mannes zu kuscheln. Hatte
er wohl Haare auf seiner Brust? Sie hatte die
Männer ohne Hemden in den Arenen trainieren
sehen. Ihr nächster Gedanke war, ob es rot oder
dunkel sein würde. Vielleicht blond?

Das Grinsen, das er ihr schenkte, ließ sie erröten. Hatte er ihre Gedanken erraten? Sie drehte
sich um und machte sich auf den Weg zurück zu
ihrem Pferd, mehr als überrascht, als sie sich ein
paar Sekunden später in der Luft wiederfand. Sie
hatte kaum Zeit zu registrieren, dass Ruari sie
hochgehoben hatte - seine Hände lagen um ihre
Mitte -, bevor er sie auf den Sattel ihres geliebten
Pferdes schwang.

Sie landete mit einem »Uff« und hielt sich an
Winnies Mähne fest.

»Verzeiht, ich wollte eigentlich sanfter sein.«

Ein älterer Mann, den sie von neulich wiedererkannte, trat hinter ihm auf. »Verzeiht ihm, Mylady«, sagte er in einem herablassenden Ton, der sie an ihren Vater erinnerte. »Er mag wie ein Mann aussehen, aber er hat noch den Geist eines Knaben.« Warum war er so kritisch gegenüber Ruari?

Der Blick, den Ruari ihm zuwarf, entging ihr nicht. Und sie nahm es ihm auch nicht übel.

Brin huschte hinter dem älteren Mann her und starrte zu ihm auf. »Onkel Ruari weiß, was das Beste ist, Neil. Warum sagst du das?«

Die Zuneigung des Jungen zu seinem Onkel war ebenso offensichtlich wie die Verachtung des älteren Mannes. Ihr Blick wanderte zu Joan, die während des ganzen Wortwechsels geschwiegen hatte. Ihre Schwester beobachtete alles mit einem distanzierten Blick.

Ein weiteres Pferd sauste in die Versammlung und wirbelte eine Staubwolke auf. Neil hielt sich den Arm über die Augen und brüllte: »Padraig, kannst du nicht vorsichtiger sein?«

Padraig schenkte ihm ein schiefes Grinsen und sagte: »Nein. Ich wollte nur sicherstellen, dass ihr alle wisst, dass ich hier bin. Ich komme mit euch.« Er sprang von seinem Pferd und verbeugte sich mit einem dramatischen Armschwung vor Juliana. »Mylady, Ihr könnt darauf vertrauen, dass Ruari, Brin und ich Euch sicher zur Abtei bringen werden.«

Ihr entging nicht, wie der ältere Mann Padraig anglotzte, und auch nicht, wie er zu seinem Pferd stapfte.

»Seid ihr beide verwandt?«, fragte sie. »Aber nicht aus demselben Clan?« Sie trugen unterschiedliche rote Plaids, etwas, was ihr bereits am ersten Tag aufgefallen war.

»Ich bin vom Clan Grant und lebe mit meinem Cousin und dem Clan Cameron«, sagte Padraig. »Aber wie ich sehe, erfreut Ihr Euch gerade höchst angenehmer Gesellschaft.« Er zwinkerte ihr zu und ging zurück zu seinem Pferd, während die anderen alle aufstiegen und ihre Reittiere bereit machten.

Joan ritt auf sie zu. »Du musst dich vor ihm in Acht nehmen«, sagte sie mit einem seltsamen Unterton.

»Der Junge namens Padraig? Aber warum? Er schien nett zu sein.«

»Weil er mit dir kokettiert hat. Hüte dich vor Jungs, die unflätig mit dir reden oder dich anlächeln. Oder solche, die versuchen, dir ihre Hilfe anzubieten.« Joans Blick wanderte von Padraig zu Ruari und Brin, bevor er zu Neil und dem Rest der Wachen huschte. »Du musst vorsichtig sein.«

Juliana unterhielt sich gern mit den Burschen. Obwohl manche Männer streng und unnahbar waren, hatte sie das bei den Camerons, die sie kennengelernt hatte, nicht so empfunden, und Padraig war der temperamentvollste Mensch, den sie je getroffen hatte. Aber sie wusste nicht, wie sie das zu Joan sagen sollte, zumindest nicht zu dieser strengeren Version von Joan, und so antwortete sie einfach mit einem leichten Nicken. Ihr Blick schoss zu Ruari, der aufgestiegen war und seine Position an der Spitze der Gruppe eingenommen hatte. Er sprach mit den Wachen und wies ihnen verschiedene Positionen zu, dann wandte er sich an sie. »Meine Damen, es ist eine dreistündige Reise. Wenn alles gut geht, werden wir nach zwei Stunden eine kleine Pause einlegen. Das sollte sicherstellen, dass wir vor Einbruch der Dunkelheit ankommen.« Dann steckte er den Welpen in seinen Waffenrock und gab der Gruppe ein Zeichen zum Aufbruch.

Wenn sie neben Ruari reisen könnte, würde sie sich genauso freuen wie der Welpe, obwohl das ein Gedanke war, den sie auf keinen Fall mit ihrer Schwester teilen konnte.

Als Ruari die Gruppe nach draußen führte, positionierte er sich genau dort, wo er gerne sein wollte.

In der Nähe von Juliana.

Heckie schlief an seiner Brust ein, sodass er sich keine Sorgen um ihn machen musste, aber er suchte die Gegend nach möglichen Marodeuren oder Räubern ab. Er erwartete zwar keinen Ärger auf dem Weg, aber das konnte sich jederzeit ändern.

Nach einer Stunde ihrer Reise fand Juliana ihren Weg in die Nähe seines Pferdes. »Mylord Cameron?«

»Ruari, meint Ihr?« Er warf ihr einen Blick von der Seite zu und tat sein Bestes, um die Augen auf der Schlucht vor ihnen gerichtet zu halten.

»Nun gut, Ruari, aber Ihr seid der Anführer dieser Gruppe, also solltet Ihr Respekt einfordern.«

»Ich ziehe es vor, mir den Respekt zu verdienen«, sagte er, »aber ich weiß Eure Besonnenheit zu schätzen. Hattet Ihr eine Frage?«

»Ich mache mir nur Sorgen um den Welpen. Meint Ihr nicht, dass er eine kurze Rast nötig hätte?« Er bemerkte, wie sie auf seine Oberarme starrte, etwas, das er von einem so unschuldigen Mädchen nicht erwartet hatte. Einem, das erwog, Novizin zu werden, wohlgemerkt.

Er ertappte sie auch dabei, wie sie einen Blick auf ihre Schwester warf, um zu sehen, ob sie sie beobachtete.

Das tat sie in der Tat.

»Ich werde nicht nur für einen Welpen Rast machen«, sagte Ruari. »Wollt Ihr mir damit sagen, dass Ihr vielleicht anhalten müsst?« Er sah sie nicht an, als er das sagte, denn er war sich ziemlich sicher, dass sie bei seiner Bemerkung erröten würde.

Brin, der direkt hinter ihm ritt, stieß ein bellendes Lachen aus, etwas, das Jungs oft taten, wenn sie mit Mädchen über private Angewohnheiten diskutierten. Ruari warf seinem Neffen einen Blick über die Schulter zu, was ihn schnell zum Schweigen brachte.

»Nein, es ist alles in Ordnung«, erwiderte sie hastig ... und ein rötlicher Farbton, den er schon lange nicht mehr gesehen hatte, wanderte ihren Hals hinauf und über ihre Wangen.

Tatsächlich hatte er sie so in Verlegenheit

gebracht, dass sie ihr Pferd hinter ihm zurückfallen ließ, was er nicht gewollt hatte. Aber vielleicht war es so das Beste. Neil beobachtete alles, was Ruari tat, und suchte begierig nach Fehlern.

Eine halbe Stunde später traf Ruari auf ein Gebiet mit guter Deckung, ein Ort, an dem die Damen sich erleichtern konnten, ohne ihre zarten Empfindlichkeiten zu verletzen. Er hob die Hand, verlangsamte sein Pferd und blickte zurück zu Padraig und Neil. »Wir machen eine Viertelstunde Pause.«

Innerhalb weniger Minuten waren Juliana und ihre Schwester auf dem Weg ins Gebüsch. Brin rannte vor den anderen in die Sträucher, und Ruari konnte nur den Kopf schütteln. Er konnte sich daran erinnern, als er in Brins Alter war und alles auf der Welt rosig erschien. Dieses Gefühl hatte er schon vor langer Zeit verloren.

Vermutlich war es kurz nach seiner Heirat passiert.

Er widmete sich seinen eigenen Bedürfnissen, dann weckte er Heckie und setzte ihn im Gras ab, damit er es ihm gleichtat.

Die meisten anderen waren noch im Unterholz beschäftigt, aber Juliana kam auf ihn zu, ihre Augen auf Heckie gerichtet. Sie hob ihn hoch und schmiegte ihn eng an ihren Busen, was ihm das unangenehme Gefühl gab, auf einen Hund eifersüchtig zu sein, aber er ließ seinen Blick nicht verweilen. Sein Fokus lag auf der Umgebung.

Ihre Gruppe hatte sich verstreut. Ein ungutes Gefühl überkam ihn, aber bevor er Zeit hatte, eine Warnung auszusprechen, stürmten vier Pferde auf sie zu und versetzten Juliana in Panik, weil eines von ihnen direkt auf sie zusteuerte.

Ruari dachte nicht nach. Er handelte. Er brüllte seinen Männern zu, dass sie aufsteigen sollten, warf sie auf sein Pferd und stieg hinter ihr auf, wobei er den Hengst in die entgegengesetzte Richtung der angreifenden Reivers trieb.

Über seine Schulter rief er zurück: »Brin! Versteck dich hinter Padraig.«

Er umrundete einen Abschnitt des engen Tals und hatte das Glück, hinter einer Felsformation eine Baumgruppe zu finden, die groß genug war, um sie zu verbergen, sogar mit seinem Pferd.

Sein Gehirn war in hellem Aufruhr. Er war der Anführer der Gruppe. Hätte er Juliana verlassen und die Reivers verfolgen sollen, oder hatte er das Richtige getan, indem er sie von ihnen weggebracht hatte?

Er wusste es ehrlich gesagt nicht, aber er hatte seine Entscheidung getroffen.

Sie drehte sich um und vergrub ihr Gesicht mit einem Wimmern in seiner Brust, woraufhin er seinen Arm um sie legte und nach unten blickte, um den Welpen zu sehen, der immer noch in ihren Händen lag. »Heckie, du solltest dich bei dem Mädchen bedanken, dass sie dich gerettet hat. Diese Pferde hätten dich im Handumdrehen zertrampelt.« Er hoffte, das Reden über das Tier würde sie davon abhalten, zu allem Überfluss noch mehr Tränen zu vergießen.

Sie lehnte sich zurück und sah Ruari an. »Ich habe Angst, dass ich ihn zerquetschen könnte.«

Heckie gab einen hohen Kläffer von sich, und sie lachte, ein Laut, der süßer war als alles, was er je gehört hatte.

»Ich glaube, Ihr habt ihn gerettet.«

»Wer sind diese Männer?«, fragte sie und sah ihn mit solcher Ehrfurcht und solchem Vertrauen an, dass es ihn fast beschämte. Ihr Gesicht erblasste, als die Geräusche der Schlacht über die Felsen zu ihnen getragen wurden, und ihr Blick wanderte in Richtung des Kampflärms.

Er musste sie ablenken. Er konnte nicht zulassen, dass sie ohnmächtig wurde und von seinem Pferd fiel. »Juliana, seht mich an.« Sein Finger griff nach ihrem Kinn, um ihr Gesicht wieder zu ihm zu drehen. Zögernd gehorchte sie.

»Wer sind diese Leute?« Ihr Blick wanderte zurück zum Kampfgeschehen, als Schmerzensschreie die Luft erfüllten.

»Irgendwelche Reivers, würde ich vermuten.« Er fasste ihr an die Wange und drehte sie wieder zu sich.

Als sie seinen Blick erwiderte, flüsterte sie: »Das gefällt mir nicht. Warum greifen uns noch mehr Männer an? Ich dachte, die Abteien seien sicher.«

Er konnte den Schleier der Tränen in ihren Augen sehen. »Es ist sehr schwer, solche Gewalt zu sehen und zu hören, besonders wenn man nicht daran gewöhnt ist«, sagte er leise und wünschte, er könnte sie davor schützen. »Wir hatten befürchtet, dass noch mehr Räuber auftauchen würden, jetzt, wo der Kanal von Dubh geschlossen ist.«

»Der Kanal von Dubh?«

Er konnte nicht glauben, dass sie noch nie davon gehört hatte, aber es war klar, dass ihr Vater sie vor der Welt verborgen gehalten hatte. »Es gab eine große Gruppe von Männern, die junge Burschen und Mädchen über das Wasser verkauften.«

»Sie für was zu verkaufen?«

Er würde ihre Unschuld nicht vergiften, wenn er es ihr sagte.

»'Das ist nicht wichtig. Die Gruppe bezahlte zwielichtige Gestalten, um für sie zu arbeiten, aber ein paar junge Highlander setzten ihnen ein Ende.«

»Das sind gute Nachrichten, nicht wahr?«, fragte sie und kraulte Heckie unter dem Kinn.

»Aye, aber das bedeutet, dass diese ganzen Männer jetzt anderweitig an Geld kommen müssen.«

Sie lehnte sich zu Ruari und flüsterte: »Aber sie würden mich doch nicht entführen, oder doch? Was sollten sie schon von mir wollen?«

Ruari stöhnte fast bei dem Gedanken und fragte sich gleichzeitig, warum ihr niemand etwas über Männer und Frauen und den Lauf der Welt erzählt hatte. Anstatt darüber nachzudenken, wie er ihr antworten konnte, starrte er auf ihre rosigen Lippen, prall und bereit für ihn und nur einen knappen Atemzug von seinen eigenen entfernt. Er könnte nur einen kurzen Vorgeschmack bekommen ...

»Juliana!«

Joans Stimme schallte über die Schlucht. Er war so fasziniert von Julianas Lippen gewesen, dass er nicht bemerkt hatte, dass die Geräusche verstummt waren.

Er begann, das Pferd umzudrehen, griff nach den Zügeln und lenkte es zurück in Richtung der Schlacht. Neil, Padraig, Brin und Joan saßen alle auf ihren Pferden. Padraig war überaus blutverschmiert, aber Neil und Joan schien es gut zu gehen. Brin sah überglücklich aus.

»Brin, geht es dir gut?« Er musste seinen Neffen in Sicherheit bringen, sonst würde sein Bruder ihn einen Kopf kürzer machen.

Brin nickte. »Es war so aufregend! Ich bin bei Padraig geblieben, genau wie du gesagt hast, Onkel Ruari.«

»Alle haben überlebt?«, fragte er und ließ seinen Blick über den Rest der Wachen schweifen. Alle schienen anwesend zu sein, obwohl einige der Männer erst nach und nach zu ihnen stießen.

»Aye, unsere Männer haben überlebt, was man von den anderen nicht behaupten kann«, sagte Neil. »Wir haben uns um die Reivers gekümmert, aber wo zum Teufel warst du? Du hast das Kommando über die Gruppe.«

Ruari mochte es nicht, vor allen der Nachlässigkeit bezichtigt zu werden, sodass er einfach sagte: »Aye, ich habe das Kommando. Meine Entscheidung war es, ein unschuldiges Mädchen vor einer Gruppe von Räubern zu schützen, und ich habe mein Ziel erreicht. Euch allen ist es gut ergangen, so fällt es mir durchaus schwer einen Fehler in meiner Handlung zu erkennen.«

Sein Ton war brüsk genug, dass niemand außer Joan etwas sagte. »Und was habt Ihr da hinten mit meiner Schwester gemacht?«

Ihr Ton war noch anklagender, als der von Neil

gewesen war.

»Was ich getan habe? Gar nichts. Ich habe sie beschützt. Das ist mein Job.«

»Joan! Was sagst du da?«, fragte Juliana. »Er hat mich beschützt. Wir haben nichts anderes getan. Wir haben uns in den Bäumen versteckt, bis die Kämpfe vorbei waren. Und ich war zufrieden mit seinem Schutz. Diese Männer ... einer kam direkt auf mich zu.«

»Wo ist dein Pferd?«, wollte ihre Schwester wissen.

Julianas Augen weiteten sich, als sie sich umblickte. Ihre Unterlippe begann zu zittern. »Nein, haben sie meinem Pferd etwas angetan? Winnie?«

»Nein, das haben sie nicht«, sagte Ruari. »Wahrscheinlich versteckt sie sich, oder sie ist weggelaufen.«

Padraig sagte: »Ich habe Euer Pferd nicht gesehen, aber manchmal kehren sie dorthin zurück, wo sie losgeritten sind.«

Ruari wies vier ihrer Männer an, nach dem Tier zu suchen, und sie schwärmten schnell aus, um dem Befehl Folge zu leisten. Einige Augenblicke später kehrten sie kopfschüttelnd zurück.

»Keine Spur von einem Pferd, mein Herr.«

»Dann wird Juliana mit mir reiten, bis wir in der Abtei ankommen«, sagte Ruari. »Wir werden auf dem Rückweg zum Land der Camerons nach Eurem Pferd suchen. Es könnten noch mehr Reivers da draußen sein, also will ich hier nicht noch mehr Zeit verbringen. Wir ziehen weiter.«

Obwohl er sich um Lady Julianas willen

wünschte, dass die Stute gefunden würde, hatte er nichts gegen die Aussicht, für den Rest der Reise hinter ihr zu reiten - wenn er es ertragen konnte, dass sich ihr süßer Hintern so lange gegen ihn drängte.

Neil sagte: »Endlich mal eine gute Entscheidung deinerseits. Reiten wir los. Diese Männer waren hinter etwas her, aber ich weiß nicht, was.«

Ruari warf Neil einen Blick zu, aber er sagte nichts.

Er wollte nicht, dass Juliana oder Joan Vermutungen anstellten, worauf die Reivers aus waren.

Entweder war es eine der beiden Frauen oder beide.

KAPITEL SECHS

ALS SIE IN Stonecroft Abbey ankamen, dankte Juliana Ruari dafür, dass er sie beschützt hatte, aber sie hatte kaum Zeit, die Worte hervorzubringen, bevor ihre Schwester sie wegzerrte. Joan zog so stark an ihrem Arm, dass sie kaum mit ihr Schritt halten konnte.

»Joan, bitte nicht so schnell«, flüsterte sie mit leiser Stimme. »Du tust mir weh.«

Joan ignorierte ihr Flehen und zerrte sie weiter, bis sie in der Abtei waren und die Tür hinter ihnen zuschlug. Eine Nonne im Foyer warf einen Blick auf Joans Gesicht, wandte sich ab und eilte den Gang hinunter.

»Joan, was ist los?« Sie hatte keine Ahnung, was ihre Schwester dazu gebracht hatte, sich so seltsam zu verhalten.

»Was los ist?«, bellte Joan. »Du warst allein mit diesem Mann auf dem Pferd, und dann hast du den ganzen Weg hierher vor ihm gesessen. Du warst ihm zu nah!« Der Ausdruck auf ihrem Gesicht war der von schierer Wut. So hatte sie ihre Schwester noch nie erlebt.

Ein Gefühl der Besorgnis überkam sie. Joan hatte sich doch mehr verändert, als sie gedacht hatte.

»Mein Pferd ist verschwunden. Du kannst mir glauben, dass ich lieber meine liebe Stute zum Reiten gehabt hätte, aber sie ist weg, und ich weiß nicht, ob ich sie jemals wiedersehen werde.« Ihre Stimme stockte, als sie das sagte.

Joan stieß einen tiefen Seufzer aus und schloss die Augen, ihre Lippen bewegten sich, als ob sie zählte.

Oder war es ein Gebet?

»Joan?«

»Juliana, du verstehst die Männerwelt nicht. Du warst in großer Gefahr, von diesem Mann belästigt zu werden. Du hättest ihm niemals erlauben dürfen, dich von der Gruppe wegzuholen.«

»Aber einer der Reivers kam direkt auf mich zu. Was wäre wohl passiert, wenn er mich gepackt hätte? Ruari hat mich gerettet. Er hat nichts falsch gemacht.«

Joans Hände packten sie an den Schultern, ein strafend fester Griff, der sie erschreckte. »Ruari? Hat er versucht, dich zu küssen?«

Juliana dachte daran, wie nahe ihre Lippen sich für einen Augenblick gewesen waren. Die Wahrheit war, dass sie sich gewünscht hatte, dass er sie küsste, aber sie waren unterbrochen worden. Sie starrte auf die Säulen im Gang und fragte sich, wie seine Lippen wohl geschmeckt hätten. Obwohl sie noch nie geküsst worden war, vermutete sie, dass es äußerst angenehm gewesen wäre ...

»Juliana!«

Sie wandte ihr Gesicht wieder ihrer Schwester zu und errötete bei dem Gedanken.

»Er hat dich geküsst! Ich kann es in deinem Gesicht sehen. Du musst gehen und den Herrn um Vergebung bitten. Du musst für den Rest des Abends beten.«

»Joan, nein. Er hat mich nicht geküsst. Bitte hör auf damit.« Sie keuchte, als ihr Blick einen nassen Fleck auf dem Stoff über dem Oberschenkel ihrer Schwester entdeckte. »Joan«, zeigte sie. »Du blutest. Du hast dich geschnitten. Oh je, du musst dich hinsetzen. Herrin Jennie ist wieder im Land der Camerons. Ist sie diejenige, von der sie gesprochen haben? Ist sie eine Heilerin ...« Sie drehte sich im Kreis, verzweifelt auf der Suche nach Hilfe, während ihre Schwester auf ihre Wunde hinunterblickte. »Aber sie ist nicht hier.«

»Oh ... oh ...« Joan griff nach Julianas Hand, ihre Knie knickten ein.

»Hilfe! Bitte, jemand muss helfen!« Die Tür flog auf, und der Mann namens Neil kam herein und fing Joan auf, kurz bevor sie ohnmächtig zu Boden sackte.

»Schwester!«, rief Neil. »Wir brauchen Hilfe.«

Drei Nonnen eilten den Gang entlang, eine vor den anderen beiden. »Hier rein, bringt sie hier rein. Da ist eine Pritsche für sie.«

Juliana folgte hilflos, als Neil Joan in eine kleine Kammer trug und sie vorsichtig auf die Liege bettete, wobei er sich einen Moment Zeit nahm, um ihre Wunde durch den Stoff ihres Kleides hindurch zu betrachten. »Holt einen Heilkundigen. Sie muss versorgt werden, sonst befällt sie das Fieber.«

Eine starke Präsenz erfüllte den Raum, und

ohne hinzusehen, wusste sie, dass Ruari sich zu ihnen gesellt hatte. Sie trat einen Schritt zurück und lehnte sich an seine Brust, dankbar, seine Unterstützung zu haben, bedürftig nach seiner Berührung. Zu ihrer Überraschung legte sich seine Hand auf ihre Hüfte, aber sie hatte kein Verlangen danach, dass er sie bewegte.

Ihre Welt war in nur wenigen Stunden zusammengebrochen.

Zweimal von Reivers angegriffen, ihr Pferd verloren, Joan, die sie züchtigte, und jetzt war ihre liebe Schwester wegen ihrer Wunde ohnmächtig geworden.

Neil schrie auf: »Ich sagte, sucht einen Heiler!«

Was würde als Nächstes über sie hereinbrechen?

Regle das. Du musst das für sie in Ordnung bringen.
Die Antwort kam in Windeseile. Seine Nichte Tara war zu Besuch in der Abtei und unterrichtete einige der Novizinnen in den Grundlagen der Heilkunst. »Meine Nichte ist hier«, verkündete er. »Ich werde sie holen gehen. Sie ist wahrscheinlich hinten, wo die Novizen sind.« Er eilte hinaus und huschte den Gang hinunter zum hinteren Bereich für die Bewohner.

Als er den langen Gang hinunterging, rief er: »Tara Cameron. Deine Heilfähigkeiten werden gebraucht.«

Taras Kopf erschien am Ende des Ganges. »Onkel Ruari?«, rief sie erstaunt aus. »Was führt dich hierher? Du bist doch nicht hier, um mich nach Hause zu bringen, oder?«

»Nein, aber deine Heilkünste werden gebraucht. Du musst eine Wunde nähen und sie mit dem Breiumschlag deiner Mutter verbinden, sodass sie nicht eitert.« Er gab ihr mit einem Winken zu verstehen, dass sie ihre Utensilien holen sollte. »Beeile dich bitte. Eine der Schwestern wurde bei einem Kampf mit Reivers verletzt.«

Drei weitere junge Mädchen eilten in den Gang, als Tara aus dem Blickfeld verschwand, um ihren Beutel zu holen.

»Welche Schwester?«, fragte eine, ihr Gesicht gezeichnet von Sorge.

»Schwester Joan. Wir brachten sie und ihre Schwester Juliana hierher, aber wir wurden auf dem Weg angegriffen.«

Eine Novizin brach in Tränen aus, während eine andere sagte: »Wir werden ihr helfen, sich um sie zu kümmern.« Die beiden anderen Mädchen nickten heftig, obwohl die Erste noch nicht aufgehört hatte zu weinen.

»Nein, es sind schon genug Leute da«, wandte Ruari ein. »Ihr könnt sie später sehen, wenn sie sich ausgeruht hat. Ihre Schwester und Tara werden sich gut um sie kümmern.« Er konnte sich gut vorstellen, welches Chaos ausbrechen würde, wenn die drei Mädchen ihm folgten. Sie schienen im Alter zwischen zehn und zwölf Sommern zu sein.

Tara kehrte mit ihrem Tornister in den Durchgang zurück. »Ich sehe nach ihr und komme zurück, um euch zu informieren. Ich bin sicher, dass es ihr gut gehen wird.«

Ruari konnte sich ein Lächeln nicht verkneifen über die feinfühlige Art seiner Nichte, mit der Situation umzugehen. Mit ihren sechzehn Jahren war sie schon fast eine erwachsene Frau. Sie erinnerte ihn an ihre Mutter. Wie Jennie hatte sie die wunderbare Fähigkeit, die Menschen um sich herum zu beruhigen. Sie sah sogar wie ihre Mutter aus, mit der gleichen Haarfarbe und den gleichen tiefbraunen Augen, obwohl sie aufgrund ihrer Liebe zum Reiten ein paar mehr Sommersprossen auf der Nase hatte.

»Komm mit, King«, sagte er. Seine Nichte war zum Teil irisch, von Aedans Seite, und Jennie hatte sich bei der Wahl ihres Namens an irischen Überlieferungen orientiert. Viele der High Kings hatten auch den Titel King of Tara getragen, in Anlehnung an den berühmten Hügel von Tara in Irland, von dem sich der Spitzname Tara ableitete. Ruari hatte sich angewöhnt, sie »King» zu nennen, als sie noch jung war, da sie immer die Anführerin in ihrer Gruppe von Mädchen war.

»Onkel Ruari, bitte bleib stehen«, sagte sie und errötete leicht, während sie vor ihm herlief und in schnellem Tempo den Gang hinunter eilte. »Ich habe viel zu tun.«

»Sie ist nicht ernsthaft verletzt, aber sie braucht einen Wickel.«

Tara blitzte ihn mit ihrem strahlenden Lächeln an, und es fiel ihm nicht zum ersten Mal auf, dass seine Nichte schon ganz erwachsen war. Bald würde sie heiraten wollen, und er würde Aedan helfen müssen, sicherzustellen, dass die Männer, die ihr den Hof machten, geeignet waren.

Brin kam den Gang entlang gerannt und rief nach seiner Schwester. »Sie braucht dich!«

»Sie kommt, Brin. Beruhige dich«, sagte Ruari und gab ihm ein Zeichen, sich zu beruhigen. »Wir sind in einer Abtei.«

Brin blieb vor seinem Onkel stehen und starrte zu ihm auf, sein Gesicht verzog sich in Sekundenschnelle. »Entschuldigung, Onkel Ruari. Ich habe nur versucht, zu helfen.«

Vielleicht hatte er sich zu schroff angehört. »Kein Grund zur Sorge, Junge. Ich weiß, du hattest gute Absichten, aber wir müssen unsere Umgebung respektieren. Ich bin sicher, deine Schwester wird Schwester Joan helfen können.«

Brin nickte, aber Ruari bemerkte, wie seine Schultern hingen, als er schwerfällig zurück zum Eingang der Abtei ging und Tara vor ihm herschlich.

Schuldgefühle lasteten auf Ruari. War er damals nicht genau wie Brin gewesen? Er hatte Aedan so gerne helfen wollen, aber er hatte immer das Gefühl gehabt, dass er im Weg war. Immer, bis auf das eine Mal, als sich seine Spionage als hilfreich erwiesen hatte.

Er wollte Brins Mut nicht brechen, sodass er ihm an die Schulter fasste und sagte: »Brin, du hast gute Arbeit geleistet, als wir angegriffen wurden. Ich habe gesehen, wie du zur Seite gegangen bist, damit die größeren Krieger ihre Arbeit machen konnten. Das Wichtigste, was du tun konntest, war, aus dem Weg zu gehen und dich nicht zur Zielscheibe zu machen.«

»Aber Onkel Ruari, ich habe zugesehen, dass ich helfen kann, falls jemand versucht, heimtückisch zu sein. Einer der Reivers versuchte, Padraig von hinten anzugreifen. Ich habe ihn gewarnt, und er hat sich gerade noch rechtzeitig umgedreht und den Bast... Mann niedergestreckt.«

Stolz durchströmte ihn. So sehr, dass er beschloss, das Beinahe-Fluchen seines Neffen zu ignorieren. »Hier, Brin«, sagte er und griff in seinen Waffenrock. »Warum nimmst du Heckie nicht mit nach draußen, damit er ein bisschen im Gras herumtollen kann?«

Brins Gesicht leuchtete auf, als er die Hände nach dem Welpen ausstreckte und den dort platzierten Schatz vorsichtig anfasste.

Padraigs Stiefel hallten über die Steine, als er den Gang hinunter auf sie zustürmte und genau das tat, was Ruari Brin verboten hatte: »Ruari, hat dir dein Neffe erzählt, wie er mir den Arsch gerettet hat?«

Ruari warf seinem Cousin einen scharfen Blick zu, von dem er hoffte, dass er ihn verstand. »Vergiss nicht, wo du bist.«

»Och, die Schwestern werden mir meinen Ausrutscher verzeihen. Nichtsdestotrotz«, sagte er und griff nach Brins Schulter. Er beugte sich hinunter und flüsterte dem Jungen ins Ohr. »Du hast meinen Arsch gerettet, und ich danke dir dafür.«

Brins Kichern hallte in den steinernen Bögen des Ganges auf und ab, aber das Wichtigste war, dass sich seine Schultern wieder aufrichteten, so wie sie sein sollten. Ein einziger Kommentar hatte seine gesamte Sicht auf die Welt verändert.

Wie sehr wünschte sich Ruari, dass ihm das Gleiche widerfahren könnte.

KAPITEL SIEBEN

AM NÄCHSTEN MORGEN saß Juliana am Bett ihrer Schwester und nähte zwei weitere violette Blumen in ihre Stickerei, während sie darauf wartete, dass Joan die Augen öffnete. Sie betete, dass ihre Schwester kein Fieber haben würde. In der Nacht war sie etwas warm gewesen, aber ihre Farbe an diesem Morgen war gut.

Ein leichtes Klopfen an der Tür erregte ihre Aufmerksamkeit. »Herein«, sagte sie und hatte keine Ahnung, wer es war. Sie wünschte, es wäre Ruari Cameron, aber er war am letzten Abend wieder zum Land der Camerons zurückgekehrt.

Ihre Freude über die Reise war erheblich gesunken, nachdem der gut aussehende Mann gegangen war. Sie konnte nur hoffen, dass er ihr Pferd auf dem Heimweg gefunden hatte.

Ein junges, dunkelhaariges Mädchen öffnete vorsichtig die Tür und gab den Blick auf zwei weitere Mädchen hinter sich frei. »Seid gegrüßt«, sagte die Anführerin. »Wie geht es Schwester Joan? Wir würden sie gerne besuchen, wenn wir können.«

Juliana legte ihre Näharbeit auf den Beistelltisch und bot dem Mädchen ihren Schemel an, aber die junge Frau lehnte ab.

»Kommt herein«, sagte sie und hoffte, dass ihr Besuch Joan aufwecken würde. »Sie hat sich heute Morgen noch nicht gerührt, aber es würde mich freuen, mit euch zu reden. Sie wollte mir die Arbeit zeigen, die sie hier macht. Seht ihr sie oft?«

Das dunkelhaarige Mädchen nickte bedächtig. »Aye, wir sehen sie jeden Tag, wenn sie hier in Stonecroft ist. Schwester Joan unterrichtet uns über die Bibel. Mein Name ist Anora, und das ist Lavena und Prudencia.« Sie zeigte zuerst auf ein großes braunhaariges Mädchen und dann auf eine viel kleinere Blondine.

Das letzte Mädchen grinste, verbeugte sich leicht und sagte: »Bitte nennt mich Prudie. Wir haben uns schon Sorgen um Schwester Joan gemacht. Hat sie gut geschlafen?«

Die Stimme ihrer Schwester erklang aus dem Hintergrund. »Ich habe sehr gut geschlafen. Meine liebe Schwester Juliana, die ich mitgebracht habe, um ihr die Abtei zu zeigen, hat sich sehr gut um mich gekümmert.« Sie griff nach Julianas Hand und zog sie zu dem Hocker neben dem Bett zurück. Juliana starrte Joan an, als sie sich setzte, denn sie brauchte die Gewissheit, dass sie tatsächlich gesund war.

»Das sind meine Schützlinge«, sagte Joan. »Sie lernen alle sehr fleißig, um das Wort unseres Herrn richtig auslegen zu können.«

Prudie kicherte und bedeckte ihren Mund mit der Hand. Sie schien die Jüngste zu sein. »Und sie bringt uns bei, wie man kocht und Gebäck macht, das mag ich am liebsten. Wir haben eins für dich mitgebracht, Schwester Joan.«

Lavena holte einen Korb hinter ihrem Rücken hervor. »Aye, frisches Brot und etwas Gebäck für dich.« Ihr Gesicht strahlte vor Stolz über das Angebotene.

»Stell es erst einmal ab«, sagte Joan mit einem Lächeln. »Sag mir, dass du die ganze Zeit gelernt hast, während ich weg war.«

Anora nickte. »Wir haben noch zwei Psalmen durchgearbeitet.«

»Gut, Anora«, sagte Joan. »Bringst du ihnen bei, wie man die Buchstaben liest?«

»Aye, Schwester. Sie machen das sehr gut.«

»Du kannst lesen?«, fragte Juliana schockiert und blickte von den Mädchen zu ihrer Schwester. Sie hatte sich immer gewünscht, lesen zu können, aber ihr Papa hatte gesagt, Frauen bräuchten es nicht zu lernen. Wie konnte sie das von ihrer Schwester nicht wissen?

»Aye«, sagte Joan. »Als ich mein Studium begann, reiste ich zweimal pro Woche zum Land der Camerons, und Lady Jennie unterrichtete mich. Jetzt unterrichte ich die Novizinnen und jede Nonne, die daran interessiert ist. Das ist der beste Weg, die Worte unseres Herrn zu verstehen.«

»Bringst du mir auch das Lesen bei?«, fragte Juliana.

Alle drei Mädchen kicherten über ihre Frage. »Du hast deiner eigenen Schwester nicht das Lesen beigebracht?«, sagte Lavena, obwohl keine Grausamkeit darin lag - nur die schonungslose

Ehrlichkeit der Jugend.

Joan starrte Juliana an, ihr Blick war traurig, dann sagte sie: »Warum geht ihr Mädchen nicht zurück in die Küche und helft den Nonnen bei der Zubereitung des Abendessens? Ich würde gerne Zeit mit meiner Schwester verbringen, wenn es euch nichts ausmacht.«

Die drei verabschiedeten sich und gingen plaudernd den Korridor hinunter. Joan erklärte: »Wir essen nicht viel, wenn die Sonne am höchsten steht. Die Nonnen machen einen feinen Eintopf und Brote für das Abendmahl. Es braucht viele Hände, um das Gemüse zu schneiden.«

Aber Julianas Geist war immer noch auf das fixiert, was die Mädchen über ihre Lesestunden gesagt hatten. »Warum hast du mir nie gesagt, dass du lesen kannst? Du weißt doch, dass ich es schon immer gerne lernen wollte.«

Ihre Schwester seufzte und griff nach ihrer Hand. »Ich habe es erst gelernt, als ich von zu Hause wegging, und wir haben seitdem nicht genug Zeit miteinander verbracht, als dass ich es dir hätte beibringen können. Dies wäre ein guter Zeitpunkt für dich, es zu lernen. Ich würde mich freuen, dich zusammen mit den Novizinnen zu unterrichten. Vielleicht gebe ich dir ein paar Privatstunden. Es gibt viele Dinge, die du tun kannst, wenn du eine Nonne wirst. Lesen zu lernen ist eines davon.«

»Muss ich denn Nonne werden, um lesen zu lernen?« Sie hoffte, nicht. Wäre es nicht eine wunderbare Fähigkeit, die jeder haben sollte? Sogar die Frauen? Sie verabscheute die Ansicht ihres Vaters über Frauen.

Joan richtete sich im Bett auf und machte ihrer Schwester ein Zeichen, den Korb mit den Leckereien nahe genug zu stellen, damit sie etwas davon essen konnte. Sie brach ein Stück Brot ab und nahm eines der Leintücher aus dem Korb und legte es auf ihren Schoß. »Juliana, wir müssen reden.«

»Worüber? Frag mich bitte nicht wieder nach den Männern. Es ist nichts passiert, und du hast dich so aufgeregt. Aber ich verspreche dir, dass ich noch nie geküsst worden bin …«

»Das freut mich. Es tut mir leid, dass ich so aufgebracht war. Ich glaube, ich war noch erschüttert von dem Angriff. Ich habe nicht mal meine eigene Wunde bemerkt. Aber bitte sprich deinen Satz zu Ende.« Sie nahm einen Bissen von ihrem Brot und wartete darauf, dass Juliana antwortete.

Was sie als Nächstes zu sagen hatte, war ihr peinlich, aber sie mochte sich nicht drücken. Sie musste ehrlich zu ihrer Schwester sein.

»Obwohl ich vielleicht gerne von jemandem geküsst werden würde. Joan, wünschst du dir nicht manchmal, du wärst mit einem wunderbaren Mann verheiratet? Und eigene Kinder zu haben?«

»Nein, das tue ich nicht. Ich habe nicht den Wunsch, jemals ein Kind zu gebären. Wenn du wüsstest, was es bedeutet, würdest du es auch nicht tun. Eines Tages, wenn ich nicht zu erschöpft bin, muss ich dir vom Frausein erzählen. Du hattest doch bereits deinen ersten Monatsfluss, oder nicht?«

»Ja, aber was hat das mit dem Kinderkriegen zu tun?«

Ihre Schwester stieß einen langen Seufzer aus und sagte: »Mein Kopf tut weh. Wir reden später weiter.« Sie hob die Bettdecke hoch und starrte auf ihr Bein. »Warum suchst du nicht jemanden, der den Verband wechselt?«

Juliana seufzte und tat, worum ihre Schwester sie bat.

Würde sie jemals mehr über Männer und Kinder herausfinden?

Ruari betrat Aedans Kammer im oberen Teil des Hauses, Brin, Padraig und Neil hinter ihm. »Ich wünsche dir einen guten Abend, Bruder.«

»Kommt herein und setzt euch«, sagte sein Bruder und nickte in Richtung der Hocker, die vor seinem Schreibtisch aufgestellt waren, einer vor dem anderen. »Es sind genug Hocker da. Ich möchte alles hören, was vorgefallen ist. Brins Zunge kam seit eurer Rückkehr nicht mehr zur Ruhe. Aber ich danke dir, dass du ihn unverletzt zurückgebracht hast.« Ruari nahm den Hocker in der ersten Reihe, da er die Mission geleitet hatte, aber Neil nahm sich einen der anderen Hocker und rückte ihn näher an Aedan heran.

Als wolle er ihm eine Botschaft vermitteln.

Nun, Ruari würde es ignorieren. Er würde Neil nicht mehr erlauben, weiter seine Spielchen mit ihm zu treiben.

»Die Reise verlief ereignislos, bis wir eine Stunde vor Stonecroft Abbey eine Pause einlegten. Wir waren schon fast eine Viertelstunde dort, als eine Gruppe von vier Reivern durch die Bäume brach, einer direkt auf Juliana zu. Ich warf sie auf mein Pferd und suchte mir eine Stelle, an der ich sie vor der Gefahr in Sicherheit wähnte.«

Neil machte ein unwirsches Geräusch. »Und du hättest sie dort absetzen und zum Kämpfen zurückkehren sollen. Deine Aufgabe war es, Brin zu beschützen, und du hast ihn verlassen.«

»Ich habe dir und Padraig vertraut, dass ihr Brin beschützen würdet, wenn es nötig wäre, aber ich hatte auch das Vertrauen, dass er sich selbst schützen kann. Sie waren nicht hinter den Burschen her.«

»Und woher zum Teufel willst du wissen, was sie wollten? Der Kanal brachte den Streunern gutes Geld. Soweit wir wissen, haben sie gehofft, dort weiterzumachen, wo sie aufgehört haben«, sagte Neil und wandte seine Aufmerksamkeit von Ruari ab und zurück zu Aedan. »Ich bin der Meinung, Chief, dass Schwester Joan verwundet wurde, weil Ruari weggelaufen ist und sich versteckt hat.«

Aedan starrte Neil an und sagte etwas für ihn Untypisches. »Neil, ich warne dich nur einmal, nicht so von meinem Bruder zu sprechen.«

Daraufhin verstummten alle, und Neil wirkte sichtlich schockiert über die Zurechtweisung. Allerdings nicht mehr als Ruari.

Padraig sagte: »Bei allem Respekt, ich muss Eurem Vertreter widersprechen, Chief. Mein Instinkt war, genau das zu tun, was Ruari getan hat. Als ich sah, dass das führende Pferd direkt auf

Juliana zusteuerte, wurde mir flau im Magen, weil ich nicht glaubte, dass ich sie rechtzeitig erreichen könnte. Ruari hat genau so gehandelt, wie ich es auch getan hätte. Wenn Ihr Euch erinnert, hatten die Narren die Dreistigkeit, sie auf Eurem eigenen Land zu packen. Sie wäre auch meine Priorität gewesen. Wir wurden mit dem Rest der Plünderer fertig, und Brin ging aus dem Weg. Ich war dankbar für seine Geistesgegenwart, denn er warnte mich, als einer von ihnen von hinten auf mich zukam. Ohne Euren Sohn wäre ich mit Sicherheit verletzt worden.«

Bei Gott, das Beste, was Ruari seit Tagen gesehen hatte, war das stolze Gesicht und das breite Grinsen seines Neffen. Wenn es möglich wäre, dass sich seine kleine Brust noch weiter aufblähte, wäre er davongeflogen. Er blickte zurück zu seinem Bruder und freute sich, dessen stolzen Gesichtsausdruck zu sehen. Sein Bruder hatte auf einen Sohn gehofft, war aber zunächst mit zwei Mädchen gesegnet worden. Er liebte alle seine Kinder gleichermaßen, aber er platzte vor Zufriedenheit und Stolz, wenn sein Sohn etwas tat, das seiner Aufmerksamkeit würdig war.

Aedan war ein guter Vater. Wie sehr wünschte sich Ruari, er hätte die gleiche Chance gehabt. Das war eines der Dinge, die er am meisten bedauerte.

Da platzte es aus Neil heraus: »Chief, die Nonne wurde verwundet. Das hätte nicht passieren dürfen.«

Ruari machte keine Anstalten, sich selbst zu verteidigen, sondern wartete auf die Antwort seines Bruders.

In dem leisen Ton, den er für seine endgültigen Urteile reservierte, sagte Aedan: »Juliana Clavelle war in unserer Obhut, und zwar seit ihre Wachen getötet wurden. Sie zu beschützen, hätte jedermanns oberste Priorität sein müssen. Auch Brin kam unverletzt davon. Somit war die Entscheidung von Ruari richtig. Allerdings würde ich gerne wissen, wo Schwester Joan war, als sie verletzt wurde, Neil?«

Neils Augen verengten sich, als er seinen Herrn anstarrte, etwas, das Ruari noch nie gesehen hatte. »Sie war auf dem Weg zu mir. Ich habe sie herbeigerufen, damit ich sie beschützen konnte. Ich wollte nicht, dass eine Dame allein dasteht.«

»Und doch verurteilst du meinen Bruder dafür, dass er dasselbe mit der jüngeren Schwester getan hat?« Aedan lenkte seine Aufmerksamkeit auf den Rest der Gruppe. »Wo wurde Schwester Joan verwundet, und hat sie überlebt?«

Ruari meldete sich zu Wort. »Sie hatte einen Schnitt quer über ihren linken Oberschenkel. Tara hat sie mit dem besten Wickel behandelt und genäht, wie sie es von Jennie gelernt hat. Ich nehme an, es geht ihr gut.«

»Dann betrachten wir dies als eine erfolgreiche Reise. Ich will kein Gerede mehr über Versäumnisse und Fehler hören.«

Die anderen verließen das Zimmer, während Ruari zurückblieb und wartete, bis Padraig die Tür geschlossen hatte. »Verzeih mir, Aedan, wenn ich etwas falsch gemacht habe.«

»Nein, das hast du nicht«, sagte sein Bruder und

trat näher an ihn heran. Ruari war der Größere von ihnen beiden, schon seit er zwölf Sommer alt geworden war, und er war außerdem breitschultriger. Während er es vorzog, auf dem Übungsplatz zu trainieren, hatte sein Bruder es immer geliebt, in die Sterne zu schauen. Oder auf seine Frau. »Ignoriere Neil. Er wird älter, und das gefällt ihm nicht. Du hast das Richtige getan, und du hast meinem Sohn viel zu erzählen gegeben. Mein Dank an dich. Geh und hol dir ein Ale.«

»Mein Dank, Aedan«, sagte er auf dem Weg nach draußen, trat vor die Tür und rannte fast in seine andere Nichte Riley hinein.

Riley sah eher wie Aedan aus, und auch ihr ruhiges Temperament entsprach eher dem ihres Vaters.

»Onkel Ruari, hier ist dein Haustier. Ich habe ihn gerade gefüttert.«

»Ich danke dir, Riley.« Er nahm Heckie und steckte ihn in sein Plaid. »Vermisst du deine Schwester?«

»Natürlich, aber ich bin nicht hergekommen, um nach ihr zu fragen. Ich wollte mit dir sprechen. Aber du hast nicht unrecht«, sagte sie, bevor sie in das Zimmer trat, um ihren Sire zu begrüßen.

Er drehte sich ein wenig, um sie anzuschauen. »Nicht unrecht womit?«

Sie schenkte ihm ein schiefes Lächeln, zuckte mit den Schultern und schloss die Tür, womit das Gespräch beendet war.

KAPITEL ACHT

RUARI GING ZUR Tür hinaus, aber Rileys Kommentar ließ ihn nicht los. Sie hatte schon immer ein unheimliches Gespür dafür gehabt, was jemandem im Kopf herumging, aber sie war selten so direkt damit.

Worüber hatte er also nachgedacht?

Über Neil. Es musste etwas mit dem Stellvertreter seines Bruders zu tun haben. Er verstand das Ausmaß der üblen Feindseligkeit des Mannes ihm gegenüber nicht. Vielleicht war es an der Zeit, ihn direkt damit zu konfrontieren.

Zu seiner Überraschung war Neil nicht so weit den Gang hinunter. Hatte er sich vor der Tür aufgehalten, um zu lauschen?

»Neil«, rief er. Der Mann hielt inne und drehte sich um, um ihn anzusehen.

»Was ist los? Willst du etwa Häme üben? Das brauchst du nicht. Ich weiß, dass Aedan sein einziges Geschwisterchen immer in Schutz nehmen wird.«

Ruari wusste nicht genau, was er darauf erwidern sollte. Es war nicht wahr, aber er wollte es nicht laut sagen, schon gar nicht zu diesem Mann. Heckie schmiegte sich an ihn, als würde er spüren, dass er Trost brauchte.

»Auch wenn er völlig falsch gehandelt hat.«

Darauf konnte er nun antworten. »Falsch? Inwiefern war es falsch, ein Mädchen von nicht einmal zwanzig Sommern zu beschützen?«

»Du verlierst den Fokus. Du hast nur Augen für sie und du vergisst, was das Wichtigste ist.« Neil drehte sich um und setzte seinen Weg durch den Gang fort, ohne ihn zu beachten.

»Augen für wen?« Der Bastard konnte versuchen, ihn abzuwimmeln, aber das würde er nicht zulassen. Er packte Neils Arm und zwang ihn, sich wieder umzudrehen.

»Lady Juliana. Jeder konnte sehen, dass du an ihr interessiert bist. Ich hoffe nur, sie endet nicht so wie deine erste Gemahlin.«

»Du hast schon öfters abfällige Bemerkungen darüber gemacht. Es wird Zeit, dass das aufhört. Ich hatte mit Doirins Tod nichts zu tun.«

»Glaubst du?«, fragte er.

»Erkläre dich«, sagte Ruari und presste seinen Kiefer so fest zusammen, dass es wehtat.

Neil senkte seine Stimme so tief, dass nur Ruari sie hören konnte. »Hättet ihr euch nicht über das Kinderkriegen gestritten, wäre sie nicht so schnell auf ihr Pferd gesprungen. Du weißt es, und deshalb fühlst du dich schuldig.« Sein Blick verengte sich vor Missbilligung. »Und das solltest du auch. Es ist, als hättest du sie mit deinem eigenen Schwert getötet.«

Damit war die Grenze überschritten. Ruari setzte Heckie ab, vorsichtig, um ihn nicht zu verletzen, dann sprang er auf Neil zu und packte ihn an der Kehle. »Woher zum Teufel kennst du all die Details unseres Gesprächs?«

»Weil ich gehört habe, wie ihr euch gestritten habt. Ich bin ihr gefolgt, weil ich mir Sorgen um sie gemacht habe. Im Gegensatz zu dir, offensichtlich.«

»Ich bin ihr gefolgt, oder hast du das vergessen? Ich war direkt hinter dir. Meine Frage ist, warum hast du uns belauscht?«

»Es war ein Versehen. Ich habe nicht gelauscht. Ich bin nur zufällig vorbeigegangen, da habe ich es gehört.«

»Und du wartest bis jetzt, um mir das zu sagen?« Ruari wollte ihm am liebsten endgültig das Maul stopfen, aber er wusste, dass Aedan nicht glücklich darüber wäre, wenn er es tun würde.

»Mach dir keine Sorgen. Ich habe es niemandem erzählt. Aber ich kenne die Wahrheit. Es gab keine Liebe zwischen euch, nicht wahr?«

»Was zum Teufel weißt du schon von Liebe?«

»Mehr als du.«

»Du hast nie geheiratet.«

»Aber ich habe geliebt.«

Rileys Worte sprangen ihm wieder in den Kopf. Du hast nicht unrecht.

Er hatte schon oft vermutet, dass Neil sich ein bisschen zu sehr um seine Frau gesorgt hatte. »Ist das so? Und für wen waren diese Gefühle? Meine Frau etwa?«

Neils ausdrucksloser Blick konnte weder etwas bestätigen noch verneinen.

»Oder geht es dir um Lady Juliana? Warst du deshalb so verärgert? Weil du an ihr interessiert bist?« Er schob Neil beiseite und schlug seine Hände zusammen, als wolle er sie vom Schmutz reinigen. »Meinst du nicht, dass euer Altersunterschied zu groß ist, Neil?« Es überraschte ihn, wie die Frage herauskam - fast wie ein Knurren. Er hatte nicht bemerkt, dass Neil ihn so sehr reizen konnte. »Du bist ein alter Mann. Lady Juliana wäre nie an einem älteren interessiert.«

Er musste weggehen, ehe er etwas sagte, was er später bereuen würde. Er beugte sich hinunter, um Heckie aufzuheben, drückte ihn an sich und warf Neil noch einen Blick über die Schulter zu, bevor er ging.

Neils Gesicht wurde ernst. »Du verstehst das völlig falsch, Ruari. Ich bin nicht an Lady Juliana interessiert. Sie ist zu jung für mich.«

Neil drehte sich auf dem Absatz seines Stiefels und stakste ohne ein weiteres Wort davon.

Er hatte nicht geleugnet, dass er an Doirin interessiert gewesen war, oder?

Später an diesem Abend saß Juliana in der Kammer ihrer Schwester. Den größten Teil des Tages hatte sie sich Joans Züchtigungen angehört. Sie hatte ihre Schwester gedrängt, ihr zu erklären, warum sie keine Kinder haben wollte, aber sie war immer ausgewichen und hatte gesagt, sie würde es erklären, sobald sie die Abtei verlassen hätten.

Schließlich brachte sie den Mut auf, ihrer lieben Schwester die Frage zu stellen, die schon immer in den Abgründen ihres Geistes gelauert hatte. »An dem Tag, als ich acht Winter war und du dich mit Papa gestritten hast ... Wen hat er sich gewünscht, dass du heiratest, und warum hast du dich stattdessen entschieden, Nonne zu werden?« Sie faltete die Hände in ihrem Schoß, den Blick auf ihre Schwester gerichtet, erwartungsvoll auf eine Antwort hoffend.

Die Farbe wich aus Joans Gesicht, und sie griff nach der Decke auf dem Bett und zog sie bis zum Kinn hoch. »Geh jetzt. Lass mich allein. Bitte hol mir ein Ale. Ich will nicht ... ich kann nicht ...« Sie fuchtelte mit der Hand, und Juliana sah den Trübsal in ihren Augen.

Warum brachte eine so einfache Frage sie zum Weinen?

Um ihre Schwester nicht noch mehr zu verärgern, sprang sie von ihrem Hocker auf und ging zur Tür, wo sie innehielt und sagte: »Verzeih mir, Joan. Kann ich sonst noch etwas für dich tun?«

Ihre Schwester wandte den Blick ab und schüttelte den Kopf.

Juliana schloss die Tür so leise wie möglich und ging dann den steinernen Gang hinunter, wobei sie einen Blick auf die kunstvollen Reliefs an den Säulen warf, an denen sie vorbeikam. Ab und zu sah sie ein Spinnennetz in einer der vielen dunklen Ecken, aber sie hatte kein Interesse daran, die kleinen Biester zu töten.

Sie durften leben, schließlich würden sie ihr nichts antun.

Das Geräusch ihrer Schuhe, die auf dem Steinboden aufschlugen, hallte den Gang entlang. Am Ende nahm sie die Stufen hinunter in die große

Halle und fröstelte, als sie den hohen Gemein-
schaftsraum betrat. In der steinernen Abtei war
es ungewöhnlich kalt, die Feuerstellen waren rar
gesät.

Die jungen Mädchen, die Joan besucht hatten,
waren auf dem Weg in Richtung Haupteingang,
aber sie drehten sich um, um sie zu begrüßen, als
sie hereinkam.

»Wie geht es Schwester Joan?«, fragte Prudie.
»Geht es ihr schon besser? Ich vermisse sie sehr.«

»Es geht ihr viel besser.« Sie zwang sich zu einem
Lächeln für die Schülerinnen ihrer Schwester.

»Können wir sie besuchen?«

»Ich bin sicher, sie würde sich freuen, euch zu
sehen. Geht schon mal vor und sagt ihr, dass ich
gleich kommen werde.«

Prudie und Lavena gingen, aber Anora, die
Dunkelhaarige, hielt sich zurück. »Geht ruhig
vor«, sagte sie zu ihren Freundinnen. »Ich komme
gleich nach.«

Die beiden eilten in Richtung der Treppe
am Ende des Flurs. Juliana deutete auf die leere
Stuhlgruppe vor dem lodernden Kamin. »Macht
es dir etwas aus? Es ist mir ein bisschen zu zugig.«

Anora nickte und folgte ihr an das Ende der
Halle. Juliana stand vor dem prasselnden Feuer
und hielt ihre Hände vor sich, um sie zu wärmen. Sie verabscheute die Kälte, das war schon
immer so gewesen. Ihre Kammer zu Hause war
ihr so viel kälter vorgekommen, nachdem Joan
gegangen war, vielleicht weil sie immer ein Bett
geteilt hatten.

Was für eine merkwürdige Feststellung.

Sie ließ sich auf dem Stuhl nieder und lächelte Anora an, in der Hoffnung, dass das Mädchen ihr sagen würde, warum sie zurückgeblieben war, doch die Erklärung ließ nicht lange auf sich warten.

Anoras Lächeln war so hell, dass es strahlte wie das Sonnenlicht. »Ich hoffe, es macht dir nichts aus, aber ich wollte dich etwas fragen. Wenn es zu aufdringlich ist, lass es mich bitte wissen, und ich werde mich auf den Weg machen.«

»Bitte frag mich alles, was du willst. Ich werde antworten, wenn ich kann«, sagte sie und aalte sich schweigend in der Wärme des Feuers wie ein Kätzchen, das von seiner Mutter liebkost wird.

»Ich habe mich gefragt, ob du mir sagen kannst, warum du Nonne werden möchtest«, sagte das Mädchen und beugte sich vor, offensichtlich gespannt auf ihre Antwort.

Juliana hatte diese Frage nicht erwartet. Sie hatte noch nicht viele junge Burschen und Mädchen kennengelernt, aber sie fand ihre Jugend belebend. Ihre unschuldige Freude berührte sie, und ihre Ehrlichkeit weckte in ihr den Wunsch, besser zu sein. Aber warum hatte Anora ihr eine solche Frage gestellt? »Ich habe mich noch nicht endgültig entschieden, aber meine Schwester liebt ihre Berufung, also versucht sie, mich davon zu überzeugen, mein Gelübde abzulegen. Was ist mit dir?«

»Prudie und ich haben immer hier gelebt. Es wird von uns erwartet, dass wir unser Gelübde ablegen. Sie ist sich sicher, dass es das ist, was sie will, aber ich bin neugierig.« Sie knetete die

Hände in ihrem Schoß und fühlte sich sichtlich unwohl mit dem Thema ihrer Unterhaltung.

»Worauf bist du neugierig?«

Anora errötete und flüsterte: »Auf die Burschen. Du etwa nicht?« Das arme Mädchen warf einen Blick über die Schulter, als fürchtete sie, belauscht zu werden. Wahrscheinlich hatte sie niemanden, den sie zu dem Thema befragen konnte, wenn ihre Schwester dem Thema gegenüber so abgeneigt war wie zuvor bei ihr.

Konnte sie zu einem Fremden ehrlich sein? Warum eigentlich nicht? Ihre Schwester weigerte sich, ihr zuzuhören, aber Anora hatte eine Aussprache mit ihr gesucht. Sie holte tief Luft und erzählte ihr ihre Gedanken. »Aye, in Wahrheit interessiere ich mich sehr für die Burschen, aber Joan möchte nicht, dass ich darüber spreche.«

»Lavena und ich haben einmal versucht, sie nach dem Küssen zu fragen, aber sie war nicht daran interessiert, darüber zu reden. Sie hat wohl keine Erfahrung damit. Was sagst du dazu?« Anoras Augen waren braun, die Farbe von Kastanien.

»Ich habe auch nicht viel Erfahrung, aber ich fühle mich von der Aussicht angezogen, jemanden zu lieben und selbst Kinder zu haben. Ich bin mir nur nicht sicher, ob es das Richtige für mich ist, eine Nonne zu sein.« Sie konnte sehen, wie sich die Aufregung in Anora bei der bloßen Erwähnung von Jungs aufbaute. Sicherlich gehörte ein solches Mädchen nicht in eine Abtei. »Wie bist du dazu gekommen, in einem Kloster zu leben? Haben dich deine Eltern in so jungen

Jahren dorthin geschickt?«

Anora schüttelte den Kopf und kaute auf ihren Nägeln, bevor sie weitersprach. »Prudie und ich sind Waisenkinder. Wir wurden in Körben gefunden und hierher gebracht.«

»Zusammen?«

»Nein, etwa sechs Monde nacheinander. Prudie sagt gern, wir seien richtige Schwestern.« Sie kaute erneut auf ihren Nägeln herum, dann bedeckte sie ihre Hände, als sei ihr diese Angewohnheit peinlich.

»Vielleicht seid ihr das ja. Das ist doch eine schöne Idee. Würde dir das nicht gefallen?«

Anora blickte zu einer Gruppe von Nonnen hinüber, die immer noch an einem der aufgebockten Tische aßen. »Ja. Es ist schwer, nicht zu wissen, woher man kommt. Meine Mutter starb bei meiner Geburt, und mein Sire wollte mich nicht allein aufziehen, also brachte er mich hierher. Die Nonnen nahmen mich auf.«

»Es tut mir leid, das zu hören. Möchtest du die Abtei verlassen?«

»Ich glaube, ich würde gerne irgendwo anders hinreisen. Ich war noch nie woanders als in der Abtei.«

»Und die Schwestern erlauben es nicht?«

»Die Äbtissin sagte mir, dass ich gehen kann, wenn ich sechzehn Jahre alt werde. Sie hat mir eine Liste mit Orten gegeben, an die ich gehen kann. Vielleicht nach Edinburgh. Die Abteien sind größer, je weiter man nach Süden kommt, und es gibt viele Leute, die dort arbeiten, die keine Nonnen oder Priester sind. Sie kochen

oder putzen. Vielleicht würde ich das gerne aus-
probieren. Ich ... ich weiß es nicht.«

»Weiß meine Schwester von deinem Wunsch?«
Joan würde kein Gerede darüber dulden, dass
Juliana wegging, aber sicher würde sie den
Wunsch des jungen Mädchens verstehen, etwas
mehr von der Welt zu sehen.

»Aye, aber sie sagt, das muss die Äbtissin entscheiden«, antwortete sie und knabberte wieder
an ihren Fingernägeln. Sie sah unglücklich aus,
wie Juliana feststellte, als würde sie die Tage zählen, bis sie endlich sechzehn werden würde.

»Anora«, sagte sie und griff nach ihrer Hand.
»Versprich mir, dass du gehen wirst. Du verdienst
es, mehr von der Welt zu sehen, bevor du entscheidest, was du mit deinem Leben anfangen
willst. Niemand außer dir sollte darüber entscheiden.«

Anoras Gesicht hellte sich auf. »Danke, dass du
das sagst. Was ist mit dir? Wie wirst du dich entscheiden?«

Das Erste, was in Julianas Kopf auftauchte, war
ein breitschultriger Mann mit dunkelrotem Haar.

Aber wie sollte sie ihn wiedersehen?

KAPITEL NEUN

RUARI MACHTE SICH mit Padraig auf den Weg zum Übungsplatz, fest entschlossen, solange seine Schwertkünste zu trainieren, bis seine Hände bluteten. Vielleicht konnte er Neil dadurch ausstechen, dass er bewies, dass er besser war als er. Brin schloss sich ihm an, was er in letzter Zeit oft tat. Obwohl der Junge noch nicht in der Lage war, ein richtiges Schwert zu halten, geschweige denn zu schwingen, arbeitete er hart, so hart wie jeder andere Cameron-Mann.

Leider schweiften Ruaris Gedanken immer wieder zu einem süßen Mädchen mit hellbraunem Haar, das im Licht der Mittagssonne wie Honig glänzte.

Padraig bemerkte das und neckte ihn. »Ich glaube, deine Sicht wird von einem schönen, kurvigen Paar Hüften getrübt.«

Ruari knurrte und schlug fester auf seinen Sparringspartner ein.

»Na also, ich habe ins Schwarze getroffen.« Er gluckste. »Oder sind mir gerade ein paar schöne Brüste gewachsen, die nach dir rufen?«

Ruari brach in Gelächter aus und trat einen Schritt zurück, um nicht selbst getroffen zu werden.

Padraig ließ seinen Schwertarm sinken und blähte seine Brust auf. »Das habe ich, oder etwa nicht?« Er veränderte seine Position, beugte sich in der Taille und schürzte die Lippen. »Oder bist du im Geiste dabei, meine süßen Lippen zu küssen?« Er schloss die Augen und machte schmatzende Geräusche mit seinem Mund.

Ruari bekam sein Lachen unter Kontrolle, lehnte sich an einen Baum neben ihnen und verschränkte die Arme. »Lass mich wissen, wenn du bereit bist, eine wahre Bedrohung darzustellen, Mädchen, denn du hast noch einen langen Weg vor dir.«

Padraig schlenderte langsam im Kreis umher und versuchte, seine Hüften wie ein Mädchen zu schwingen. Der Anblick brachte Ruari wieder zum Lachen und erregte auch die Aufmerksamkeit von Brin, der damit beschäftigt war, mit Heckie zu spielen.

»Was machst du da, Padraig?«, fragte der Junge und sah mit großen Augen zu ihm auf. »Warum läufst du so seltsam? Hast du dir wehgetan?«

»Nay, er hat Angst, gegen mich anzutreten, Brin«, sagte Ruari grinsend. »Ignoriere ihn.«

Brin zuckte mit den Schultern und widmete seine Aufmerksamkeit wieder Heckie.

Padraig grinste, Ruari entfernte sich vom Baum und sagte: »Ich konzentriere mich, wenn du mit deinem Gesülze aufhörst.«

Es war in der Tat schwierig, aber er hatte die perfekte Methode gefunden, sich zu konzentrieren. Jedes Mal, wenn Juliana in seinen Gedanken auftauchte, zwang er sich, an Padraig zu denken, der seine Hüften schwang.

Die nächsten zwei Tage widmete sich Ruari dem Training, doch am dritten Morgen wusste er, dass es Zeit war, seine Mutter zu besuchen. Es war schon wieder lange her. Er atmete tief durch und machte sich auf den Weg in das Turmzimmer, wo sie die meiste Zeit verbrachte. Es tat ihm weh, zu sehen, dass sie noch immer schlief. »Mama, geht es dir gut?«

»Natürlich, Ruari. Komm rein und plaudere ein wenig mit mir. Ich habe Brin nicht gesehen, aber die süße Tara ist vorbeigekommen, um mich zu besuchen.«

Er gab seiner Mutter einen Kuss auf die Wange und zog sich einen Hocker heran. »Mama, warum hast du einen Verband am Arm?«

»Ich habe mich gestern Abend an etwas gestoßen. Jennie hat sich für mich darum gekümmert. Was würde ich nur ohne sie tun?«

»Bist du sicher, dass Tara den Verband nicht dort angebracht hat? Vielleicht hat sie dich deshalb besucht.«

»Mach dich nicht lächerlich. Jennie ist die Heilerin, nicht Tara. Tara, Riley und Brin kommen jeden Tag zu mir. Durch unsere Adern fließt dasselbe Blut.«

»Wie auch immer, Hauptsache du wurdest verarztet. Bitte sei vorsichtig, wenn du dich bewegst. Hast du den Talg nicht angezündet?«

»Doch, habe ich. Oder besser gesagt, ich habe versucht, ihn anzuzünden. Vielleicht ist das ja passiert.«

Sie starrte ins Leere.

»Mama, du siehst müde aus. Ich gehe raus zum Übungsplatz. Brauchst du etwas?«

»Nein«, antwortete sie und starrte stumpf an die Wand, als hätte sie sich in ihrer eigenen Träumerei verloren.

Er stand auf, um zu gehen, aber ihre Hand ergriff seinen Arm. »Ruari, es ist nicht deine Schuld. Aedan wurde zuerst geboren, er war dazu bestimmt, Chieftain zu werden. Er ist stärker.«

Er kicherte über die oft wiederholte Plattitüde. »Ich weiß, Mama. Du brauchst dir keine Sorgen um mich zu machen. Ich habe es schon vor langer Zeit akzeptiert.«

»Hast du das?«

»Ja, hör auf, daran zu denken.« Er warf ihr einen Kuss zu und eilte zur Tür hinaus, da er die Diskussion nicht weiterführen wollte. Auf dem Weg nach draußen blieb er am Kamin in der großen Halle stehen, um nach Heckie zu sehen, der sich in die kleine Kiste gekuschelt hatte, die er ihm hingestellt hatte. Als er den Welpen hochhob, schmiegte sich Heckie an seine Brust. »Schläfst du den ganzen Tag, Kleiner?«

Heckie gähnte und ließ sich in dem karierten Plaid nieder, den er sich über die Schulter geworfen hatte. »Gut, du kannst hierbleiben.«

Er ging zur Tür hinaus und in Richtung der Übungsplätze, wobei er auf dem Weg an den Stallungen vorbeikam. Der Stallknecht brachte gerade ein neues Pferd in das Gebäude.

Ein Pferd, das ihm sehr bekannt vorkam.

»Woher kommt die Stute?«, fragte er und

drehte sich um. »Sind die Mädchen aus der Abtei zurückgekehrt?«

»Der Abtei?«, wiederholte der Bursche und warf ihm einen seltsamen Blick zu. »Nein, wir haben sie grasend auf der Wiese gefunden. Niemand hat sie für sich beansprucht, also hat Aedan gesagt, wir sollen sie herbringen.« Er warf Ruari einen merkwürdigen Blick zu. »Erkennt Ihr dieses Pferd, Mylord? Sie ist eine schöne Stute, hübsche Färbung. Sie sah verloren aus.«

Ruari rieb die Flanke des Pferdes und grinste. »Ich glaube, ja. Dieses Pferd gehört Juliana, dem Mädchen, das wir zur Abtei eskortiert haben. Sie wird sich freuen, dass sie in Sicherheit ist.« Er hatte auf dem Heimweg vergeblich nach der Stute gesucht.

»Mit dieser Einschätzung hast du recht«, sagte Padraig, als er sich zu ihm gesellte. Er kam gerade vom Training und wischte sich den Schweiß von der Stirn. Er warf sein Schwert auf den Boden und näherte sich der fuchsfarbenen Stute. Das Tier hob den Kopf und wieherte.

Ruari krächzte: »Still, wir werden dir nichts tun, Kleines. Vermisst du deine Reiterin? Lady Juliana ist in Stonecroft Abbey, obwohl ich nicht weiß, wie lange es dauert, bis sie zurückkehrt.«

»Glaubst du, die Stute hat selbst ihren Weg hierher zurück gefunden?«, fragte Padraig nachdenklich. »Denkst du, dass Tiere zu so etwas fähig sind?«

Er streichelte weiter den Kopf des Pferdes. »Sie war noch nie im Burgfried der Camerons, aber sie war schon in der Nähe unserer Pferde. Vielleicht hat sie einen vertrauten Geruch erkannt.«

Brin gesellte sich zu ihnen und sagte: »Komm mit, Padraig. Ich brauche etwas Haferbrei.«

»Schließt du dich uns an, Ruari?«, fragte Padraig, als die beiden sich in Richtung des Burgfrieds aufmachten.

»Nein, ich habe gerade erst gegessen. Geht ihr beiden ruhig, während ich dieses schöne Tier beruhige.«

Padraig ging ein paar Schritte, bevor er sich umdrehte und sagte: »Sei nur vorsichtig. Der Sohn meines Cousins hat ein Highland-Pony, das von einem seltsamen Geist besessen zu sein scheint. Dieses Pony hat ihm mehr als einmal das Leben gerettet. Es gab nie ein anhänglicheres Haustier, aber ich schäme mich nicht, zu sagen, dass es mir Angst macht. Man kann nie wissen, was im Geist eines solchen Tierchens vor sich geht.«

Brin sagte: »Steenie ist erst fünf. Papa hat gesagt, ich muss warten, bis ich zwölf Sommer bin, um ein eigenes Pferd zu haben.« Das Gesicht des Jungen verfinsterte sich.

Ruari zerzauste das Haar des kleinen Jungen. »Eines Tages wirst du ein eigenes haben.« Er wusste genau, wie es sich anfühlte, als zu jung für alles zu gelten.

Zu jung für irgendwas.

Er war immer Aedans jüngerer Bruder gewesen, stand sein ganzes Leben in seinem Schatten.

Der kleine Heckie drückte sich leicht an seine Brust, als wolle er ihm etwas sagen. »Brin?«, sagte Ruari. »Ich glaube, Heckie ist außer Gefahr. Möchtest du ihn als dein Haustier adoptieren?«

Das Gesicht des Jungen leuchtete vor lauter Freude auf. »Du würdest ihn mir schenken? Ich werde mich gut um ihn kümmern.« Er machte einen Satz nach hinten und streckte seine Hände nach dem Welpen aus.

»Aber erst musst du Mama und Papa um Erlaubnis fragen. Wenn sie einverstanden sind, ist er dein. Ich weiß, dass du dich gut um ihn kümmern wirst. Hauptsache, ich kann ihn besuchen, wann immer ich will.« Er übergab den Hund an Brin und streichelte ihn ein letztes Mal am Kopf. Obwohl es ihm Spaß gemacht hatte, sich um den Welpen zu kümmern, fühlte es sich richtig an, ihn Brin zu geben. Es fühlte sich an wie die beste Weise dem Jungen zu vermitteln, dass er würdig war, wichtig.

»Ich danke dir, Onkel Ruari.« Er kuschelte den Welpen unter sein Kinn, und Heckie quietschte zufrieden, bevor er sich für ein weiteres Nickerchen niederließ.

Ruari schmunzelte über die Possen des Tieres. »Solange deine Eltern einverstanden sind.«

»Ich verspreche, sie beide zu fragen.« Brin beeilte sich, Padraig einzuholen.

Als sie allein waren, schmiegte sich Julianas Lieblingspferd weiter an ihn, aber sie stieß einen leisen Schrei aus, der etwas kläglich klang. »Du vermisst deine Besitzerin, nicht wahr?«

Das Pferd schubste ihn ein wenig, wie zum Zeichen.

»Gut, ich bringe dich zu ihr«, sagte er, wobei sein Herz bei dem Gedanken daran schneller schlug, »aber nur, wenn du still bist.«

Das Pferd atmete tief ein und seufzte, genauso wie Heckie es zuvor getan hatte.

Juliana schlich durch die Hintertür aus der Küche, weil sie nicht wollte, dass jemand sie sah. Sie musste einfach weg. Joans ständiges Geplapper über die Freuden des Nonnenseins – und die Unausweichlichkeit der Tatsache, dass Juliana ihr Gelübde ablegen würde – machte sie unruhig.

Sie brachte es nicht übers Herz, Joan zu sagen, dass sie einfach nicht daran interessiert war, die Profess abzulegen. Zumindest jetzt noch nicht. Obwohl sie sich nicht zum Nonnendasein hingezogen fühlte, wollte sie dennoch nicht den Mann heiraten, den ihr Sire für sie ausgesucht hatte.

Vorsichtig schritt sie durch das Gebüsch und machte sich auf den Weg zur Vorderseite der Abtei, vorbei an den Ställen. Wehmut überkam sie bei dem Gedanken an ihre verlorene Freundin. Ihr geliebtes Pferd, Winnie, war immer noch verschwunden. Sie hatte gehofft, das Tier würde den Weg hierher finden, da sie gehört hatte, dass der Geruchssinn von Tieren so stark war, dass sie oft den Menschen folgen konnten, die sie liebten.

Winnie hatte dieses Gefühl für sie anscheinend nicht. Sie seufzte und blickte zum Vollmond hinauf, ihr Herz war voller Sehnsucht nach ihrem Pferd. Und, wenn sie ehrlich war, auch nach Ruari. Spärliche Wolken zogen vor dem leuchtenden Himmelskörper vorbei und tauchten den

Kräutergarten in ein unheimliches Licht, was sie jedoch nicht von ihrem Spaziergang abhielt.

Der Garten von Stonecroft Abbey war ziemlich groß. Er war voll von Kräutern und verschiedenen Gemüsesorten und verströmte einen herrlichen Duft, wie sie ihn noch nie zuvor gerochen hatte. Der hintere Teil des Gartens, direkt an der Mauer, war voller Obstbäume, die allerdings gerade erst anfingen zu knospen. Hier konnte sie ihren Geist frei machen und sich genau überlegen, was sie wirklich wollte.

Sie setzte sich auf den kalten Stein, ohne sich um die Temperatur zu kümmern, und arrangierte ihre Kleider sorgfältig, um sich so warm wie möglich zu halten. Sie legte den Kopf zurück und nahm die Schönheit der Nacht in sich auf, den dunkelblauen Himmel, der mit hellen Sternen übersät war und gelegentlich von vorbeiziehenden Wolken bedeckt wurde.

Ein Zweig brach hinter ihr. Sie fuhr hoch und wirbelte herum, während sich ein Schrei in ihrer Kehle bildete, aber ihr Blick blieb an dem dunkelroten Haar von Ruari Cameron hängen. Anstatt zu kreischen, stieß sie einen leisen Freudenschrei aus, stürzte sich auf ihn und schlang ihre Arme um seinen Hals, bevor sie sich ihrer Kühnheit besann und einen Schritt zurücktrat.

Ruari lächelte sie an und sagte: »Ich wünschte, ich würde jedes Mal, wenn wir uns treffen, so einen Empfang von dir bekommen.«

Sie errötete und starrte auf ihre Stiefel, wobei sie mit den Zehen auf dem Kopfsteinpflaster wackelte. »Verzeiht, aber ich dachte, Ihr wärt ein Unbekannter, und ich befürchtete das Schlimmste. Ich war sehr erfreut, als ich sah, dass Ihr es seid. Aber sagt, was brachte Euch so schnell zurück?«

Er zog sie an sich, seine Hände legten sich auf ihre Hüften. »Ich bin gekommen, um dir gute Nachrichten zu überbringen.«

Ihr Herz raste bei der Berührung, es pochte so stark und schnell, dass sie sich fragte, ob er es auch spüren konnte.

Sie mochte es, ihm so nahe zu sein. Sie genoss es. Und sie hatte es satt, ihre Gefühle zu verbergen. Morgen früh würde sie Joan genau sagen, was sie für diesen Mann empfand.

»Ich habe eine Überraschung für dich«, flüsterte er. »Was mich so schnell hierher zurückgebracht hat, war deine Stute. Sie ist zum Cameron-Land zurückgekehrt, also dachte ich ...«

Sie ließ ihn nicht ausreden, so sehr freute sie sich über seine Nachricht, dass sie ihm die Arme um den Hals warf und ihn fest umarmte.

Doch dieses Mal war etwas anders.

Ihr Herz pochte und raste immer noch, aber eine seltsame Hitze durchströmte sie. Ruari Cameron hatte es ihr angetan. Sie zog sich zurück und blickte zu ihm auf. Ihr gefiel sein Aussehen, sein Duft, seine Augen, seine Berührung, seine Schultern, sein ... alles.

Was mochte sie nicht an ihm?

Bevor sie über diesen Gedanken nachdenken konnte, sanken seine Lippen auf die ihren, und ihre Wärme überwältigte sie. Sie hätte nicht überraschter sein können. Ihre Lippen öffneten sich bereitwillig, und seine Zunge berührte ihre zaghaft.

Sie würde ihrer Schwester nicht sagen, wie sehr sie den Geschmack von Ruari Cameron mochte, obwohl es wahr war.

Sie wimmerte und öffnete ihren Mund noch weiter. Er schob seinen Mund über ihren, vertiefte den Kontakt, und seine Zunge neckte ihre. Oh, wie sehr sie sich wünschte, das könnte ewig so weitergehen.

Stattdessen wurden sie von wütendem Gebrüll unterbrochen.

»Was geht hier vor?«, rief die Äbtissin.

KAPITEL ZEHN

RUARI BEENDETE DEN Kuss abrupt und
drehte sich auf dem Absatz um, wobei er
Juliana hinter sich herzog.»Äbtissin Mary, verzeiht
meine Indiskretion. Das war alles meine Schuld.
Ich bin der Dame im Garten begegnet und habe
sie überrumpelt. Sie trifft keine Schuld.«

Juliana stellte sich auf ihre Zehenspitzen und
spähte über seine Schulter. »Nein, ich bin nicht
ganz unschuldig. Vielmehr habe ich es genossen,
aber verzeiht mir, Mutter Mary.« Ihre Hände
umklammerten seine Schulter, etwas, das er
durchaus mochte, aber er hoffte, sie würde hinter
ihm bleiben. Er wollte nicht, dass sie seinetwegen
in Schwierigkeiten geriet, obwohl er sich mehr
denn je sicher war, dass sie nicht für ein Leben im
Kloster gemacht war.

»Lady Juliana, Ihr werdet Euch zurück in die
Abtei begeben, während ich mit Lord Cameron
spreche. Und darf ich Euch daran erinnern, dass
Ihr hier draußen mitten in der Nacht nicht allein
hättet sein dürfen? Warum seid Ihr zurückgekehrt, Lord Cameron? Und woher wusstet Ihr,
dass er hier draußen sein würde, Mädchen? Um
Himmels willen. Gelobt sei der Herr, mir Kraft

zu geben. Hinein, Liebes. Ich werde noch früh genug mit Euch und Eurer Schwester sprechen, obwohl ich nicht weiß, ob ich die arme Schwester Joan wecken soll, nach allem, was sie in letzter Zeit durchmachen musste.« Die arme Nonne sah aufgeregt aus, ihre Hand ging zu dem Kruzifix, das sie immer um den Hals trug. Der Wind zerzauste das lange, dunkle Gewand, das um ihren hageren Körper flatterte.

»Bitte, nein, wartet bis zum Morgen, um es ihr zu sagen«, sagte Juliana, die sich immer noch an Ruari klammerte.

»Schweigt. Ich dulde keine Widerrede«, sagte die ältere Frau und straffte den Gürtel um ihre Taille. Sie hob die Hand seitlich von ihrem Körper, drehte sich um und zeigte auf die Abtei. »Geht hinein.«

Juliana tat, wie ihr geheißen und eilte in die Dunkelheit davon, wobei sie Ruari einen flüchtigen Blick über die Schulter zuwarf.

Es kostete ihn jedes bisschen Selbstbeherrschung, ihr nicht zuzuzwinkern. Verdammt, er hatte noch nie ein Mädchen so sehr gewollt. Sie war süß und hatte Temperament. Aber er musste den Umständen entsprechend respektvoll sein. Es war unklug von ihm gewesen, sie einfach so auf den Klostergründen zu küssen.

»Ruari Cameron, Euer Bruder wird sehr enttäuscht sein, wenn er hört, dass Ihr mit einem Mädchen auf unserem Grundstück indiskret wart. Ich werde mit ihrer Schwester sprechen, aber morgen schicke ich sie zurück nach Lochluin Abbey. Sie ist eindeutig keine Kandidatin für das Ordensgelübde. Ich nehme an, Ihr bleibt und eskortiert sie zurück. Darf ich auch nach Euren Absichten fragen? Soll ich ihrer Schwester sagen, dass Ihr um ihre Hand anhalten werdet, sobald Ihr zum Cameron-Land zurückkehrt?« Mutter Mary verschränkte die Arme vor sich, während sie auf seine Antwort wartete.

Die Worte trafen ihn wie ein Blitz, obwohl sie das nicht hätten tun sollen. Und zu seiner Überraschung war ihm der Gedanke nicht unsympathisch. In der Tat gefiel ihm die Vorstellung, Juliana zur Frau zu nehmen, was angesichts der Tatsache, dass er sich geschworen hatte, nie wieder zu heiraten, geradezu schockierend war. Das Schicksal hatte die Angewohnheit, selbst die besten Pläne zu durchkreuzen.

»Um ihre Hand anhalten?«, wiederholte er leise und dachte darüber nach, »Das werde ich wahrscheinlich, aber ich glaube, dafür ist es noch ein bisschen früh.«

»Ich habe Euch draußen mit dem Mädchen gefunden, mitten in der Nacht, ohne Anstandsdame. Ich fand sie in Euren Armen. Es wäre mein gutes Recht, darauf zu bestehen, dass Ihr sie noch vor Eurer Abreise heiratet, aber das zu tun, würde mich beunruhigen.« Der Fuß der Äbtissin tippte in schnellem Tempo, was ihm das Ausmaß ihrer Verärgerung vor Augen führte.

Ruari rieb sich die Bartstoppeln, zu fassungslos, um zu sprechen. Obwohl Burschen und Mädchen nicht gezwungen wurden, zu heiraten, wenn sie bei einem einfachen Kuss ertappt wurden, würde ihr Sire die Angelegenheit wahrscheinlich anders sehen.

»Ich werde es in Betracht ziehen, sobald ich mit meinem Bruder gesprochen habe. Ich nehme an, ihre Schwester wird mit uns zurückkehren, sodass ich mit den beiden zusammen sprechen kann, sobald ich meine Entscheidung getroffen habe.«

Die Äbtissin beugte sich zu ihm und flüsterte: »Ich werde beten gehen, dass Ihr die richtige Entscheidung trefft, mein Herr.« Sie blickte ihn durch verengte Lider an - die Art von Blick, die ihn dazu brachte, jede Sünde, die er je begangen hatte, an Ort und Stelle beichten zu wollen.

Als sie gegangen war, ließ er sich zurück auf die Bank fallen, vor der er und Juliana gestanden hatten, als er sie geküsst hatte.

Heiraten.

Er hatte sich geschworen, nie wieder zu heiraten, einfach weil seine erste Ehe eine Katastrophe gewesen war. Doirin hatte sich um keines der Dinge gekümmert, die ihm wichtig waren, und umgekehrt verhielt es sich genauso.

Wie würde es sich anfühlen, mit Juliana Clavelle verheiratet zu sein?

Zum einen wäre da die Möglichkeit der Liebe, denn sie hatten offensichtlich Gefühle füreinander. Juliana, obwohl unschuldig, war in seinen Armen vor Leidenschaft und Verlangen entbrannt, von denen er mehr sehen wollte, aber wie konnte er das ohne Heirat?

Er konnte nicht leugnen, dass seine Absicht ein sanfter, süßer Kuss gewesen war, doch es hatte sich in etwas verwandelt, das alles andere als sanft und süß gewesen war. Tatsächlich hatte er das arme Mädchen fast verschlungen, doch sie hatte es ihm in jeder Hinsicht gleichgetan.

Während jeder Teil seines Gehirns gegen die Idee ankämpfte, wieder zu heiraten, musste er zugeben, dass der Teil von ihm, der mit pulsierender Heftigkeit in ihm gewütet hatte, als sie sich geküsst hatten, mehr wollte. Sie war anders als Doirin, dessen war er sich sicher.

So sehr er auch seine Gefühle verleugnen wollte, er konnte nicht abstreiten, dass er die Entscheidung getroffen hatte, ihr Pferd in die Abtei zu bringen, ohne sich mit jemandem abzusprechen, und er war allein gekommen. Das sprach Bände über seine Gefühle für sie, auch wenn er es nicht zugeben wollte.

Er war allein gekommen, weil er mehr Zeit mit dem Mädchen verbringen und ihre Gunst gewinnen wollte.

Ja, er wollte Juliana Clavelle, und er war bereit, sie zu heiraten.

Juliana marschierte zurück zur Abtei, laut genug, dass man sie hätte hören können, aber ein anderes Gefühl überkam sie, als sie vor der Tür stand. Tränen drohten aus ihr herauszusprudeln, und sie wollte nicht die ganze Abtei aufwecken. Außerdem hatte Ruari ihre liebste Winnie zu ihr zurückgebracht, und sie hatte sie noch nicht einmal gesehen.

Ein Blick über die Schulter verriet ihr, dass die Nonne nach wie vor in das Gespräch mit

Ruari vertieft war. Keiner der beiden würde es wahrscheinlich bemerken, wenn sie sich stattdessen in die Ställe schlich. Als sie sich vergewissert hatte, dass sie den Weg ungesehen zurücklegen konnte, machte sie eine Vierteldrehung und ging auf Zehenspitzen, bis sie Gras fand, das den Klang ihrer Schritte dämpfte.

Mutter Marys Stimme tönte über das Gelände, und obwohl ein Teil von ihr versucht war, ihr zuzuhören, ging sie doch weiter zu den Ställen.

Sie öffnete die Tür und trat ein. Ein Stallbursche auf einer Pritsche in der Ecke richtete sich auf, die Augen schwer vom Schlaf, aber sie bedeutete ihm mit einem Wink, sich wieder hinzulegen. »Ich bin nur hier, um nach meinem Pferd zu sehen, wo immer es auch sein mag. Das, das Ruari Cameron mitgebracht hat.«

Der Bursche zeigte hinunter zum Ende der Stallungen und sie eilte davon. Ihr Herz machte einen Freudensprung, als sie endlich das leise Schnauben ihrer lieben Stute hörte. »Winnie!«, sagte sie und bemühte sich, ihre Stimme zu dämpfen, damit die Äbtissin sie nicht durch die Wände hören konnte. Sie ließ sich gegen das rostbraune Pferd fallen und schlang ihre Arme um seinen Hals. Sie war unfähig, ihre Tränen noch länger zurückzuhalten.

Was hatte sie getan?

Die Äbtissin war wütend, ihre Schwester würde so aufgebracht sein, dass sie sie nach Hause schicken würde, und Ruari …?

Sie hatte keine Ahnung, wie Ruari sich fühlte. Wie auf eine Frage des Tieres hin, murmelte sie in sein weiches Fell: »Ja, ich mag ihn. Aber was habe ich getan?«

Ihr Pferd wieherte, als wolle es sie beruhigen, und Juliana fühlte sich zum ersten Mal seit Tagen wie zu Hause. Das Erlebnis gab ihr ein neues Gefühl der Klarheit.

Sie gehörte nicht in eine Abtei.

Auf keinen Fall wollte sie Nonne werden.

Sie würde ihr Gelübde nicht ablegen.

Am nächsten Morgen würde sie Joan beichten, was sie getan hatte, aber sie würde ihr auch sagen, dass die Klosterschwesternschaft nichts für sie war. Selbst wenn es bedeutete, dass sie und Joan nicht zusammen sein konnten. »Das ist überhaupt nichts für mich, meine liebe Winnie.«

Sich nähernde Schritte erregten ihre Aufmerksamkeit, und sie wischte sich die Tränen von den Wangen und zwang sich, nicht mehr zu weinen. Schließlich hatte sie nichts verbrochen.

Augenblicke später fegte Ruari in den Stall, seine Augen waren voller Sorge. Und in ihnen lag noch etwas anderes. »Ich dachte, du wärst schon hineingegangen, aber der Stallbursche hat mir gesagt, dass du hier drin bist und weinst. Ich habe der Äbtissin gesagt, dass es meine Schuld war. Es tut mir leid, dass ich deine Arglosigkeit ausgenutzt habe.«

Juliana starrte weiter auf ihr geliebtes Tier, und ihr stockte kurz der Atem, bevor sie es schaffte zu sagen: »Es tut mir nicht leid.«

Ruari legte einen Finger unter ihr Kinn und hob ihr Gesicht sanft an, bis sich ihre Augen trafen. »Tut es nicht?«

Sie konnte nicht sprechen, aber sie schüttelte unnachgiebig den Kopf und heftete ihren Blick auf seine Augen.

Er schwieg lange, und die beiden starrten sich an.

»Ich möchte keine Nonne sein und ich möchte auch nicht in einer Abtei leben. Ich würde es vorziehen, jemanden zu heiraten, den ich sehr mag, und seine Kinder zu bekommen. Aber dieser Mann ist nicht der, den mein Sire für mich ausgesucht hat.«

»Dein Sire hat dich mit einem anderen verlobt?«

Sie nickte leicht, und Ruaris Hand fiel von ihrem Gesicht.

Sie fuhr fort und hob ihr Kinn ein wenig an: »Aber ich habe nicht angenommen. Ich wünsche nicht, ihn zu heiraten. Er ist mehr als zwanzig Jahre älter als ich. Meine Schwester möchte auch nicht, dass ich ihn heirate.«

»Darf ich fragen, wie er heißt?«

»Ailbeart Munro.«

Ruari überlegte einen Moment und sagte dann: »Ich kenne ihn nicht, aber du solltest ein Mitspracherecht haben, wen du heiratest.«

»Mein Vater hat mir diesen Besuch erlaubt, weil meine Schwester ihn darum gebeten hat. Ich kann der Heirat nur entgehen, wenn ich mein Gelübde ablege.«

»Hast du Munro bereits kennengelernt?«

»Nein, und das möchte ich auch nicht. Ich habe nichts Nettes über ihn gehört. Er war schon einmal verheiratet.«

»Es gibt eine andere Möglichkeit. Willst du mich heiraten?«

Ihr Herz begann wieder schnell zu schlagen, und die Emotionen bündelten sich zu einem Kloß in ihrer Kehle, als Ruari ihre Hand nahm und ihren Blick suchte. »Ich weiß, dass wir uns nicht gut kennen, aber ich glaube, wir würden gut zusammenpassen. Ich mag dich sehr, und ich würde dir auf jeden Fall den Hof machen wollen. Vielleicht könnten wir in der Lochluin Abbey heiraten. Dein Vater wird vielleicht einverstanden sein, dass du mich heiratest. Ich bin achtundzwanzig, also ein bisschen älter als du, aber keine zwanzig Jahre.«

Juliana hatte nicht zu hoffen gewagt, dass er ein solches Angebot machen könnte. Ruari zu heiraten, wäre akzeptabel. Nein, sogar mehr als akzeptabel. Sie war sich sicher, dass sie diesen Mann lieben könnte. Aber würde Joan ihre Entscheidung akzeptieren?

»Du denkst zu viel nach«, sagte er und senkte den Blick. »Ich sehe, du denkst nicht, dass wir zusammenpassen.«

Sie sagte: »Nein! Dem ist nicht so. Ich habe an Joan gedacht. Die Idee gefällt mir, weil ich dich sehr mag. Aber ich muss erst mit meiner Schwester sprechen. Doch wenn du es wirklich ernst meinst und meine Schwester einverstanden ist, dann lautet meine Antwort auf deine Frage: Ja.«

Ruari lächelte und zog sie in seine Arme, seine Umarmung war warm und einladend. Ein Versprechen.

Winnie hob den Kopf und nickte, als wolle

sie ihr Einverständnis geben, was Juliana zum Lächeln brachte.

»Ich denke, es ist das Beste, wenn du wieder hineingehst. Sprich morgen mit deiner Schwester. Ich glaube, ich werde euch beide zurück zur Abtei von Lochluin eskortieren. Dann kannst du mir deine Antwort geben.«

Ihr Leben hatte eine plötzliche Wendung zum Besseren genommen.

Sie könnte bald die Frau von Ruari Cameron sein.

KAPITEL ELF

JOAN FÜHLTE SICH am nächsten Morgen bedeutend besser, so hatte sie zugestimmt, sich mit der Äbtissin zu treffen, nachdem sie ihr Fasten in der großen Halle gebrochen hatten. Obwohl Joan nicht sagte, weshalb sie im Privatgemach der Äbtissin saßen, wusste Juliana sicher, warum, und ihre Hände zitterten vor Nervosität.

Mutter Mary begrüßte sie. »Schwester Joan, du siehst heute Morgen viel besser aus. Wie fühlst du dich?«

»Ich fühle mich viel besser. Noch eine Nacht und ich bin sicher, dass ich meinen üblichen Pflichten nachkommen kann. Ich fange heute an, aber vielleicht werde ich nur den halben Tag arbeiten.«

Mutter Mary faltete die Hände in ihrem Schoß, während sie sich vom Schreibtisch zurücklehnte. »Hat Juliana dich über ihre Aktivitäten von gestern Abend informiert?«

Joan blickte Juliana verwirrt an. »Nein. Was hat sich gestern Abend zugetragen?« Sämtliche Farbe wich aus dem Gesicht ihrer Schwester, was Juliana dazu veranlasste, ihr Kleid in den Händen zu winden. Die arme Joan war gerade erst wieder auf die Beine gekommen. Würde ihre Übertretung sie zurück ins Krankenbett schicken?

Mutter Mary nickte Juliana zu und zeigte damit an, dass sie an der Reihe war, sich zu erklären. Sie hatte gehofft, dass die Äbtissin für sie sprechen würde, aber sie hatte sich auch auf diese Möglichkeit vorbereitet. In der Tat hatte sie letzte Nacht nicht viel geschlafen – stattdessen lag sie wach und plante, was sie sagen würde.

Juliana räusperte sich, errötete und sagte zu ihrer Schwester: »Ich bin nach Einbruch der Dunkelheit spazieren gegangen, weil ich über meine Berufung im Unklaren war. Ich bin mir einfach nicht sicher, ob ich dazu bestimmt bin, mein Gelübde abzulegen ...«

Die Äbtissin räusperte sich merklich, sodass Juliana zum entscheidenden Teil ihrer Erzählung überging. »Ich bin Ruari Cameron begegnet. Winnie hatte den Weg zurück zum Land der Camerons gefunden, und er brachte sie sofort zu mir, weil er weiß, wie sehr sie mir am Herzen liegt.«

»Juliana!«, drängte Mutter Mary. »Eure Gefühle für das Reittier tun gerade nichts zur Sache!«

Sie tat ihr Bestes, um die Tatsache zu ignorieren, dass eine Äbtissin sie anschrie. »Er hat mich im Kräutergarten gefunden und wir ... na ja ... er hat mich geküsst und ...«

Juliana hatte keine Gelegenheit, die Geschichte zu Ende zu erzählen, denn ihre Schwester schoss von ihrem Sitz auf, das Gesicht wutverzerrt.

»Wie konntest du nur? Und Ihr habt sie gesehen, Mutter Mary? Du hast dich und mich blamiert? Ich weiß nicht, was ich noch sagen soll, außer mich zu wiederholen. Wie konntest du nur?«

Alle versuchten immer, sie zu kontrollieren, von ihrem Sire bis zu ihrer Schwester, und sie hatte es satt. Sie beschloss, das zu sagen, was ihr auf dem Herzen lag, auch wenn die beiden Zuhörerinnen vor ihr ihr wahrscheinlich nicht zustimmen würden. »Joan, ich glaube nicht, dass ich mein Gelübde ablegen möchte. Ich habe kein Interesse daran, Nonne zu werden. Ich würde gerne …«

»Du würdest lieber jemanden wie Ailbeart Munro heiraten, der dich misshandeln und mit dir umgehen wird, als wärst du nicht mehr wert als eine Maus, die durch die Felder läuft? Ich sehe, ich muss dir alles erzählen, was eine Ehe mit sich bringt, damit du endlich verstehst, warum sie dir keinen Spaß machen wird. Männer betatschen dich und nehmen dich, wie sie wollen. Sie …«

Die Äbtissin stand auf, ihre Wangen flammend rot. »Schwester Joan! Behalte diese Gedanken für dich und wiederhole sie nicht in meiner Abtei. Du wirst dich jetzt verabschieden, in die Kapelle gehen und um Vergebung dafür beten, dass du in meiner Gegenwart so schreckliche Dinge gesagt hast. Geh jetzt!« Sie wies auf die Tür. Ihr dünner Körper zitterte sichtlich unter den voluminösen Gewändern ihres Habits. Juliana betete, dass sie nicht zu Boden stürzte. Es war zum Teil ihre Schuld, dass die ältere Frau sich derart aufregte.

Die Zurechtweisung machte Joan für einen Moment sprachlos. Sie stand da und starrte die

Äbtissin mit leicht geöffnetem Mund an, dann sagte sie schließlich: »Aber alles, was ich sage, ist wahr. Sie hat ein Recht darauf, die Wahrheit zu erfahren, und es ist meine Pflicht, es ihr zu sagen, seit wir unsere Mutter verloren haben.«

»Geh jetzt!« Der Zwei-Wort-Befehl kam als wütendes Gebrüll heraus.

Eilig entfernte sich Joan.

Als sie gegangen war, nahm die Äbtissin wieder Platz. »Ignoriert alles, was Eure Schwester gesagt hat. Ihr werdet in die Abtei von Lochluin zurückkehren. Ich habe bereits einen Boten zur Residenz Eures Sires geschickt, damit er von Eurem Vergehen Kenntnis erhält.«

In Julianas Kehle bildete sich ein Kloß, den sie mit Mühe wieder hinunterzwang. »Mein Vater?« Wie würde er reagieren? Würde er darauf bestehen, dass sie sofort nach Hause zurückkehrte, um den Mann seiner Wahl zu heiraten?

»Eure Schwester wird mit Euch zurückkehren. Ich habe die Angelegenheit mit Ruari Cameron besprochen, und ich erwarte, dass er um Eure Hand anhalten wird, wie es sich gehört.«

Julianas Hände umklammerten die Lehnen des Stuhls, auf dem sie saß. »Ihr? Ihr habt ihm gesagt, er soll um meine Hand anhalten?«

»Natürlich. Er wurde dabei ertappt, wie er sich an Euch vergriffen hat. Ein Mann küsst kein unschuldiges Mädchen, wenn er nicht vorhat, sie zu heiraten. Der Nachwuchs ist fast schon um die Ecke. Ich bin sicher, Euer Sire sieht das genauso.«

Ein Kind? Vom Küssen? Das war nicht das, was die Dienstmädchen ihr erzählt hatten. Sie hatten ihr von Männern und Frauen erzählt ... etwas, an das sie nicht denken wollte. Aber es war weit mehr als Küssen. Schamteile, Stoßen, Stöhnen, das waren alles Dinge, die sie gehört hatte. Wie sehr wünschte sie sich, ihre Schwester hätte ihr das alles erklärt.

Würde sie jemals die Wahrheit erfahren?

Ruari hatte gestöhnt, als sie sich geküsst hatten ... und sie auch. Konnte das sein?

Nein, sie weigerte sich, solchen Unsinn zu glauben. Ein Kuss konnte kein neues Leben erschaffen. Dann kehrte ihr Geist zu dem Teil zurück, der sie wirklich am meisten verletzte.

»Ihr habt ihm gesagt, er soll mich heiraten?«

»Natürlich. Das ist würdig und recht, obwohl ich ihm gesagt habe, dass es warten kann, bis Ihr wieder in Lochluin Abbey seid.«

Juliana rannte aus der Kammer, Tränen überströmten ihr Gesicht.

Ruari wollte sie gar nicht heiraten. Er war dazu gezwungen worden.

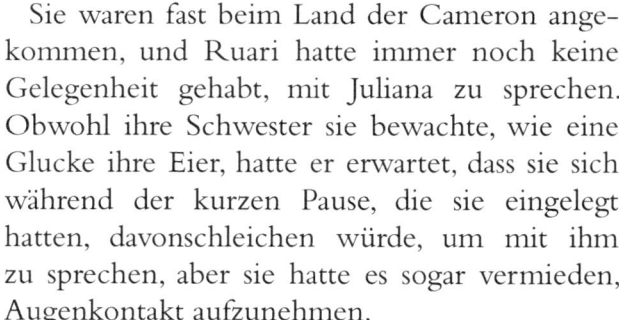

Sie waren fast beim Land der Cameron angekommen, und Ruari hatte immer noch keine Gelegenheit gehabt, mit Juliana zu sprechen. Obwohl ihre Schwester sie bewachte, wie eine Glucke ihre Eier, hatte er erwartet, dass sie sich während der kurzen Pause, die sie eingelegt hatten, davonschleichen würde, um mit ihm zu sprechen, aber sie hatte es sogar vermieden, Augenkontakt aufzunehmen.

Er würde die Sache selbst in die Hand nehmen

müssen. Und so näherte sich Ruari, bevor sie die Abtei erreichten, zuerst Joans Pferd und sagte: »Ich bitte um einen kurzen Moment Eurer Zeit, bevor Ihr zur Abtei zurückkehrt, Schwester Joan. Und ich wäre Euch dankbar, wenn Ihr Juliana erlauben würdet, dabei zu sein.«

Schwester Joan warf ihm einen schroffen Blick zu, nickte aber.

Ruari wies auf einen Bereich außerhalb der Ställe, dann gab er den Wachen, die mit ihnen gereist waren, Anweisungen und schickte einige zurück zur Abtei von Stonecroft. Die übrigen würden in Lochluin bleiben.

Er ging zu dem Bereich, den er für ihr Gespräch ausgewählt hatte, einer kleinen Lichtung, und wartete, bis Schwester Joan und Juliana zu ihm kamen. »Schwester Joan«, sagte er und nickte ihr zu, bevor er ihre Schwester begrüßte. »Juliana.« Wieder weigerte sie sich, Augenkontakt mit ihm aufzunehmen, ihr Blick war fest auf den Boden vor ihren Füßen gerichtet.

Trotzdem fuhr er fort: »Schwester, ich möchte mich für meine Taktlosigkeit entschuldigen. Ich hätte um Erlaubnis bitten sollen, Juliana ordentlich den Hof zu machen, anstatt ihre Arglosigkeit auszunutzen.«

»Aye, das habt Ihr, Lord Cameron, und Ihr solltet Euch von ihr fernhalten. Sie ist nicht an Euch interessiert.«

Ruari war sich nicht sicher, was er darauf erwidern sollte, aber er fuhr mit den Worten fort, die er geplant hatte. »Ich würde gerne um Julianas Hand anhalten. Ich hätte es vorgezogen, ihr den Hof zu machen, um sicher zu sein, dass wir zusammenpassen, aber unter diesen Umständen ...« Er hielt inne, weil Juliana in Tränen ausbrach. Er war sich nicht sicher, wie er darauf reagieren sollte, aber er beendete seinen Satz. »Unter den gegebenen Umständen sollten wir vielleicht früher heiraten. Ich wollte nicht respektlos gegenüber einer von Ihnen sein. Ich habe starke Gefühle für sie ...«

Schwester Joan hob die Hand. »Schluss damit. Ihr braucht mit Euren Lügen nicht fortzufahren. Wir wissen, dass die Äbtissin Euch gesagt hat, dass Ihr um ihre Hand anhalten sollt. Juliana ist verwirrt und will ihr Gelübde nicht ablegen, also hat man uns weggeschickt. Sie wurde beschämt, und unser Vater hat ihre sofortige Heirat veranlasst. Er ist auf dem Weg hierher. In einer Woche wird sie mit ihrem Verlobten verheiratet sein.«

Ruari war fassungslos. »Aber ich würde sie gerne selbst heiraten.«

Juliana schluchzte nun noch heftiger. Er wollte sie trösten, seine Arme um sie schlingen, aber ihre Schwester stand vor ihr und bewachte sie wie ein Bär sein Junges.

Er spähte um Schwester Joan herum und fragte: »Juliana? Warum weinst du so?«

Seine Frage blieb unbeantwortet.

»Ich möchte um ein Gespräch unter vier Augen mit Eurer Schwester bitten«, sagte er zu Schwester Joan. »Zwei Minuten unter dem Baum dort, wo Ihr uns sehen könnt.«

»Nein, Ihr werdet nicht mehr mit ihr sprechen. Ihr habt ihr das Herz gebrochen und sie entehrt,

Lord Cameron. Ich werde nicht zulassen, dass Ihr sie noch einmal verletzt. Bitte verlasst uns.«

Zum Teufel mit ihrer Schwester. »Juliana, bitte«, sagte er und suchte sie mit seinen Augen. »Ich muss mit dir reden.«

Zu seiner Überraschung schob sie ihre Schwester beiseite und trat einen Schritt vor. »Beantworte mir nur eine Frage, Ruari Cameron.«

»Auch tausend. Was ist es?«

»Hat die Äbtissin dir gesagt, dass es deine Pflicht ist, mich zu heiraten?«

Ruari war sprachlos. Er wusste nicht, wie er ihr ehrlich antworten sollte, ohne dass sie das Schlimmste von ihm dachte.

»Da hast du deine Antwort, Juliana.« Ihre Schwester ergriff ihre Hand und zerrte an ihr.

Ruari sagte: »Ja, das hat sie, Juliana, aber ich hätte dich auch so gefragt. Was glaubst du, warum ich dein Pferd im Alleingang zu dir zurückgebracht habe? Ich war an dir interessiert und konnte es nicht erwarten, dich wiederzusehen.«

Sie blickte über die Schulter zu ihm zurück, Tränen liefen ihr über das Gesicht, aber sie sagte nichts.

Ruaris Welt brach zusammen.

Er hatte gedacht, das Einzige, was ihn interessierte, wäre, der Stellvertreter seines Bruders zu werden.

Aber jetzt zu versagen, fühlte sich so viel schlimmer an.

KAPITEL ZWÖLF

RUARI TRAT IN die Kammer seines Bruders und schloss die Tür hinter sich, kurz bevor Aedan explodierte. »Eine Nonne! Du hast eine Nonne entehrt? Was hast du dir dabei gedacht? Du hast mir gesagt, dass du nie wieder heiraten wirst. Das war alles ein großer Fehler, und doch wurdest du fast mit den Händen unter den Röcken einer Klosterschwester erwischt!«

»Aedan, du hast das alles falsch verstanden. Ich ... wir ... ich habe sie geküsst und die Äbtissin hat uns erwischt. Aber ich möchte ihr den Hof machen. Es passierte viel schneller, als ich es mir jemals vorgestellt habe, aber ich habe starke Gefühle für sie. Außerdem ist sie noch keine Nonne und hat beschlossen, ihr Gelübde nicht abzulegen. Ich glaube, wir würden gut zusammenpassen.«

»Einen Teufel passt das. Du wirst dich verdammt noch mal von ihr fernhalten. Ich werde nicht zulassen, dass du den Namen Cameron auf diese Weise besudelst. Du wirst dich mindestens zwei Wochen lang von der Abtei fernhalten.«

Ruari wusste nicht genau, was er tun sollte, aber er konnte das nicht durchgehen lassen.

»Aedan, ich habe ihr bereits die Ehe angeboten. Ihre Schwester hat mich abgewiesen, aber ich habe gehört, dass ihr Sire auf dem Weg ist, und ich habe vor, um ihre Hand anzuhalten, wenn er eintrifft.«

Aedan stand hinter seinem Schreibtisch, mit beiden Händen auf die Tischplatte gestützt. »Ruari, was ist in dich gefahren?«, fragte er. Seine Stimme klang ruhig, aber Ruari wusste es besser, kannte die Ruhe vor dem Sturm. So klang Aedan immer, bevor sein Unmut in eine rasende Wut umschlug.

Vielleicht wäre es besser, wenn er ihm Zeit geben würde, alles zu verarbeiten, bevor er seinen Antrag stellte. »Aedan, sie hat sich entschieden, ihr Gelübde nicht abzulegen.«

»Wegen dir?« Er beugte sich vor, seine Augen quollen förmlich aus ihren Höhlen. Wann hatte er Aedan zuletzt so aufgebracht gesehen?

»Nein, sie ist nicht daran interessiert, Nonne zu werden. Ich glaube nicht, dass sie es je war. Sie ist jung und verwirrt. Ich glaube, ihre Schwester ist diejenige, die will, dass sie Nonne wird.«

Aedan setzte sich hinter seinen Arbeitstisch und fuhr sich mit der Hand durch seine dicken braunen Locken, die bereits die ein oder andere graue Strähne aufwiesen.

Die Tür öffnete sich, Jennie trat ein und schloss die Tür leise hinter sich. Sie lehnte sich dagegen, als wolle sie einen der beiden körperlich am Gehen hindern. »Aedan, ich mag es nicht, wenn du deinem Temperament erlaubst, dich zu beherrschen. Das ist nicht gut für deinen Körper.«

Aedan gab seiner Frau ein Zeichen, näher zu kommen. »Jennie, du übernimmst. Ich weiß nicht, was ich mit ihm machen soll. Mutter Mary aus Stonecroft hat mir eine Nachricht geschickt, dass mein Bruder sich mit einer ihrer Novizinnen unangemessen verhalten hat. Was soll ich nur davon halten? Sie wissen, dass wir die Abtei schützen und respektieren müssen. Es ist die heilige Verantwortung des Clans Cameron. Bei allen Heiligen da oben, er benimmt sich wie ein liebeskranker Tölpel. Du kannst nicht einfach Mädchen küssen, die ihr Gelübde ablegen wollen, Ruari. Ich höre, ihr Sire ist auf dem Weg hierher, und das bestimmt nicht, um dir zu gratulieren.«

Auf Jennies Mund hatte sich ein kleines »Oh« der Überraschung gebildet, aber sie unterdrückte es. »Wenn er aufgebracht ist, werden wir uns darum kümmern«, sagte sie schnell.

Aedan starrte seine Frau an. »Was soll ich ihm denn sagen, um das Verhalten meines Bruders zu rechtfertigen? Er ist fast ein Jahrzehnt älter als das Mädchen.«

Jennie drehte sich zu Ruari um, schenkte ihm ein besänftigendes Lächeln und zuckte mit den Schultern. »Sag mir bitte, was du dir dabei gedacht hast?« Sie trat hinter ihren Mann und legte ihm die Hände auf die Schultern. »Aedan, bedenke bitte, dass dein Bruder ein erwachsener Mann ist, und es ist überhaupt nicht ungewöhnlich, dass ein Pärchen einen gewissen Altersunterschied hat.«

Aus der Halle erscholl ein schrilles Krächzen.

»Aedan! Aedan!«

Aedan eilte zur Tür und öffnete sie. »Was ist los, Mutter?«

»Musst du so schreien? Ich bin sicher, Ruari hat seine Gründe für sein Handeln. Hör auf deinen Bruder, Schatz.« Er konnte über Aedans Schulter sehen, dass ihre Mutter in einigem Abstand von ihnen vor dem Kamin in der großen Halle saß. Was bedeutete, dass viele andere Leute sie wahrscheinlich auch belauscht hatten.

»Alles ist gut, Mutter. Mach dir keine Sorgen um uns«, presste Aedan durch zusammengebissene Zähne hervor, bevor er die Tür leise schloss. »Jennie, sprich mit ihm. Mir scheint, er hat den Verstand verloren.«

»Nur zu, Ruari«, sagte sie sanft. »Sag mir, was du denkst.«

Ruari holte tief Luft und erklärte: »Ich habe sehr starke Gefühle für sie …« Er zögerte, seinen nächsten Gedanken auszusprechen, aber es war ihm wichtig, dass Aedan ihn verstand. »Meine Gefühle für sie sind schon viel stärker als das, was ich je für Doirin empfunden habe.« Er schaute beschämt zu Boden, weil es ihm peinlich war, das zuzugeben.

»Du warst zu jung zum Heiraten«, sagte Jennie. »Es wurde dir aufgedrängt. Ich mache dir keine Vorwürfe für das, was mit Doirin passiert ist. Das weißt du doch. Ihr habt einfach nicht zueinander gepasst.«

Aedan sagte: »Es hätte funktionieren können. Wir wussten nicht, dass sie schlecht zueinander passten, als sie heirateten.«

Jennie erwiderte: »Werter Gatte, du bist keine Hilfe. Du hast ihm diese Ehe genauso aufgedrängt wie Doirin und ihr Vater. Es hat nicht geklappt, Punkt. Ja, er war ein ehrenwertes Mitglied unseres Clans, aber es hat nicht funktioniert. Die meisten von uns wussten, dass Doirin andere Interessen an dieser Beziehung hatte. Sie wollte zu Hofe gehen und vorgeführt werden, nicht Kinder gebären. Sie wollte in Juwelen und Seide gekleidet sein. Das entspricht nicht deinem Bruder und auch nicht dir. Es ist vorbei und vergessen.«

»Ich werde nie vergessen, was geschehen ist, Jennie«, flüsterte Ruari, sein Herz war ihm schwer vor Schmerz.

»Ich weiß, Ruari. Keiner von uns wird Doirin vergessen. Aber das heißt nicht, dass du nicht wieder heiraten kannst. Jetzt erzähl mir von Juliana.«

»Ich mag sie sehr. Ich möchte ihr den Hof machen.« Er tat sein Bestes, um seinen Bruder zu ignorieren, und konzentrierte sich auf Jennie, eine Person, der er vertraute, dass sie ruhig und vernünftig war. Jemand, dem er vertraute, dass er ihm zuhörte.

»Und woher weißt du das?«, fragte sein Bruder.

»Was wissen?« Er blickte verwirrt von Jennie zu Aedan.

»Woher weißt du, dass du sie magst, Ruari? Du hast doch kaum Zeit mit ihr verbracht!« Aedan wurde wieder lauter, doch er beruhigte sich sichtlich, als Jennie seine Schultern drückte.

»Padraig und ich haben auf dem Weg zur Lochluin Abbey mit ihr gesprochen. Ich habe mich recht viel mit ihr unterhalten, als wir sie zur Stonecroft Abbey begleiteten, und ich habe unsere Unterhaltung sehr genossen. Du erinnerst dich sicher, dass ich sie vor dem Angriff der Reiver in der Nähe der Abtei beschützt habe. Ich tröstete sie, aber ich weiß, wie sehr die Gewalt sie erschüttert hatte, noch mehr der Verlust ihres Pferdes. Als man ihre Stute auf unserem Land fand, wusste ich, dass ich ihr das Pferd sofort zurückgeben musste. Deshalb bin ich zurückgegangen.«

»Ohne Eskorte, wohlgemerkt.« Aedan blickte seinen Bruder an, die Arme vor der Brust verschränkt.

»Aye, ohne Eskorte.«

»Warum?«

»Weil ich nicht warten wollte«, sagte er, wohlwissend, dass es ein schwacher Grund war, aber es war besser, als zuzugeben, dass das Mädchen ihm den Verstand vernebelt hatte.

»Oder ist es möglich, dass du nicht klar denken konntest, weil der Gedanke an das Mädchen dir den Kopf verdreht hat?«, fragte Jennie.

Überlasse es einer Heilerin, die Wahrheit im Herzen eines Menschen zu sehen. Er zwang sich, Jennie in die Augen zu sehen, und straffte die Schultern. »Aye. So ist es. Ich kann nicht aufhören, an sie zu denken. Und ich habe sicher nicht nachgedacht, als ich sie im Kräutergarten fand, ihr von ihrer Stute erzählte und sie küsste.«

Aedan fuhr von seinem Stuhl hoch und warf die Arme in die Höhe. »Das ist es, was ich meine. Hattest du keinen Gedanken daran verschwendet, dass du vor einer Abtei standest? Dass sie daran dachte, ihr Gelübde abzulegen?«

»Nein, so war es ganz und gar nicht«, rief er seinem Bruder zurück, müde von den hartherzigen Urteilen seines Bruders. »Ich habe ihr von ihrem Pferd erzählt, sie hat ihre Arme um meinen Hals geworfen, und der Kuss ist einfach passiert.«

»Nay, du hast ein verletzliches Mädchen ausgenutzt.«

»Nein, die Äbtissin erwischte uns, also machte ich ihr einen Antrag. Ich wollte ihr den Hof machen, und das hat die Hochzeit beschleunigt, aber Aedan, ich hätte mich wahrscheinlich sowieso in sie verliebt.«

Jennie drehte sich zu ihrem Mann um, die Hände in die Hüften gestemmt. »Ausgenutzt? Aedan, kann ich mir einen Moment Zeit nehmen, um dich an unser erstes gemeinsames Erlebnis auf dem Hügel direkt hinter der Abtei zu erinnern?«

Zu Ruaris Überraschung entlockte der Kommentar Aedan ein breites Grinsen und er beugte sich vor, um seine Frau auf die Wange zu küssen. »Wie könnte ich diese Nacht je vergessen?«

Jennie zog eine Augenbraue hoch und schaute ihren Mann an, dessen Gesichtsausdruck schnell wieder zu einer finsteren Miene wurde. Dann wandte sie sich wieder Ruari zu. »Du glaubst, du liebst sie?«, fragte Jennie. Ihre Mundwinkel verzogen sich nur leicht, als wollte sie nicht, dass Aedan vermutete, dass sie lächelte.

Ruari dachte einen Moment lang nach und sagte dann: »Ich glaube schon. Oder zumindest glaube ich, dass ich sie lieben werde. Sie hat mir Hoffnung gegeben, etwas, das ich schon lange nicht mehr gespürt habe. Ich habe nicht viele positive Erfahrungen mit Frauen, wie ihr wisst. Diese Freundschaft war wunderbar für mich.«

»Freundschaft?« Aedan fragte.

»Aye, Freundschaft. So hat es angefangen. Ob du mich nun unterstützt oder nicht, ich beabsichtige, ihren Sire um ihre Hand zu bitten. Wie gesagt, ich habe versucht, mit ihrer Schwester zu sprechen, aber sie war nicht bereit, mich anzuhören.«

»Was will Juliana denn?«, fragte Jennie.

»Sie sagte mir, sie würde mich heiraten, wenn ihre Schwester einverstanden wäre.«

»Aber ihre Schwester war damit nicht einverstanden«, sagte Aedan.

»Aye, und ich glaube, sie hat Juliana gegen mich aufgebracht. Ich möchte mit ihr allein sprechen.«

»Ruari, in Ordnung. Ich akzeptiere, dass du Gefühle für sie hast und das Richtige tun willst, aber du musst sehr vorsichtig vorgehen. Bitte verärgere die Äbtissin nicht.«

Ruari hatte keine Lust mehr, seinem Bruder zuzuhören. Obwohl er ihn daran erinnern könnte, dass Juliana ihr Gelübde nicht ablegen wollte, wusste er, dass es nichts bringen würde. Warum dachte sein eigener Bruder immer noch das Schlechteste von ihm? Jennie glaubte an ihn, und das musste ihm im Moment genügen. Er machte auf dem Absatz kehrt und schlich aus dem Zimmer seines Bruders.

Es hatte keinen Sinn, Aedan sein Herz auszuschütten. Er würde nicht aufgeben in seinem Streben nach Juliana Clavelle.

Nein, er würde die Frau heiraten, die ihm Hoffnung gegeben hatte.

KAPITEL DREIZEHN

JULIANA SASS MIT Mutter Matilda und ihrer Schwester in der Kammer der Äbtissin. Wie sehr wünschte sie sich, sie hätte ihre Stickerei dabei, um irgendwie ihre Hände zu beschäftigen. So sehr sie sich auch bemühte, sich nicht in ihrem Sitz zu winden, es gelang ihr nicht.

»Schwester Joan«, sagte die Äbtissin. »Ich glaube, du musst die Tatsache akzeptieren, dass deine Schwester nicht mehr daran interessiert ist, Nonne zu werden. Ich glaube nicht, dass es in Anbetracht der Situation für sie angemessen wäre, weiterzumachen.« Juliana war erfreut, dass diese Äbtissin nicht so aufgebracht oder verärgert über die Umstände zu sein schien wie die Äbtissin in Stonecroft Abbey.

»Bitte, Mutter Matilda. Sie wünscht nicht zu heiraten. Erlaubt ihr, Novizin zu werden.«

Die Äbtissin sah Juliana an und legte den Kopf schief. »Juliana? Was sagst du zur Heirat? Wie ich hörte, hat Lord Cameron um dich angehalten, ebenso wie eine andere Person, die dich zusammen mit deinem Sire besuchen wird.«

Juliana blickte von der Äbtissin zu ihrer Schwester. Sie hatte gewusst, dass ihr Sire kommen würde, aber sie hatte nicht erwartet, dass er gleich ihren Verlobten mitbringen würde.

»Munro? Er bringt Ailbeart Munro mit?«, fragte ihre Schwester mit vor Schreck geweiteten Augen.

»Ich weiß nicht, wen er mitbringt, aber es gibt einen Mann, der mit ihm reist, und beide möchten sich mit Juliana treffen. Denkst du, das wird ein Problem sein?«, fragte die Äbtissin ruhig.

Ihr Ton trug nicht dazu bei, das Klopfen ihres eigenen Herzens oder das ihrer Schwester zu beruhigen.

»Sie wird ihn nicht empfangen«, erklärte Joan und verschränkte die Arme.

Juliana kämpfte gegen die Tränen an, denn sie wusste wirklich nicht, wie sie mit all dem umgehen sollte. Ihre Welt war durch einen einzigen Kuss ins Chaos gestürzt worden. Hätte Ruari ihr aus freiem Willen einen Antrag gemacht, wäre sie überglücklich gewesen, ihn zu heiraten. Aber er war gezwungen worden, und sie hatte gerade erfahren, dass ihr Sire ihr einen anderen Mann mitbringen würde, den sie heiraten sollte.

Jetzt war sie also wieder an dem Punkt, an dem sie bei ihrer Ankunft in der Abtei gewesen war.

Ihr Vater wollte, dass sie einen Fremden heiratet.

Ihre geliebte Schwester wünschte sich, dass sie eine Nonne werden sollte.

Keiner von beiden hatte sie gefragt, was sie wollte, und sie wusste es selbst nicht recht. »Ich bin mir nicht sicher, Mutter Matilda.«

»Hast du zugestimmt, Ruari Cameron zu heiraten? Er sagt, du hättest es getan.«

Ihre Schwester drehte sich um und starrte sie an. »Nein, hat sie nicht.«

Juliana korrigierte sie. »Doch, habe ich, aber ich bin verwirrt.«

»Du kannst keinen Cameron heiraten«, beharrte ihre Schwester. Das hatte sie im Laufe des letzten Tages immer wieder wiederholt.

Mutter Matilda faltete die Hände auf dem Schreibtisch und beugte sich zu Joan. »Warum nicht? Ich glaube, das wäre eine wunderbare Partie für sie. Ich kenne die Cameron-Burschen schon mein ganzes Leben lang, und sie sind ehrbare Männer, wie ich sie noch nie getroffen habe. Was hast du gegen Ruari Cameron?«

Ihre Schwester zappelte in ihrem Sitz, unbehaglich, da die Befragung nun auf sie verlagert worden war. Juliana war versucht, ihre Schwester zu verteidigen, aber in Wahrheit wollte sie ihre Antwort hören.

»Ich glaube einfach nicht, dass die beiden zusammenpassen«, erwiderte Joan und hob ihr Kinn einen Tick an.

»Du würdest es also vorziehen, dass sie den Fremden heiratet, den euer Sire mitbringt?« Juliana glaubte, hinter dem Lächeln der Äbtissin einen Funken von Humor zu erkennen. Irgendetwas an dieser Frau gefiel ihr ausgesprochen gut. Sie spürte, dass sie einen starken Sinn für Gerechtigkeit hatte. Mutter Matilda lehnte sich in ihrem Stuhl zurück und stützte eine Hand auf den Schreibtisch.

»Nay! Sie soll nicht heiraten!«, platzte es aus

Joan heraus.

»Schwester Joan, ist dein Einwand auf deine persönlichen Gefühle gegenüber Männern zurückzuführen, oder geht es dir wirklich um Julianas Gefühle? Denn wenn du deine Gefühle auf deine Schwester projizierst, finde ich das nicht fair ihr gegenüber.«

Joans Augen wurden feucht, und sie wischte sich eine Träne weg, die sich langsam angestaut hatte. »Ich will nicht, dass sie verletzt wird.«

»Viele Frauen heiraten und sind sehr glücklich. Glaubst du, dass Jennie Cameron unglücklich ist? Du hattest im Laufe der Jahre viel mit ihr zu tun.«

Joan kniff die Augen zusammen und schüttelte den Kopf. »Nein, Mutter Matilda. Ich glaube, sie ist glücklich.«

Die Äbtissin drehte sich zu Juliana um und beugte sich zu ihr. »Ist dein Herz gegen eine Hochzeit, Kind?«

Juliana starrte auf ihre Hände. »Nein, das kann ich nicht behaupten. Ich denke, es würde mir gefallen, einen Mann zu finden, den ich liebe, und ihn zu heiraten. Ich dachte, Ruari könnte diese Person sein, und ich habe seinen Antrag angenommen, aber nur, wenn Joan einverstanden ist.« Sie gab nicht zu, dass er gestanden hatte, von Mutter Mary aufgefordert worden zu sein, sich für sie anzubieten. Das tat zu sehr weh, um es überhaupt auszusprechen. Obwohl er behauptet hatte, er hätte ohnehin um sie angehalten, wie konnte sie je wissen, ob das stimmte?

»Und ich bin nicht einverstanden.«

Die Äbtissin lehnte sich in ihrem Stuhl zurück

und faltete die Hände in ihrem Schoß. »Schwester Joan, ich werde dich losschicken, um ein Gespräch mit unserem Herrn zu führen. Suche in deiner Seele nach der Antwort auf diese Frage: Tust du das, was deiner Meinung nach im besten Interesse deiner Schwester ist, oder blendet dich der Egoismus?«

Emotionen blitzten in Joans Augen auf, dann stand sie auf und flüchtete aus der Kammer, wobei sie Juliana verwirrter denn je zurückließ.

Ruari stand mit Padraig vor den Toren der Abtei.

»Bist du sicher, dass du das tun willst, Cousin?«, fragte der jüngere Mann.

Ruari blickte zum Himmel hinauf, während die Sonne langsam hinter dem Horizont verschwand. »Aye, das bin ich. Wenn die Äbtissin es erlaubt, würde ich gerne mit ihrer Schwester sprechen, um sie zu überzeugen, dass Juliana und ich zusammenpassen. Sobald ihr Sire eintrifft, werde ich um eine Audienz bei ihm bitten. Ich will nicht, dass sie einen anderen heiratet.«

»Bist du wirklich bereit, um ihre Hand anzuhalten?«, fragte Padraig und neigte den Kopf mit einem schiefen Grinsen. »Es geht nicht nur um Stolz?«

»Nein. Ich habe starke Gefühle für sie. Ich glaube, ich liebe sie, aber ich bin mir nicht sicher, ob ich weiß, was Liebe ist.«

»Viele sagen, wenn man die Richtige gefunden hat, weiß man es. Instinktiv«, sagte Padraig und tätschelte seine Brustmitte. »Genau hier, du wirst es wissen.«

»Dann ist sie die Richtige. Ich gebe zu, dass ich noch nie solche Gefühle für ein anderes Mädchen empfunden habe. Ich möchte sie nicht verlieren.«

Padraig klopfte ihm auf die Schulter. »Dann schicke ich dir gute Wünsche mit, wenn du mit der Äbtissin sprichst. Ich werde hier auf deine Nachricht warten.« Er fand ein paar Grashalme zum Kauen und lehnte sich an eine große Eiche.

Ruari holte tief Luft, bewegte sich zum Eingang und trat in den Bereich direkt hinter der Tür. Er sagte sich, dass dies etwas ganz anderes sein würde als die Situation in Stonecroft Abbey. Für Mutter Mary war er nicht mehr als ein Sittenstrolch auf Durchreise, der versuchte, unter die Röcke irgendwelcher Mädchen zu langen, aber die Leute in Lochluin Abbey kannten ihn. Sie würden nicht automatisch das Schlimmste von ihm und seinen Absichten denken.

Zu seiner Erleichterung begrüßte ihn Schwester Grace sofort. Sie hatte den Bergfried schon oft besucht, um den Kindern vorzulesen, und er hatte immer ihr sonniges Gemüt bewundert.

»Mylord Cameron. Wie schön, Euch zu sehen. Was kann ich heute für Euch tun?«

»Ich grüße Euch, Schwester Grace. Ich würde gerne einen Moment mit Mutter Matilda sprechen.«

Schwester Grace kicherte und hielt sich die Hand vor den Mund. »Ich dachte, Ihr wärt hier, um Juliana zu sehen. Sie ist doch so ein süßes Mädchen, nicht wahr?«

Er entspannte sich, sein Selbstvertrauen war wiederhergestellt. Offensichtlich billigte sie in gewisser Weise sein Werben um Juliana.

»Das und noch viel mehr, aber ich bin hier, um die Äbtissin zu sehen, wenn Ihr erlaubt.« Er schluckte und versuchte, die Zuversicht zu bewahren, alles zu sagen, was gesagt werden musste.

Die Nonne verschwand für ein paar Augenblicke und kehrte dann recht schnell zurück. »Sie sagte, Ihr sollt gleich mitkommen. Sie hatte gehofft, Ihr würdet einen Zwischenstopp einlegen, um sie zu besuchen.«

Ruari folgte Schwester Grace den Gang hinunter in die Kammer der Äbtissin. Sie forderte ihn auf, Platz zu nehmen, und als er sich auf einem Stuhl gegenüber ihrem Schreibtisch niederließ, ergriff sie ohne Zögern das Wort. »Eure Intention, Lord Cameron?« Mutter Matildas wachsame Augen hefteten sich auf ihn.

Er war mit der Äbtissin mehr als vertraut, da er im Laufe der Jahre eine ganze Menge Zeit in der Abtei verbracht hatte. Manchmal begleitete er Jennie oder Tara hierher, um die Kranken zu pflegen, und bei mehreren Gelegenheiten hatte er den Mönchen persönlich bei verschiedenen Reparaturen am Gebäude geholfen. Bei anderen Reisen brachte er den Gläubigen zusätzliches Gemüse aus dem Garten oder Backwaren aus der Küche mit. Nie, soweit er wusste, hatte er Mutter Matilda einen Grund gegeben, schlecht über ihn zu denken. Sie hatte einen scharfen Verstand und ein mitfühlendes Herz. Er hoffte, dass Letzteres auch für ihn offen sein würde.

»Ich bin hier, um Juliana Clavelle einen Antrag zu machen. Ich würde sie gern zur Frau nehmen, aber ihre Schwester ist dagegen.«

Die Äbtissin musterte ihn einen Moment lang, richtete sich in ihrem Sitz neu auf und beugte sich dann vor. »Erzählt mir von Eurer ersten Ehe, Ruari. Obwohl ich natürlich bei Eurer Hochzeit anwesend war, habe ich Euch und Doirin selten zusammen gesehen. Wart ihr glücklich?«

Sie kam sofort auf den Punkt. Keine Lügen mehr, schwor er sich. Es war an der Zeit, sich seiner Vergangenheit zu stellen, damit er sie endlich hinter sich lassen konnte. »Nein, waren wir nicht. Wir wollten unterschiedliche Dinge. Sie wollte zu Hofe gehen.« Er war sich nicht sicher, wie er den Rest erklären sollte.

»Und welche Erwartungen habt Ihr an eine Ehe?« Ihr Blick blieb auf ihm haften, während sie seine Antwort abwartete.

»Ich wünsche mir ein glückliches Leben im Land der Cameron. Und ich habe mir immer Kinder gewünscht.«

»Knaben oder Mädchen?«

»Das ist mir egal. Ich liebe meine Nichten und Neffen gleichermaßen.«

»Und seid Ihr in das Mädchen verliebt?«

Er hatte erwartet, dass sie das fragen würde, aber die Frage verwirrte ihn nichtsdestotrotz. Er tat sein Bestes, um die ganze Wahrheit zu sagen, so wie er sie sah. »Ich kann es noch nicht mit Sicherheit sagen, aber ich habe sehr starke Gefühle für die Dame. Ich würde sie gern für immer an meiner Seite haben. Ich denke, wir würden gut zusammenpassen. Es hat sich herumgesprochen, dass ihr Sire kommt, um sie zu sehen, und ich hörte, dass er den Mann mitbringen könnte, den er ihr zur Hochzeit angedacht hat. Ich würde ihn gern davon überzeugen, stattdessen mein Angebot anzunehmen, und ich hoffe, dass Ihr mich bei diesem Unterfangen unterstützen werdet. Ich wollte auch mit Schwester Joan sprechen.«

Mutter Matilda nickte leicht, und etwas in ihm löste sich. »Ruari, Ihr habt meine Unterstützung, denn ich weiß, dass Ihr ein feiner, ehrenhafter Mann seid. Ich würde Euch gern glücklich verheiratet sehen. Ihre Schwester fühlt sich im Moment nicht wohl. Ich würde nicht empfehlen, mit ihr zu sprechen. Sie hofft immer noch, dass Juliana ihr Gelübde ablegt, obwohl ich vermute, dass das Mädchen nicht gut in den Schoß der Kirche passen würde. Ich würde vorschlagen, dass Ihr Euch alle Mühe gebt, wenn ihr ihren Sire fragt. Er sollte morgen Mittag eintreffen.« Sie stand auf und bedeutete ihm damit, dass ihr Gespräch zu Ende war.

Er stand auf, machte eine kleine Verbeugung und murmelte: »Ich danke Euch, Mutter Matilda.«

Sie sagte: »Ich wünsche Euch, dass Ihr so viel Glück findet, wie Euer Bruder mit Jennie gefunden hat.«

Er lächelte bei diesem Gedanken und ging den steinernen Gang hinunter. Es fiel ihm auf, dass er die Stille in der Abtei, die ihm in seiner Jugend so erdrückend vorgekommen war, jetzt als einladend empfand.

Er trat in die frische Nachtluft und genoss den Geruch der frühlingshaften Erde um sie herum, der Wind rauschte durch die noch jungen Blätter.

Padraig lehnte an einem Baum und kaute immer noch auf seinen Grashalmen. »Und, zufrieden?«

»Ich denke schon.«

Padraig richtete sich auf und zog eine Augenbraue hoch.

»Mutter Matilda unterstützt mein Vorhaben, aber sie hat vorgeschlagen, dass ich eher mit ihrem Sire als mit ihrer Schwester spreche. Sie werden morgen ankommen.«

»Eine Frage an dich«, sagte Padraig, und ihm wurde klar, dass der Junge wohl die ganze Zeit, die er in der Abtei gewesen war, darüber nachgedacht hatte. »Was wäre für dich wichtiger – Juliana zu heiraten oder der Stellvertreter deines Bruders zu werden?«

Teufel noch eins, das war eine schwierige Frage, doch er kannte die Antwort. Trotzdem war er nicht bereit, es zuzugeben. »Da bin ich mir nicht so sicher«, erwiderte er.

Padraig lenkte ein: »Dann bist du vielleicht doch noch nicht bereit, um ihre Hand anzuhalten.«

»Das ist keine faire Frage«, erwiderte Ruari schnell und senkte seine Stimme, als er merkte, dass er laut geworden war.

»Warum spielt es eine Rolle, ob du Aedans Zweiter bist?

Ruari scharrte mit seinem Stiefel im Dreck

und schritt ein wenig umher, bevor er antwortete. »Vielleicht geht es einzig und allein um Aedans Entscheidungen. Er ist wütend auf mich, und ich fürchte, er würde den Posten lieber an jemand anderen vergeben.« Er wollte Padraig nicht sagen, dass er befürchtete, er könnte derjenige sein. Aber wenn es so wäre, würde er versuchen, sich für seinen Cousin zu freuen.

Padraig zuckte mit den Schultern. »Ich glaube, du wärst glücklicher mit einer schönen Frau im Arm, als der Vize deines Bruders zu sein.«

Warum konnte er nicht beides haben?

KAPITEL VIERZEHN

JULIANA KAUTE AUF einem Fingernagel, obwohl sie diese schreckliche Angewohnheit hasste. Dennoch konnte sie nicht damit aufhören, da sie in weniger als einer Stunde den Mann treffen sollte, den ihr Vater für sie vorgesehen hatte. »Wie sehe ich aus, Joan? Gefällt dir das Kleid an mir?«

»Du siehst reizend aus«, sagte Joan tonlos, ohne aufzusehen. »Ich werde uns etwas zu essen aus der Küche holen. Ich komme gleich wieder.« Sie ging und schloss die Tür hinter sich.

Ihre Schwester hatte nicht mehr viel zum Thema Heirat gesagt und stattdessen lieber über andere Dinge gesprochen. Sie hatten zusammen an ihrem Quilt gearbeitet, wobei Joan sich darüber freute, wie sehr sich ihr Talent entwickelt hatte, und sie hatten Zeit mit ihren Studien verbracht. Juliana wünschte sich verzweifelt, lesen zu lernen, daher bereitete ihr dieses Unterfangen große Freude.

Sie scheute die Themen Männer, Heirat und Kinderkriegen genauso wie Joan. Es brachte das Schlimmste in ihrer Schwester hervor, und sie wollte ihre gemeinsame Zeit genießen.

Es blieb nämlich nicht mehr viel davon.

Juliana trug ein dunkelgoldenes Kleid, das ihre hellbraunen Locken gut zur Geltung brachte. Sie strich die Röcke glatt, weil sie Angst hatte, sie zu zerknittern. Ihre Nerven lagen blank, und sie schritt nervös in der kleinen Kammer hin und her, bevor sie beschloss, dass es vielleicht am besten wäre, sich einfach hinzusetzen und sich ihrer Stickerei zu widmen. Vielleicht konnte sie so herausfinden, was an dem Stück fehlte. Aber dieser Gedanke verflüchtigte sich so schnell wieder, wie er gekommen war. Sie hatte wichtigere Dinge, auf die sie sich konzentrieren musste.

Fast die ganze Nacht hatte sie wach gelegen und an Ruari gedacht. Wie sie sich bei ihm gefühlt hatte. Wie wunderbar es sich angefühlt hatte, in seinen Armen zu liegen. Wie sehr sie ihren ersten Kuss geliebt hatte. Und wie gerne sie mehr von ihm gewollt hätte ... bis ...

Ja, bis die Äbtissin von Stonecroft Abbey sich eingemischt und ihn gezwungen hatte, sie zu heiraten. Vielleicht war »gezwungen« ein zu starkes Wort. Es könnte auch sein, dass sie ihn lediglich dazu überredet hatte.

Nur passte dieses Wort auch nicht viel besser als das erste. Versprochen, überzeugt, gezwungen. Jedes davon war irgendwie falsch. Jedes vermittelte den Eindruck, dass Ruari gar nicht die Absicht hatte, ihr einen Antrag zu machen.

Aber konnte man es denn anders darstellen?

Ermutigt? Nein.

Genötigt? Nein.

Befohlen? Auf keinen Fall.

Angeraten? Vielleicht.

Ihr Herz sehnte sich danach zu glauben, dass der gutaussehende Highlander von selbst auf die Idee gekommen war. Dass er sie liebte oder zumindest glaubte, dass er es könnte. Dass sie wirklich glücklich miteinander sein könnten.

Sie wusste, dass es keine Rolle spielte, und dass ihr Sire sie wahrscheinlich zwingen würde, Ailbeart Munro zu heiraten, aber sie konnte nicht aufhören, an Ruari zu denken. Vielleicht sollte sie einfach dankbar sein für die Erfahrung, die er ihr geschenkt hatte? Sie wusste, wie gut es sich anfühlen konnte, einem Mann nahe zu sein, besonders wenn dieser Mann gutaussehend, freundlich und gütig war wie der Ruari, den sie kannte.

Soweit sie wusste, konnte es durchaus sein, dass sie Ailbeart noch lieber küsste als Ruari. Es schien unmöglich, aber wenn dem tatsächlich so wäre, würde sie sofort wissen, dass es richtig ist.

Irgendetwas an der Idee ließ ihren Puls in die Höhe schnellen. Was, wenn sie und Ailbeart füreinander bestimmt waren? Er hatte sie die ganze Zeit über heiraten wollen, und niemand hatte ihn schließlich dazu gezwungen. Vielleicht war das mit Ruari nur der Test, den sie gebraucht hatte, um zu verstehen, was in ihrem Herzen vorging.

Ihre Schwester kam mit einem Tablett mit Essen zurück. Diesmal sah sie Juliana an, und sie stieß einen missmutigen Seufzer aus. »Juliana, du siehst reizend aus, zu reizend. Mir wäre es lieber, du wärst in ein grässliches Gewand gekleidet, das an dir hängt wie ein Kartoffelsack. Dann wären deine weiblichen Rundungen nicht derart zu erkennen.«

Sie legte ihre Näharbeit beiseite und sah ihre Schwester stirnrunzelnd an. »Aber warum?«

»Weil sich der alte Munro dann nicht für dich interessieren würde«, sagte sie, nach wie vor den Blickkontakt vermeidend.

»Das würde beweisen, dass er ziemlich ober-flächlich ist, nicht wahr?«, fragte Juliana und faltete die Hände in ihrem Schoß.

»Aye, es wäre ein Beweis für seinen wahren Charakter. Ich hoffe, dass du diesen Teil von ihm erkennen wirst.«

»Du willst doch nicht, dass ich Ailbeart Munro heirate, oder?«, fragte Juliana, die sich weigerte, die pauschale Verweigerungshaltung ihrer Schwester zu der möglichen Hochzeit zu ignorieren.

»Sagen wir mal, er wäre nicht meine erste Wahl für dich. Ich sehe, dass du verwirrt darüber bist, was du willst, so wie ich es in deinem Alter war. Du hast so sehr von Ruari geschwärmt, jetzt bist du begierig darauf, Ailbeart zu treffen. Wir wer-den abwarten und sehen. Ich schätze, du selbst wirst ihn selbst am besten einschätzen können. Ich muss mehr auf deine Gefühle vertrauen.« Sie beugte sich hinunter und umarmte sie. »Ich wün-sche dir nur das Beste, und ich vergesse, dass du inzwischen erwachsen geworden bist und selbst-ständig denken kannst. Die Äbtissin hat recht. Ruari Cameron ist ein ehrenwerter Mann, und wenn du dich für eine Heirat entscheidest, wäre er in der Tat eine vortreffliche Wahl.«

Sie erwiderte die Umarmung und löste sich dann von Joan. »Aye, da hast du recht. Ich weiß

nicht, was ich will. Ich werde darüber nachdenken, wenn ich Laird Munro getroffen habe. Ich
nehme an, es wäre schön, mit einem so einfluss-
reichen Mann verheiratet zu sein.«

»Ich muss sagen, deine Nähkünste sind aus-
gezeichnet. Erzähl mir noch einmal, warum du
dieses Motiv gewählt hast?«, fragte Joan und
neigte ihren Kopf, um einen besseren Blick darauf zu bekommen.

»Das Bild ist mir eines Nachts im Traum erschienen. Es ist eine Lavendelwiese in voller Blüte. Ich
habe so etwas noch nie gesehen, aber ich hoffe,
dass ich es eines Tages zu Gesicht bekomme. Ich
mache es für mein neues Zuhause, wo immer das
auch sein mag.«

»Juliana, das ist wunderschön«, sagte Joan, und
ihre Augen leuchteten. »Ich hoffe, es wird bald
passieren.«

»Meinst du, Laird Munros Land sieht so aus?
Könnte es ein Zeichen für mein neues Zuhause
sein? Es fehlt etwas, aber ich kann nicht sagen
was. Vielleicht soll es ein Abbild der Burg meines Mannes sein.« Es wäre so einfach, wenn ihr
jemand die richtige Antwort einfach so geben
könnte. Wenn das Motiv auf dem Quilt vielleicht
die Wiese darstellte, die zu Munros Land führt.
Dann würde sie wissen, was für sie richtig ist, und
dass sie keinen schrecklichen Fehler machte.

Aber der Gedanke, Laird Munro zu heiraten,
gab ihr das Gefühl, als würde es ihr das Herz in
zwei Hälften reißen. Wollte sie Ruari wirklich
heiraten? War das die Ursache für den Konflikt
zwischen ihrem Herz und ihrem Hirn?

Schwester Grace erschien in der Tür und sagte: »Euer Sire ist hier und möchte euch beide sehen. Die Äbtissin hat veranlasst, dass ihr den Saal eine kurze Zeit für euch allein habt. Sie hat auch ein kleines Mahl für euch und eure Gäste vorbereitet.«

Juliana stand auf und konnte kaum glauben, dass der Moment gekommen war. Sie strich sich zum hundertsten Mal ihre Röcke glatt, kniff sich in die Wangen, um ihnen wieder etwas Farbe zu verleihen, und trat in den Gang, dicht gefolgt von ihrer Schwester.

»Das brauchst du nicht zu tun«, sagte Joan mit leiser Stimme.

»Was tun?«, starrte sie ihre Schwester an und wartete auf eine Erklärung.

»Deine Wangen kneifen. Ein Mann sollte nicht aufgrund deines Aussehens entscheiden, ob er dich mag oder nicht.« Sie schob sich vor Juliana und übernahm die Führung, als sie den Saal betraten.

»Worauf sollen sie ihre Entscheidung sonst stützen?«, fragte Juliana, verwirrt über ihre Bemerkung. Natürlich musste die Frau eines Chieftains auch schön sein.

Oder etwa nicht?

Sie betraten die Halle, ohne eine Antwort auf ihre Frage zu erhalten. Ihr Sire rief ihnen zu und sie eilten hinüber, um ihn zu begrüßen.

Doch dann landete ihr Blick auf Ailbeart Munro.

Er war mehr als gutaussehend, ein schneidiger Mann. Er trug sein Plaid, Schattierungen von

Grau, Schwarz und Grün, über weißem Leinen. Sein Haar war hellbraun, mit einem dazu passenden Bart, den er allerdings kurz trug. Sein Lächeln spiegelte sich nicht in seinen Augen wider, aber es fiel ihr auf, dass er sie mit unverwandtem Interesse anstarrte.

Dieser gutaussehende Mann hatte nur Augen für sie.

Sie knickste vor ihm, als sie sich dem Tisch näherten, an dem die beiden Männer saßen, dann grüßten sie und Joan beide ihren Vater.

»Meine Güte, Ihr seid eine wahre Schönheit, Mylady«, sagte Laird Munro. »Wann habe ich je ein so reizendes Mädchen wie Euch gesehen?«

Die Art, wie er es sagte, so präzise und selbstsicher, überraschte sie.

Er machte eine leichte Verbeugung vor ihr. »Ich bin sicher, Euer Sire hat Euch erzählt, dass ich Euch zu meiner Frau machen möchte, Lady Juliana. Nun bin ich sicher, dass Ihr mir sehr gut passen werdet. Sollen wir als Datum heute in einer Woche auf meiner Burg festsetzen? Es wäre sehr passend, schließlich seid Ihr die künftige Herrin des Munro-Hofes, warum also nicht dort heiraten?«

Juliana blickte ihren Vater und ihre Schwester an und wusste nicht, wie sie antworten sollte. Joan zog sie zu einem Stuhl und platzierte sie darauf, während die Männer es ihr gleichtaten.

Ihre Schwester war noch nicht bereit, sich zu setzen. »Und die wievielte Ehefrau wäre Juliana für dich, Ailbeart?«

Juliana zuckte fast zusammen beim Klang seines Vornamens von den Lippen ihrer Schwester.

»Laird für Euch, Schwester Joan. Und sie wird meine zweite und letzte Frau sein. Als Nonne sollte Euch das eigentlich nicht kümmern.« Seine Stimme senkte sich in einen drohenden Ton, der sie zurückschrecken ließ.

Juliana konnte nicht anders, als zu ihrer Schwester zu blicken und auf ihre Reaktion zu warten.

»Ailbeart«, platzte es aus Joan heraus. »Meine Schwester wird sich nicht dafür entscheiden, deine Frau zu werden, da kannst du dir sicher sein, also geh nach Hause.«

Das Gesicht ihres Sires färbte sich unerwartet rot. »Joan, behalte deine Gedanken für dich«, brüllte er. »Ich habe Laird Munro hergebracht, um zu sehen, ob die beiden zusammenpassen. Das ist nicht deine Angelegenheit. Was fällt dir ein, so unverschämt zu sprechen?«

Joan machte auf dem Absatz kehrt und stakste ohne ein weiteres Wort aus der großen Halle.

Warum konnte ihre Schwester Ailbeart Munro so wenig leiden?

⁓

Ruari schritt draußen umher und wünschte, Julianas Vater würde sich beeilen. Die Äbtissin hatte ein Treffen mit Clavelle in der Nähe der Ställe der Abtei arrangiert.

Wie aus dem Nichts erschien der Mann, die Hände in die Hüften gestemmt, und starrte Ruari an. »Kenne ich Euch? Die Äbtissin sagte, hier wolle jemand mit mir sprechen.«

Ruari begrüßte ihn. »Nein, das tut Ihr nicht.

Mein Bruder ist der Chieftain des Clans Cameron. Ich traf Eure Tochter Juliana, als sie hier
ankam. Wir lernten uns kennen, als ich sie zur
Abtei von Stonecroft und zurück begleitete.«
Er hielt inne, um sich zu räuspern. »Ich würde
gerne um ihre Hand anhalten.« Er hatte sein bestes Plaid und Leinen für den Mann angezogen,
obwohl er befürchtete, dass es trotzdem nicht
genug Eindruck machen würde.

»Seid Ihr sicher, dass Ihr von meiner Juliana
sprecht? Sie ist gerade erst hier angekommen.
Das wäre unmöglich.«

»Aye, Lord Clavelle, ich spreche von Juliana.
Ich bin sicher, wir würden gut zusammenpassen,
wenn ...«

»Nay«, bellte der Mann. Er war groß gewachsen,
auch wenn seine Schultern ein wenig eingefallen
waren. Wahrscheinlich war er einmal ein ansehn-
licher Mann gewesen, aber das lange Leben hatte
ihm die Kondition geraubt.

»Ich denke, es wäre keine schlechte Entscheidung. Ich bin ein ehrenwerter Mann und ...«

»Ich habe Nein gesagt. Verschwinde.« Er blickte
Ruari an, als er das sagte, und machte damit seinen Willen unmissverständlich klar.

»Mylord, ich denke, wir würden zusammenpassen. Wir ...«

»Bist du schwerhörig? Sie ist mit Ailbeart
Munro verlobt und wird in einer Woche heiraten. Sie ist vergeben.« Er wirbelte herum wie ein
Tänzer, der zu viel Bier getrunken hat, und ging
wieder hinein.

Doch Ruari war nicht bereit, aufzugeben. »Hat

sie dem zugestimmt?«

Er drehte sich um und sagte: »Sie hat kein Mitspracherecht. Sie wird tun, was man ihr sagt. Ich verbiete dir, sie wiederzusehen, Bursche. Halt dich von ihr fern.«

Es ihm verbieten?

Zum Teufel mit Clavelle. Er würde Juliana wiedersehen.

Darauf konnte er Gift nehmen.

KAPITEL FÜNFZEHN

JULIANA DREHTE DEN Kopf und blickte zu ihrem Begleiter, dem Oberhaupt des Clan Munro, Ailbeart Munro. Er hatte ihr angeboten, sie zu einem nahe gelegenen Fest zu bringen, das im Frühling und Sommer einmal pro Mond stattfand, nicht mehr als eine Reitstunde von der Abtei entfernt. Sie hatte das Angebot angenommen. Munro und ihr Vater waren vor zwei Tagen in der Abtei angekommen, aber sie hatte nach ihrer ersten Begegnung in der Halle kaum mit dem Laird gesprochen. Dies war ihre Chance, ihn besser kennenzulernen.

Obwohl ihr Herz immer noch Ruari Cameron gehörte, musste sie sich auf die Möglichkeit vorbereiten, dass ihr Sire sie zwingen konnte, Munro zu heiraten. In den letzten zwei Tagen hatte er sich bei diesem Thema als äußerst stur erwiesen.

Ihre Schwester war ebenso hartnäckig, dass sie den Laird nicht heiraten sollte.

Die beiden waren offenbar in eine Sackgasse geraten, denn ihr Vater und ihre Schwester sprachen nicht mehr miteinander. Joan hatte immer noch nicht erklärt, warum sie Ailbeart Munro ablehnte, abgesehen von seinem Alter. Er hatte zwar viele graue Haare, aber da sein Haar so hell war, fielen sie nicht weiter auf. Genauso wenig wie die feinen Falten in seinem Gesicht.

Juliana bevorzugte Ruari Camerons robustes, juveniles Aussehen, aber niemand hatte sie nach ihrer Meinung gefragt. Und es war auch nicht zu erwarten, dass jemand das tun würde.

Munro lehnte sich näher heran und flüsterte ihr ins Ohr: »Welche Seite wird gewinnen? Die rotkarierten oder die blauen?«

Sie betrachtete die Masse der Männer, die an den entgegengesetzten Enden eines sehr langen Seils zerrten, und versuchte zu entscheiden, welches Team stärker erschien. Sie fand, dass die blaue Gruppe viel stärker aussah, die sieben Männer zerrten so stark am Seil, dass die rote Gruppe alles geben musste, um die Markierung auf dem Boden zwischen ihnen nicht zu überschreiten. »Ich denke, die Blauen. Sie sind viel stärker als die andere Gruppe. So etwas habe ich noch nie gesehen.«

Sie lachte, ein nervöser Laut, und Ailbeart beugte sich herunter und flüsterte: »Ich liebe den Klang Eures Lachens. Ich verspreche Euch, dass Ihr das als meine Frau noch oft tun werdet.«

Das rote Team brach plötzlich zusammen, das Seil flog ihnen aus den Händen, während viele von ihnen fluchend zu Boden stürzten. Ihre Augen weiteten sich bei einigen der Ausdrücken, die sie daraufhin zu hören bekam.

»Bei solchen Festen kann es ziemlich rau zugehen. Ich entschuldige mich dafür, dass diese Rohlinge keinen Sinn für Ehre in ihrem Verhal-

ten gegenüber Damen haben. Was wollt Ihr noch
sehen? Vielleicht besorge ich Euch ein Geschenk«,
sagte er, und sein Mund verzog sich zu einem
breiten Lächeln, während er sie in Richtung der
bunten Zelte in der Mitte des Festes führte.

Juliana hatte noch nie ein solches Spektakel
erlebt, und sie musste zugeben, dass es prächtig
war. Ihr Vater war sehr vorsichtig gewesen und
hatte ihr nur gelegentlich erlaubt, auf dem kleinen Fest, das ab und an in der Nähe ihres Hofes
stattfand, Essen von den Verkäufern zu holen.
»Was gibt es denn?«

»Das werdet Ihr gleich sehen.«

Die Wolken hielten die Sonne fern, sodass es
überwiegend grau war, aber es hatte noch nicht
geregnet. Sie fürchtete, ihr einziges Paar guter
Schuhe zu ruinieren. Sie hatte ein festes Paar
Stiefel, aber nur ein Paar Slipper, und beide zeig-
ten schon Spuren von häufiger Nutzung. Zum
Glück verbargen ihre Röcke sie weitgehend.

Ailbeart führte sie zum ersten der Stände, und
sie staunte über die große Auswahl an bunten
Haarbändern. »Oh, wie schön.«

»Nichts ist zu schön für Euch. Sucht Euch Eure
zwei Lieblingsstücke aus, und ich lasse sie für
Euch zu einem Paket schnüren, das Ihr mit nach
Hause nehmen könnt.«

Wie bedankte man sich bei einem Mann für so
ein Geschenk?

Sie wählte ein tiefgrünes Samtband und ein
violettes, das die Farbe des Lavendels in ihrem
Quilt hatte, beide dunkel genug, um sich von
ihrem hellbraunen Haar abzuheben. Sie bedankte

sich artig und errötete, als er säuselte: »Vielleicht stehle ich mir später zum Danke einen Kuss.«

Sie wusste nicht, wie sie auf eine solche Bemerkung reagieren sollte, also schwieg sie.

»Oder vielleicht gleich jetzt«, sagte er, und seine Lippen trafen ihre in einem schnellen, erdrückenden Kuss, der zwar nur eine Sekunde dauerte, aber lange genug, um ihr eines zu sagen.

Sie mochte es nicht. Es war nichts im Vergleich zu Ruari Camerons Kuss.

Ihr Herz sackte in ihrer Brust zusammen. Ein Teil von ihr hatte gehofft, sie würde sich in Ailbeart verlieben – es wäre so viel einfacher gewesen. Aber sie versuchte, das Gefühl zu ignorieren und sich zu amüsieren. Sie konnte immer noch später entscheiden, was sie tun wollte.

Ailbeart führte sie an dem nächsten Stand vorbei, der voller Dolche und anderer kleiner Waffen war, und dann zum nächsten. »Ein passendes Geschenk für Euch. Sucht Euch ein Paar aus für jedes Band.«

Juliana staunte über die Vielzahl wunderschöner perlenbesetzter Schuhe, die vor ihr standen. Es gab sie in allen Farben des Regenbogens! Sie verliebte sich in ein goldenes Paar, und obwohl es weder lila noch grün war, entschied sie sich dafür. Nachdem sie die anderen angesehen hatte, fiel ihr Blick auf ein dunkelviolettes Paar mit waldgrünen Perlen darauf. Sie deutete auf dieses Paar, und Ailbeart verkündete: »Nur das Beste für meine Verlobte.«

Er sagte es laut und selbstbewusst, und seine Stimme war deutlich für jedermann zu hören.

Nur hatte Juliana noch nicht eingewilligt, ihn zu heiraten.

Aber er hatte sie auch nicht gefragt. Ihr Sire hatte noch nichts zu ihr gesagt. Sollte ihr Schicksal so einfach entschieden werden? Konnte sie ihn hier vor den anderen verleugnen? Irgendwie wusste sie, dass das keine kluge Entscheidung wäre, sodass sie es für sich behielt. Sicherlich konnten sie das Thema später in der Abtei besprechen. Bestimmt hatte sie immer noch die Chance, Ruari zu heiraten, wenn sie es wollte.

Sie zuckte zusammen, als jemand Vertrautes auf sie zukam. Jemand, der direkt aus ihren Gedanken in die Realität getreten zu sein schien.

Ruari trug einen braunen Waffenrock mit seinem roten Clan-Plaid über die Schulter gehängt. Er war einen guten Kopf größer als Ailbeart, aber Munro wich nicht zurück.

»Kennt Ihr diesen Mann?«, fragte er sie.

Sie nickte leicht, und ihr Blick hob sich, um Ruaris braune Augen zu treffen. Obwohl sie die gleiche Farbe wie die von Ailbeart hatten, waren sie so viel wärmer, mit goldenen Flecken, die in ihnen schimmerten. Unbewusst machte sie einen kleinen Schritt auf ihn zu.

»Was wollt Ihr?«, verlangte Ailbeart.

»Ich konnte nicht umhin, Eure Deklamation zu vernehmen. Mylady, habt Ihr seinen Antrag angenommen?«, fragte er, und die Wärme in seinem Blick verschwand augenblicklich.

»Nein, ich ...«, sie blickte von einem Mann zum anderen. Ailbearts Finger gruben sich in ihre Haut und brachten sie zum Schweigen.

Fast hätte sie bei dem schmerzhaften Übergriff geschrien, aber man hatte ihr immer beigebracht, in der Öffentlichkeit keine Szene zu machen. Sie schwieg, aber Munros Gesichtsausdruck erfüllte sie mit Schrecken.

»Sie hat in dieser Angelegenheit nichts zu sagen. Die Dame wird in einer Woche meine Frau sein, und du verschwindest. Sofort!« Seine Stimme wurde zu einem rauen Brüllen, und eine Menschenmenge versammelte sich um sie.

Juliana wollte weglaufen und sich verstecken, aber der Mann hielt sie mit eisernem Griff am Arm fest.

»Lasst sie los«, sagte Ruari und griff nach Ailbearts anderem Arm. »Ihr tut ihr weh.«

»Ich fasse sie an, wie ich will, sie ist meine Verlobte. Das geht dich nichts an.«

Ruari senkte sein Gesicht, bis es fast das von Ailbeart berührte. »Lass. Sie. Los. Jetzt.«

Ailbeart drückte noch fester zu und schickte brennende Wellen des Schmerzes durch ihren Arm.

Ein Knurren kam tief aus Ruaris Innerem, und er packte Ailbeart an der Kehle, hob ihn in die Luft, was ihn zwang, endlich seinen Griff von Julianas Arm zu lösen. Er schleuderte Ailbeart zur Seite, als wäre er nichts weiter als ein Heuballen, und der Mann landete auf seinem Hintern. Sein Gesicht glühte mit einer Wut, wie sie sie noch nie gesehen hatte.

Juliana drehte sich um und rannte.

»Dafür lasse ich dich auspeitschen, dass du Hand an mich gelegt hast«, rief Ailbeart, aber

Ruari kümmerte sich nicht um ihn. Stattdessen drehte er sich zu Juliana.

»Juliana, bist du wohlauf? Erlaube mir, dich zur Abtei zu begleiten. Ich bringe dich in Sicherheit vor diesem Rohling.« Sie blieb einen Moment stehen und bemerkte, wie die drei Munro-Wachen sich ihnen näherten, mit gezückten Schwertern, als ob sie sie vor Ruari schützen wollten ... dabei verteidigte Ruari sie. Es war Ailbeart, der ihr etwas angetan hatte.

Fünf Cameron-Wachen tauchten hinter Ruari auf und zogen ebenfalls ihre Waffen.

Der Chieftain der Munro trat hinter die Gruppe und wischte sich den Schmutz von seiner Kleidung. Er sprach zuerst zu seinen Wachen. »Bleibt zurück, außer er fasst mich noch einmal an.« Er stellte sich vor Ruari. »Diese Heirat wird stattfinden, egal, was du sagst, Bursche. Sie gehört mir, und das solltest du langsam begreifen.«

Zehn weitere Munro-Wachen erschienen, und ihr Laird packte Juliana am Ellbogen, wenn auch weniger grausam diesmal, und führte sie von der Gruppe weg. Sie warf einen Blick über die Schulter zurück zu Ruari und sagte: »Es tut mir leid.«

»Sag nur ein Wort, Juliana, und ich bringe ihn um.«

Aber sie sagte nichts, sondern ging mit dem Mann, der ihr wehgetan hatte, davon.

Oh, wie sehr wünschte sie sich, in Ruaris Armen zu liegen. Aber wenn sie Ruari erlaubte, sie mitzunehmen, würden Menschen verletzt werden, und es wäre alles ihre Schuld. Sie hatte schon genug Männer sterben sehen.

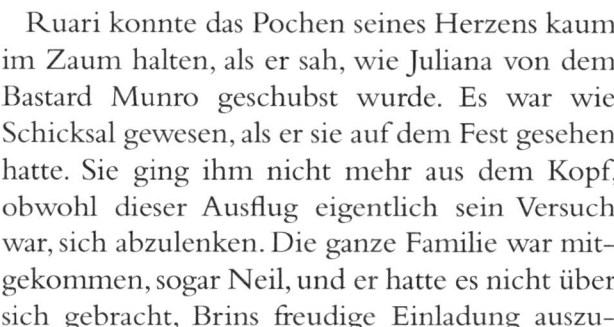

Ruari konnte das Pochen seines Herzens kaum im Zaum halten, als er sah, wie Juliana von dem Bastard Munro geschubst wurde. Es war wie Schicksal gewesen, als er sie auf dem Fest gesehen hatte. Sie ging ihm nicht mehr aus dem Kopf, obwohl dieser Ausflug eigentlich sein Versuch war, sich abzulenken. Die ganze Familie war mitgekommen, sogar Neil, und er hatte es nicht über sich gebracht, Brins freudige Einladung auszuschlagen.

Dann hatte er sie Arm in Arm mit dem alten Mann gehen sehen. Als ob das nicht schon schlimm genug gewesen wäre, war Munro eindeutig kein Mann, der sie gut behandeln würde. Er drückte sie so fest, dass es blaue Flecken auf ihrer weichen Haut hinterließ, ein Bild, das ihn bis in seine Träume verfolgte.

Er hatte ihr seine Hilfe angeboten, aber sie hatte nichts gesagt.

Was sollte er tun, wenn sie seine Hilfe nicht zu wollen schien? Er konnte doch nicht zulassen, dass sie so einen Grobian heiratete, oder doch?

Er blieb stehen und sah Padraig an, mit einem verlegenen Gesichtsausdruck. Padraig sagte: »Sag nur ein Wort, und ich gehe mit dir. Fordere den Bastard heraus. Ich habe gesehen, wie er sie angefasst und mit ihr gesprochen hat. Er ist kein Mann.«

Er starrte ihr nach und wünschte sich mehr als alles andere, dass sie sich für ihn entschieden hätte, aber das hatte sie nicht. »Sie scheint nichts mit mir zu tun haben zu wollen.«

Die Menge löste sich auf, und Neil trat von hinten an ihn heran. »Wann lässt du dir endlich ein Paar Eier wachsen, Cameron? Du hättest ihn fertigmachen sollen.«

»Einen Laird hier vor den Augen der Menge töten? Sie würden meinen Kopf mitten auf dem Fest auf einen Spieß stecken, noch bevor die Sonne untergeht.« Warum wusste Neil immer genau, wie er ihn anstacheln konnte? Der Mann schien fest entschlossen zu sein, ihm das Leben schwer zu machen.

Er hatte ihn verdammt satt.

Aedan und Jennie erschienen mit Tara, Riley und Brin hinter ihnen. »Nein, Neil. Er hat das Richtige getan. Dies ist nicht der richtige Ort für einen Kleinkrieg. Es sind Kinder mit ihren Eltern hier. Feste sind für alle da, aber nicht zum Blutvergießen.« Er klopfte seinem Bruder aufmunternd auf die Schulter.

»Du bist viel größer als er, Onkel Ruari«, sagte Brin wissend. »Du hättest ihn leicht besiegen können.«

»Aber er wollte keinen Kampf anfangen«, sagte Aedan. »Das ist der falsche Ort. Daraus kannst du lernen. Es stimmt, der Mann hat sie nicht richtig behandelt, und wir alle waren Zeugen davon. Ruari, ich würde es dir nicht verübeln, wenn du ihn herausforderst, aber bitte warte, bis wir von hier weg sind. Wenn du um ihre Hand kämpfen willst, dann solltest du ihn in der Abtei ansprechen.«

»Warum sollten wir sie gehen lassen, damit er denkt, er hätte gewonnen?«, fragte Neil.

Aedan sagte daraufhin: »Weil, falls du es nicht bemerkt hast, ein Mädchen unter zwanzig Sommern in der Mitte stand und sicher verletzt worden wäre. Und ich habe meine Frau und zwei Töchter bei mir.«

»Ich hätte mir keine Schlägerei mitten auf einem Fest gewünscht«, fügte Jennie hinzu. »Neil, ich muss deine Beweggründe infrage stellen. Willst du Ruari zu einer Schlägerei anstacheln?«

»Danke, liebe Schwester, aber ich schaffe das allein«, sagte Ruari. Er würdigte ihre Feinfühligkeit, doch er wollte sich nicht hinter den Röcken seiner Schwägerin verstecken. »Neil zeigt wieder ein schlechtes Urteilsvermögen, etwas, das er in letzter Zeit häufiger tut.« Er warf ihm einen Seitenblick zu, sagte aber nichts, weil seine Nichten und sein Neffe anwesend waren. »Ich werde nicht vergessen, wie der Mann die Dame behandelt hat. Darauf könnt ihr euch verlassen.«

Tara fragte: »Wer hier will schon einer Schlägerei beiwohnen? Du hast das Richtige getan, Onkel Ruari. Der Mann war ein Rüpel.«

Padraig grinste, seine weißen Zähne blitzten. »Ich hätte es getan. Und ich hätte ihm gern geholfen.«

»Ich auch«, sagte Brin.

Ruari schüttelte seinen Ärger so gut es ging ab, dann sagte er: »Ich muss nachdenken. Ich werde zu unseren Ländereien zurückkehren.«

»Wie du willst«, sagte Aedan, »finde etwas für Mama und bringe es ihr als Präsent mit, was meinst du? Sie könnte einen dieser Wärmer für ihre Hände gebrauchen. Die anderen sind schon recht verschlissen.«

»Wir erledigen das, Ruari«, sagte Jennie. »Du kannst gehen, wenn du willst.«

Riley fragte: »Warum gehst du nicht erst zum Baumstammwerfen, Onkel Ruari? Danach fühlst du dich bestimmt besser.«

Ruari konnte nicht anders, als über die Einsicht seiner jungen Nichte überrascht zu sein. Er fühlte sich immer besser, wenn er sich körperlich verausgabt hatte, und Baumstammwerfen war genau das, was er jetzt brauchte, um seinen Frust abzureagieren. Das Blut, das durch seine Adern floss, fühlte sich gerade glühend heiß an. Aber wenn er ein paar Stämme warf und vielleicht so tat, als würde er stattdessen einen gewissen Laird werfen ... »Gute Idee. Da gehe ich zuerst hin, dann mache ich mich auf den Heimweg.«

Was für ein seltsamer, aber zutreffender Gedanke von seiner Nichte.

Juliana war so schnell auf den Rücken ihres Pferdes geschleudert worden, dass sie sich an Winnies Mähne festhalten musste, um nicht auf der anderen Seite wieder herunterzufallen. Sie richtete sich auf und starrte ihren Begleiter an.

Das Gesicht, das sie anfangs für so freundlich gehalten hatte, war vor Wut verzerrt. Ailbeart Munro war immer noch wütend auf Ruari Cameron.

Oder war er wütend auf sie? Sie war sich nicht

sicher.

Oh, wie sehr sie sich wünschte, sie wäre mit Ruari geflohen.

Sie wartete darauf, dass die Wachen aufstiegen, während Ailbeart ihnen Anweisungen gab. Ihr Blick wanderte durch die Gegend und blieb beim Baumstammwerfen stehen. Sie hatte den Wettbewerb schon einmal gesehen, aber in der Vergangenheit hatte sie sich nicht im Geringsten dafür interessiert. Das änderte sich von einem Moment auf den anderen.

Ruari schritt zu einem massiven Baumstamm, mit dem Rücken zu ihr, zog seinen Waffenrock aus und warf ihn zur Seite. Seine gebräunte Haut strahlte wie ein Leuchtfeuer, das nach ihrer Aufmerksamkeit rief, und sie schenkte sie ihm. Er beugte sich über den Stamm und hob ihn mit einem Brüllen hoch, die Muskeln in seinem Rücken spannten sich bei jeder seiner Bewegungen an. Ihr Blick blieb auf seiner schweißglitzernden Haut haften, als er den Stamm mit aller Kraft in die Luft schleuderte.

Die Menge brüllte, da der Baumstamm weiter flog als die aller anderen, seine Freunde schlugen ihm auf die Schultern und gratulierten ihm zu seinem spektakulären Wurf. Er warf noch einen und die Menge brüllte noch lauter.

Alles, was sie tun konnte, war, das Prachtexemplar von einem Mann anzustarren, das nicht weit von ihr stand. Sie wollte mit ihren Händen über seinen Rücken streichen, die Härte seiner Muskeln spüren und das Salz seines Schweißes schmecken. Ihr Mund wurde trocken, als er sich

ihr zuwandte. Er bemerkte sie zunächst nicht, und
sie nahm seinen flachen Bauch und seine prallen
Brustmuskeln in Augenschein, ein Satz brauner
Haare, die um ihre Berührung bettelten. Sie hatte
sich gefragt, welche Farbe sein Brusthaar wohl
haben würde – jetzt wusste sie es.

Er lachte, als sie seinen Namen als Gewinner
riefen und trank einen Schluck aus dem Wasser-
leder, wobei er sich etwas von dem Wasser über
den Kopf goss.

Das Wasser floss in Kaskaden an seinen kräftigen,
sehnigen Muskeln hinunter, die Tropfen glitzer-
ten in der Sonne, die gerade durch die Wolken
brach, und sie hatte den plötzlichen Drang, jeden
einzelnen dieser Tropfen von seinem Körper zu
lecken, während er seine nassen Locken hin und
her schwang.

Aber dann fand sein Blick den ihren und er
erstarrte.

In diesem Moment strömte eine gewaltige
Leidenschaft über das Feld und durchtränkte
ihren Körper in einem Schweiß, der von ihm zu
kommen schien. Sie schluckte, als sich sein Blick
durch sie hindurchbohrte, als säße sie nackt auf
dem Pferd, und das Fell des Pferdes kitzelte sie an
Stellen, die sie noch nie zuvor gespürt hatte, und
sie wollte sich fast an dem Tier reiben.

Doch der Moment endete, als der Richter
Ruaris Hand ergriff und sie über seinen Kopf
hielt, um ihn zum Sieger zu erklären, wobei er
seinen Blick von ihrem abwandte und ihn in
Richtung der jubelnden Menge drehte.

Genau in diesem Moment riss Ailbeart sie an

den Haaren, sein Pferd stand nun neben dem ihren, und sagte: »Bring mich nie wieder so in Verlegenheit!«

KAPITEL SECHZEHN

ALS SIE WIEDER in der Abtei ankamen, stieg Juliana alleine ab, gerade als Ailbeart ihr zu Hilfe kommen wollte. Er verhielt sich jetzt wieder so, wie es vor ihrem Zusammenstoß mit Ruari gewesen war, also dankte sie ihm für seine Geschenke und versuchte, sich einen Weg an ihm vorbei zu bahnen, aber er hielt sie auf.

»Lady Juliana, verzeiht mir für mein Verhalten. Ich habe die Beherrschung verloren, als dieser Mann in Eure Nähe kam. Ich fürchte, es wird mir nie gefallen, wenn ein anderer Mann die Frau ansieht, die mir gehört. Könnten wir eine kurze Mahlzeit zu uns nehmen, damit wir uns unterhalten können?«

»Nein, ich muss mich hinlegen. Es war ein sehr anstrengender Tag, obwohl ich Euch dafür und für meine Geschenke natürlich sehr dankbar bin.« Es war fast Zeit für das Abendmahl, aber sie hatte keine Lust, in der Nähe eines so grausamen Mannes zu sein. Sie wollte einfach nur ins Bett gehen und mit Joan sprechen.

Sie hielt den Atem an, aber er stimmte schließlich zu und nahm ihren Arm, um sie hineinzugeleiten. »Aye, Feste können ziemlich anstrengend sein für edle Damen.«

Sobald er sie losließ, eilte sie in das Zimmer, das sie mit ihrer Schwester teilte. Drinnen angekommen, ließ sie sich auf das Bett fallen und warf ihre Geschenke zur Seite. Sie wollte sie nie wieder ansehen. Joan kam kurz darauf herein und sagte: »Ich habe gehört, es ist nicht gut gelaufen.«

Sie brach fast in Tränen aus, stand aber stattdessen auf und sagte: »Bitte hilf mir in mein Nachthemd. Ich möchte vor dem morgigen Tag keinen Schritt aus dieser Kammer machen.«

Joan half ihr hastig, die Schnürung ihres Kleides zu lösen. Aber sobald ihre Schwester einen der Ärmel abzog, keuchte sie und sagte: »Wer hat dir das angetan?«

»Was?« Sie drehte ihren Arm um und bemerkte erst jetzt die riesigen blauen Flecken auf der zarten Unterseite ihres Arms. »Oh je.«

»Juliana, das muss außerordentlich wehtun. Ich hole sofort einen Umschlag.«

»Bitte hilf mir erst, mich auszuziehen. Ich möchte mich hinlegen. Es war ein wahrlich anstrengender Tag, und ich erzähle dir gerne davon, aber zuerst muss ich es mir bequem machen und etwas zu essen finden.« Sie musste so aussehen, als würde sie gleich zusammenbrechen, denn ihre Schwester hörte sofort auf, sich aufzuregen.

»Oh, Liebes. Natürlich werde ich dir helfen. Wir haben alle Zeit der Welt, um zu reden. Nachdem wir dich umgezogen haben, werde ich dir etwas zu essen besorgen, nur eine leichte Mahlzeit.«

Sobald ihre Schwester gegangen war, ließ sie

sich auf dem Bett nieder, stützte sich auf die weichen Kissen, ließ alles Geschehene Revue passieren und überlegte, wie viel davon sie ihrer Schwester erzählen konnte. Nach reiflicher Überlegung beschloss sie, ihr alles zu erzählen, weil sie dringend einen Rat brauchte.

Doch anstatt ihre Fragen zu stellen, schlief sie ein und träumte von einem gut aussehenden Mann, der einen Baumstamm warf.

***

Zu ihrer Überraschung schlief Juliana bis zum Morgen, bis ihre Schwester sie weckte. Joan rüttelte sie unsanft wach. »Juliana, Papa möchte dich in der Halle sehen. Du musst aufstehen. Ich werde dir beim Anziehen helfen. Du kannst mir später alles erzählen, aber ich gebe dir einen Tipp. Er will dich bis zum Ende der Woche zurückbringen, damit du Ailbeart heiratest. Das geht nicht. Du musst ihn vertrösten. Ich werde ihm sagen, dass du deine Monatsblutung hast.«

Juliana registrierte nur wenig. Ihr Gehirn, das noch vom Schlaf benebelt war, funktionierte kaum so, dass sie sich an die Ereignisse des Vortages erinnern konnte.

Es schien an dem Bild eines gut aussehenden Schotten hängenzubleiben, der einen Baumstamm in die Luft schleuderte.

Sie zwang sich in eine sitzende Position und murmelte: »Was? Sie wollen, dass ich gehe? Dann wäre eine kleine Notlüge vielleicht angebracht. Außerdem ist mein Zyklus ohnehin bald so weit, also wäre es nicht einmal eine Lüge.«

»Gut. Dann sagen wir ihnen das. Keine anständige Dame reist zu diesem Zeitpunkt des
Mondes.« Joan zerrte die Decke zurück und zog
an ihrem Arm. »Du musst trotzdem aufstehen. Sie
werden verlangen, dich zu sehen.«

»Au«, heulte sie und umklammerte ihren Oberarm, wo Ailbeart sie so fest gepackt hatte.

Joans Stirn runzelte sich, als sie auf die Rückseite ihres wunden Arms blickte. »Dieser Bastard.
Er war es, nicht wahr?«

»Joan, warum hasst du ihn so? Du hast ihn
gehasst, noch bevor er mir wehgetan hat. Kannst
du mir sagen, warum?

»Ich erkläre es, wenn wir mehr Zeit haben, aber
du musst dich anziehen. Vielleicht können wir
ihnen sagen, dass du dich entschieden hast, doch
zu bleiben und dein Gelübde abzulegen.« Ihre
Schwester eilte in der Kammer umher, ordnete
ihre Kleider und suchte ihr ein Leintuch, damit
sie sich das Gesicht waschen konnte.

Juliana nahm das quadratische Leintuch und
ein Stückchen Seife mit zur Waschschüssel und
begann mit ihren Waschungen. »Aber ich möchte
keine Nonne werden«, sagte sie und wusch sich
das Gesicht. Nach den sündigen Gedanken, die
sie beim Anblick eines halbnackten Ruari Cameron gehabt hatte, sollte sie ihre Zeit am besten in
der Kapelle mit Beichten verbringen.

»Das spielt keine Rolle. Hauptsache, sie verschwinden.«

Ein energisches Klopfen an der Tür unterbrach
ihr Gespräch. Schwester Grace sagte: »Euer Vater
hat mich gebeten, euch zu melden, dass er euch

holen kommt, wenn ihr nicht beide in einer
Viertelstunde unten seid.« Dann kicherte sie.
»Aber ihr braucht euch keine Sorgen zu machen.
Mutter Matilda würde niemals einen Mann hier
oben in den Frauenquartieren erlauben. Aber
beeilt euch trotzdem.«

Ihr sanfter Tonfall ließ die Drohung fast angenehm klingen, was sicher nicht in seinem Sinne
war.

»Wir sind gleich da, Schwester Grace.«

Kurz darauf stiegen sie bereits die Treppe hinunter in die Halle. Juliana freute sich, dass viele
Leute um sie herum waren - wenigstens würde
sie dem Mann, der sie missbraucht hatte, nicht
allein gegenüberstehen müssen. Das Essen war
auf dem Beistelltisch angerichtet worden, und
viele der Novizinnen und Nonnen aßen noch.
Ailbeart steuerte direkt auf sie zu, sobald ihre
Füße den Boden der Halle berührten.

Er nahm ihre Hände in seine und fragte:
»Könnte ich einen Moment Eurer Zeit haben,
Lady Juliana? Bevor Ihr Euch hinsetzt, wenn ich
bitten darf.«

Joan hatte sich bereits auf den Weg zu ihrem
Sire gemacht und ihm etwas ins Ohr geflüstert,
also stimme Juliana zu. Sie zogen sich in eine
kleine Nische zurück, immer noch in Sichtweite
aller, und er überschüttete sie mit Schwärme-
reien.

»Mylady, ich entschuldige mich für mein gest-
riges Verhalten. Ich hätte nicht die Beherrschung
gegenüber dem Cameron-Bruder verlieren
dürfen. Die Äbtissin hat mir gesagt, dass er ein

ehrenwerter Mann ist und wahrscheinlich nur um Eure Sicherheit besorgt war. Ich schwöre, es wird nicht wieder vorkommen. Ich möchte Euch auch dies geben, als Unterpfand meiner Treue zu Euch.« Er steckte ihr einen Ring an den Finger – golden, mit einem großen grünen Stein besetzt. »Werdet Ihr mir verzeihen?«

Joan trat hinter ihn, ihre Miene zu einem finsteren Blick verzogen. »Du solltest dich dafür entschuldigen, dass du sie am Arm verletzt hast, du Scheusal«, zischte sie.

Juliana nahm den Ring ab und reichte ihn dem Laird zurück. Er nahm ihn, warf ihr einen seltsamen Blick zu, sagte aber nichts. Sie war schockiert über die Art und Weise, wie ihre Schwester weiterhin mit dem Laird des Clan Munro sprach. Würde sein Temperament genauso schnell auflodern wie gestern? Ein Teil von ihr fürchtete um ihre Schwester, aber sicher würde er es nicht wagen, an einem so öffentlichen Ort Hand an sie zu legen.

»Schwester Joan«, sagte er schließlich, »ich weiß nicht, wovon Ihr sprecht, aber bitte erlaubt uns ein paar Augenblicke der Privatsphäre.«

Joan nahm ihre Hand und schob vorsichtig den Ärmel ihres Kleides hoch, wodurch die vielfarbigen, großen Blutergüsse auf ihrem Oberarm zum Vorschein kamen. Juliana konnte nicht anders, als zusammenzuzucken, als ihre Schwester ihren Arm drehte, um sie ihm zu zeigen.

»Woher stammt das?«, fragte Ailbeart, und seine Verwunderung war dabei so aufrichtig, dass es sie verblüffte. War er so gut darin, die Wahrheit zu verbergen? »Ich werde jeden Mann töten, der Euch auch nur ein Haar krümmt. Wenn es jemand noch einmal wagt, Euer zartes Fleisch zu berühren, lasse ich ihn bei lebendigem Leibe häuten, mit meiner eigenen Peitsche.«

»Ich glaube, es geschah, als Ihr mich nach dem Auftauchen von Lord Cameron so fest umklammert habt«, flüsterte sie, ein klein wenig ängstlich über seine Reaktion.

»Dreiste Lüge!«, sagte er, und Zorn durchzog sein Gesicht, bevor er ihn wieder gekonnt überspielte. »Ich bitte um Verzeihung. Ich kann mich nicht erinnern, Euch jemals grob behandelt zu haben. Vielleicht passierte es, als Ihr auf dem Pferd wart. Das macht nichts. Das liegt in der Vergangenheit und ich möchte nur über die Zukunft sprechen. Ich möchte Euch zurück auf meine Ländereien begleiten, zusammen mit Eurem Sire, sodass wir die Hochzeit planen können, die in fünf Tagen stattfinden soll.«

Ihr Vater trat von hinten an ihn heran und räusperte sich, als wäre es ihm unangenehm. »Entschuldigt, Laird Munro, aber mir ist etwas zu Ohren gekommen, und ich habe beschlossen, Juliana noch drei oder vier Tage in der Abtei bleiben zu lassen. Wir werden zurückkehren und sie zu einem späteren Zeitpunkt abholen.« Ihr Vater wirkte ernsthaft verlegen. »Wenn ich einen Moment Eurer Zeit haben könnte, Laird?«

Ailbeart warf einen Blick auf die drei Gesichter, Joans Kinn hob sich eine Spur, dann wandte er sich an Juliana und sagte: »Entschuldigt uns einen Moment, meine Liebe.«

Die beiden Männer traten weit genug weg, dass sie nicht gehört werden konnten.

Nachdem ihr Vater gesprochen hatte, veränderte sich etwas. Ailbeart verschränkte die Arme und sagte laut genug, dass alle es hören konnten: »Das kümmert mich nicht. Das ändert nichts.«

Ihr Vater sagte: »Aber mich kümmert es. Sie ist in einem zarten Alter, und sie wird noch mindestens drei Tage hierbleiben.«

Juliana, die schockiert war, dass ihr Sire dem Mann um ihretwillen die Stirn bieten würde, hätte sich nicht mehr freuen können.

Der Laird war nicht glücklich mit der Situation, aber er musste die Entscheidung ihres Vaters akzeptiert haben, denn er machte sich auf den Weg zurück zu ihr und verbeugte sich leicht. »Ich werde in drei Tagen zu Euch zurückkehren. Ich hoffe, dass Ihr Euch bis dahin besser fühlt.«

Er machte auf dem Absatz kehrt und ging.

Juliana atmete tief durch und war erleichtert.

In drei Tagen konnte eine Menge passieren.

Ruari befand sich auf den Übungsplätzen, als er mehrere Pferde bemerkte, die in einer Staubwolke die Abtei verließen. Die Entfernung war allerdings zu groß, als dass er Einzelheiten hätte erkennen können. Er ließ sein Schwert fallen und sagte zu Padraig: »Ich muss sehen, wer da abreist. Ich bete, dass es nicht Juliana ist.«

»Würdest du ihr hinterherlaufen? Oder würdest du vielleicht auf die Knie gehen und um ihre Hand bitten? Oder würdest du direkt zu Munro gehen und ihn zu Fall bringen? Das würde ich an deiner Stelle tun.« Das aufgeregte Funkeln in Padraigs Augen verriet Ruari, wie sehr er die Anspannung der Situation liebte. »Sing vielleicht ein Lied, in dem du ihr deine Liebe erklärst. Ich bin sicher, sie würde deinen Antrag annehmen, und sei es nur, um dich zum Aufhören zu bewegen.«

Er konnte sich ein Lächeln nicht verkneifen, auch wenn ihm eigentlich nicht zum Lachen zumute war. Er machte sich in schnellem Tempo auf den Weg zu den Ställen und sagte: »Du würdest es lieben, wenn ich ihnen hinterhergaloppieren und diesen Rohling von seinem Pferd stoßen würde, nicht wahr?«

Padraig huschte hinter ihm her. »Aye, in der Tat. Würdest du es tun, wenn ich dich darum bitten würde? Ich wäre direkt hinter dir. Drei seiner Wachen kann ich locker ausschalten, damit du dich in Ruhe um den Bastard kümmern kannst.«

»Nein, Aedan würde mich für so etwas auspeitschen lassen.«

»Warum hast du solche Angst vor deinem Bruder?«, fragte er, als er endlich aufholte.

»Ich habe keine Angst vor ihm.«

»Dann hast du Angst, dass er einen Grund hat, dich nicht zu seinem Stellvertreter zu machen.«

Es ließ sich nicht leugnen, dass das stimmte. Es gab viele andere Männer, die das Zeug dazu hatten, diese Position zu bekleiden, und er hasste den Gedanken, wieder übergangen zu werden. Aber etwas anderes plagte ihn ebenfalls. Warum erinnerte ihn seine Mutter immer wieder daran, dass Aedan der stärkere Bruder war? Sie benutzte dieses Wort natürlich nicht immer, aber sie sagte ihm stets, dass Aedan älter war, besser vorbereitet und ein besseres Urteilsvermögen hatte. Er hatte ihr jahrelang zugehört, wie sie über den Status ihrer Bruderschaft sinnierte. In letzter Zeit hatte sie das viel öfter gesagt, aber er hatte keine Ahnung, warum.

Er schüttelte den Gedanken ab, holte sein Pferd und stieg auf, dann ritt er in Richtung Abtei, wobei Padraig sich beeilte, mit ihm Schritt zu halten.

»Hör auf, an deine Mutter zu denken«, sagte sein Freund. »Sie hängt fest in der Zeit, als ihr beide noch Kinder wart. Das passiert, wenn man älter wird.«

Er zügelte sein Pferd und drehte sich zu Padraig um. »Woher zum Teufel willst du wissen, was ich denke?« Er war entsetzt, dass Padraig seine Gedankengänge so akkurat erraten hatte. War es so offensichtlich?

»Weil ich sehe, wie aufgeregt du bist, wenn du sie verlässt, und ich habe bemerkt, wie du es vermeidest, sie zu besuchen. Ich verstehe das, Ruari. Meine Mutter hat mich immer mit Roddy verglichen und ihn dafür gelobt, dass er zielstrebiger ist als ich. Engagierter. Aber jetzt, wo ich hier bin, fängt sie an, mich anders zu sehen.«

»Wahrhaftig?«

»Ja, aber mein Sire sagte ihr immer, sie solle aufhören, uns zu vergleichen. Wir sind nicht gleich, und du und Aedan auch nicht, und das ist auch gut so. Es ist an der Zeit, etwas Mutiges zu tun.

Ich sage dir, mach etwas, das Aedan nicht von dir erwartet. Nur so wirst du dich wie ein eigenständiger Mann fühlen.«

Vielleicht hatte Padraig recht.

Doch zuerst musste er sehen, was in der Abtei vor sich ging. Dann würde er eine bessere Vorstellung davon haben, wie weit er gehen konnte.

Vielleicht würde er ein Mädchen direkt aus der Abtei stehlen

KAPITEL SIEBZEHN

NACHDEM IHR SIRE mit Munro und all seinen Wachen gegangen war, ließ sich Juliana in einen Stuhl vor dem Kamin sinken. »Mir ist kalt, Joan.« Müde, kalt, frustriert und verwirrt.

Die Halle war fast leer, nur ein paar Dienstmädchen räumten auf und brachten Sachen in die Küche. »Joan, kannst du mir noch eine Lesestunde geben, bitte? Sie könnten mich jeden Moment holen lassen. Meinst du, ich kann es in drei Tagen lernen?« Sie starrte ins Feuer und fragte sich, wie sich ihr Leben in so kurzer Zeit so schnell hatte verändern können.

Ihre Schwester kicherte, ging zu dem Korb neben dem Kamin hinüber und holte ein dickes Fell heraus, das sie Juliana über den Schoß legte. »Nein, ich kann dich nicht in drei Tagen das Lesen lehren. Aber ich kann dir die Grundlagen beibringen. Wir hatten neulich einen guten Anfang, als wir die Buchstaben durchgenommen haben. Das ist das Wichtigste. Mal sehen, wie viel du noch von deiner letzten Lektion weißt.«

Eine Träne löste sich aus Julianas Auge, während sie in die Flammen starrte.

Joan zog einen Stuhl neben ihr heran. »Sag mir,

was du denkst«, sagte sie und tätschelte Julianas
Hand. »Wir hatten gestern Abend nicht viel Zeit
zum Reden.«

Sie drehte sich zu ihrer Schwester um und
kämpfte gegen den Schwall von Tränen an, der
ihre Wangen zu befeuchten drohte. »Kannst du
mir bitte sagen, warum du Ailbeart Munro hasst?«

Ihre Schwester stieß einen tiefen Seufzer aus.
»Ich habe ihn kennengelernt, als wir noch jünger
waren. Aber es spielt keine Rolle, was ich denke.
Was ist dein Eindruck von ihm?«

Juliana starrte in die Flammen. »In der einen
Minute war er so nett, und in der nächsten wurde
er böse und grausam. Heute Morgen hat er sich
so entschuldigt, dass ich ihm fast geglaubt hätte.«

»Wofür hat er sich entschuldigt? Er leugnete,
dir wehgetan zu haben.«

»Er hat die Beherrschung verloren, als Ruari
auftauchte.« Ihre Hand wanderte zu ihrem Hin-
terkopf und massierte die Stelle, an der er sie an
den Haaren gezogen hatte, was Kopfschmerzen
zur Folge hatte, die immer noch nicht nachgelassen hatten.

»Es wäre gefährlich, einen Mann zu heiraten,
der so jähzornig ist«, sagte Joan leise.

»Ich muss sagen, da stimme ich dir zu. Sein
Temperament macht mir Angst. Er hat versucht,
mir einen Ring als Symbol unserer Verlobung
zu geben, aber ich habe ihn nicht angenommen.
Wenn Papa nicht gewesen wäre, weiß ich nicht,
wie er darauf reagiert hätte.« Sie starrte in die
Flammen und erinnerte sich daran, wie schön
der Ring an ihrem Finger ausgesehen hatte. »Er

hat mir schöne Bänder und Schuhe gekauft. Ich habe noch nie so schöne Sachen gehabt. Du weißt doch, wie abgenutzt meine sind.«

»Oh, Juliana.« Sie berührte ihre Hand. »Das ist doch nur Krempel, vergänglicher Besitz. Es spielt keine Rolle. Es kommt darauf an, was im Herzen ist, und ich glaube, sein Herz ist schwarz. Hast du zugestimmt, ihn zu heiraten?«

»Nein, aber er ist nicht der Ansicht, dass ich eine Wahl habe. Das hat er gestern schon deutlich gemacht.« Ihr Blick senkte sich, und die Tränen rannen schließlich über ihre Wange. »Papa ist fest entschlossen, dass ich ihn heirate.«

»Aber dein Herz ist nicht an einer Heirat mit Ailbeart interessiert, stimmt's?«

Sie schüttelte den Kopf und wischte sich die Tränen aus den Augen. »Nein, einen so grausamen Mann möchte ich nicht heiraten.«

»Du würdest lieber Nonne werden, habe ich nicht recht?«

Sie zuckte mit den Schultern und wandte den Kopf ab, sodass sie die Enttäuschung im Blick ihrer Schwester nicht sehen konnte.

»Geht es um Ruari Cameron?«, fragte ihre Schwester zögernd.

Sie nickte und sagte: »Ich glaube, ich liebe ihn.« Dann brach sie in Tränen aus und schluchzte so heftig, dass sich ihre Schultern schüttelten.

»Bist du dir sicher? Kennst du ihn denn gut genug, um ihn zu lieben?«

Sie nickte trotzig, dann sagte sie: »Du würdest es nicht verstehen, aber er ist der Einzige, den ich will. Ich weiß es von dem Gefühl, das ich hatte, als wir uns küssten. Ich liebe Ruari Cameron.«

Joan starrte sie nur an, aber sie sah nicht wütend oder verurteilend aus. Sie bestand nicht darauf, dass Juliana bleibt und Nonne wird.

»Was soll ich nur tun?«, schluchzte sie.

»Mach dir keine Sorgen«, sagte ihre Schwester. »Ich kümmere mich um alles.«

Sie war so mit Schluchzen beschäftigt, dass sie sich nicht fragte, was Joan damit meinte.

∗∗∗

Es war mitten in der Nacht, doch Ruari war noch wach und lief in der großen Halle auf und ab. Er hatte erfahren, dass Julianas Vater und Laird Munro zu seinem Land zurückgekehrt waren und in drei Tagen wieder in der Abtei sein würden. Einige schlaflose Stunden hatte er damit verbracht, auf und ab zu gehen, aber er konnte sich immer noch nicht entscheiden, was er mit dieser Situation anfangen sollte.

Er wollte Juliana zur Frau. Bei der Vorstellung, dass sie stattdessen diesen Bastard heiratet, der ihr wehgetan hatte, hätte er am liebsten von den höchsten Bergen der Highlands gebrüllt. Nein, dieses schöne Mädchen mit den braunen Augen und den weichen, rosa Lippen verdiente es, sanft behandelt zu werden, mit Ehre und Liebe.

Padraig kam von draußen herein und schnalzte mit der Zunge. »Geht sie dir noch immer nicht aus dem Kopf, du liebeskranker Kerl?«

»Musst du immer dieses besserwisserische Grinsen aufsetzen? Warum bist du eigentlich noch nicht im Bett?«

Padraig setzte sich auf einen Stuhl und wuchtete seine Füße inklusive dreckiger Stiefel auf die Bank vor ihm. »Aye, muss ich. Stört es dich? Denn wenn es das tut, gibt es eine einfache Möglichkeit dagegen. Tu etwas Verwegenes. Wenn du das Mädchen nicht wirklich liebst, dann lass gut sein. Aber wenn es mehr ist, solltest du handeln, bevor Munro zurückkommt. Zum Teufel mit Aedan und deiner Mutter. Sie kommen mit allem klar, was du tust. Aber kannst du damit leben, dass sie diesen Munro heiratet?«

Da hatte der Junge recht.

»Du denkst immer noch darüber nach. Mein Bruder hat sein Zuhause verlassen, sein Mädchen geheiratet und ist glücklicher als ein Eichhörnchen mit einem riesigen Haufen Nüsse. Mein Vater und meine Mutter sehen ihn selten, sodass sie, wenn sie es tun, von ihm schwärmen, als wäre er der verlorene Sohn. Doch er ist zu beschäftigt, um es zu bemerken, weil er seinen Blick nicht von seiner Frau abwenden kann. Wünschst du dir nicht auch, so glücklich zu sein?«

»Würdest du aufhören, so gute Argumente vorzubringen? Du hast mich schon überzeugt. Ich gehe jetzt.«

»Jetzt?«, fragte er und ließ seine Stiefel auf den Boden plumpsen. »Ich meinte nicht jetzt. Wo willst du denn hin?«

»Ich gehe Juliana Clavelle suchen«, sagte er mit einem Zwinkern, während er grinsend zur Tür hinausschritt. »Und aye, das ist mein besserwisserisches Grinsen.«

Er konnte nicht anders, als zu summen, jetzt,

da er seine Entscheidung getroffen hatte, obwohl er immer noch einen Weg finden musste, sie zu finden. Er sattelte sein Pferd und ritt zur Abtei, wo er bei den Ställen anhielt, um zu fragen, ob es heute irgendwelche Besucher gegeben hatte.

Der Stallbursche schlief fest und hob seinen Kopf nur lange genug, um ihn zu schütteln, bevor er wieder in einen tiefen Schlummer fiel. Ruari ließ sein Pferd drinnen und machte sich auf den Weg zur Hintertür der Abtei, wo sich die Küche befand. Zwei Wachen waren vor der Tür stationiert, aber er kannte beide und sagte: »Ich hole mir nur etwas zu essen.«

Sie gähnten beide und winkten ihn herein. Die Abtei war zwar schon einmal angegriffen worden, aber das war selten, und es verstand sich von selbst, dass kein Cameron so etwas jemals tun würde. Die meisten in den Highlands hatten einen angeborenen Respekt vor jedem, der die Farben der Cameron trug.

Er spähte durch die Tür zur großen Halle, und zu seiner Überraschung stand Juliana vor der Feuerstelle und starrte auf die nun wieder auflodernden Flammen darin. Sie hielt ihre Hände an das Feuer und beugte sich vor, um ihre Finger zu wärmen.

Er wollte sie nicht erschrecken, aber sein Bauchgefühl drängte ihn, an ihre Seite zu eilen. Der wilde Teil von ihm wollte sie um die Taille fassen und durch die Luft wirbeln. Dieses Mädchen machte etwas mit ihm, und der Wunsch, sie zu halten, wuchs mit jedem Schritt, den er über den kalten Steinboden machte.

Das Geräusch seiner Stiefel hallte in der leeren Halle wider, und sie drehte sich um und starrte ihn an. »Ruari? Bist du es wirklich?«

»Ja«, flüsterte er, »bitte schick mich nicht weg. Ich möchte mit dir sprechen.«

Sie schickte ihn nirgendwohin, sondern öffnete ihre Arme für ihn. Er lief den Rest des Weges zu ihr, und sie schlang ihre Arme um seinen Hals.

»Du zitterst ja«, flüsterte er in ihren Nacken, während er sie umarmte und in ihrem süßen Duft nach Wildblumen schwelgte.

»Ich weiß, mir ist so kalt, aber ich sollte wahrscheinlich nicht hier bei dir sein. Ich trage nur ein Nachthemd«, sagte sie und trat einen Schritt zurück, um zu ihm aufzublicken. »Warum bist du hier?«

»Ich musste dich einfach treffen. Nachdem ich dich mit Munro gesehen habe ... Ich musste einfach ...« Er kratzte sich am Kopf und fragte sich, wie er von hier aus weitermachen sollte, und doch wollte er sichergehen, dass er die richtigen Worte wählte. Es stand so viel auf dem Spiel. »Können wir uns ein wenig unterhalten, bevor du in deine Kammer zurückkehrst?«

Ihr Blick blieb an seinem hängen, und sie nickte.

Er deutete auf einen Sessel, der nicht weit von der Feuerstelle entfernt stand. »Setz dich mit mir in diesen Sessel. Ich werde dich zudecken und verspreche, dich warm zu halten.« Er ließ sich neben ihr nieder und hielt sie fest, sein Kinn fast auf ihrem Kopf, aber er zog sich weit genug zurück, um sie anzuschauen. »Ist dir warm genug?«

»Ja.« Sie sagte nichts weiter, also fuhr er fort.

»Ich weiß nicht, was zwischen Stonecroft Abbey und hier passiert ist. Wir haben uns geküsst, und vielleicht hätte ich deine Unschuld nicht auf diese Weise ausnutzen sollen, aber ich bereue es nicht. Ich mag dich sehr, und meine Gefühle sind noch stärker geworden. Ich habe um deine Hand angehalten, und ich dachte, du hättest ja gesagt, aber alles hat sich geändert, nachdem du mit deiner Schwester gesprochen hast. Du wolltest auf dem Weg zurück nach Lochluin nicht einmal mit mir sprechen. Ich dachte, es sei wegen deiner Schwester, aber ich frage mich, ob es etwas mit Ailbeart Munro zu tun hat. Was ist zwischen uns passiert?«

Sie lehnte sich zurück, um ihm zu antworten, und das Beben ihrer rosafarbenen Lippen brachte ihn fast dazu, alle Kontrolle zu verlieren. Nein, er würde sie nicht noch einmal kosten, bevor er nicht die Wahrheit über ihre Gefühle herausgefunden hatte.

Sie neigte den Kopf, dann hob sie das Kinn. »Antworte mir ehrlich. Hättest du dich für mich angeboten, wenn die Äbtissin es dir nicht befohlen hätte?«

»Ist es das, was du denkst?«, fragte er schockiert. »Dass ich dich nur will, weil die Äbtissin es gesagt hat?«

»Oder dich gezwungen hat. Ist das wahr?«

»Nein, nein. Ich hätte auch ohne ihre Anregung um dich geworben. Wie gerne hätte ich dir richtig den Hof gemacht, aber diese Wahl haben wir nun mal nicht. Ich bin hier und jetzt bereit, dich zu heiraten. Munro hat dich weder verdient, noch wird er dich mit Respekt behandeln. Ich habe schon gesehen, wie er dich misshandelt hat.«

Ihr Blick wurde weicher, und sie griff nach ihm, um die Stoppeln an seinem Kinn zu berühren, und fuhr mit dem Finger über sein Kinn zur anderen Seite seines Gesichts. »Ich möchte Ailbeart Munro nicht heiraten, ich möchte dich heiraten. Ich wünschte auch, wir könnten uns Zeit lassen, aber das geht nicht. Mein Sire will mich zwingen, Munro zu heiraten, und ich weiß nicht, was ich tun soll.«

Ihre Hand fiel von seinem Gesicht, und ihr Blick sank, aber er hob ihr Kinn zu sich. Seine Lippen trafen ihre in einem brennenden Kuss, der schnell zärtlich wurde. Er wollte ihr zeigen, wie sehr er sie respektierte und bewunderte. Wie sehr er sich wünschte, dass sie eine gemeinsame Zukunft hätten.

Er beendete den Kuss und sagte: »Ich habe deinen Sire um deine Hand gebeten, aber er hat mich abgewiesen und gesagt, du sollst Munro heiraten.«

»Was sollen wir dann tun?«, fragte sie, die Sorge und Angst in ihrer Stimme waren unverkennbar.

»Sie kehren in drei Tagen zurück, richtig? Wir könnten vorher alleine heiraten, wenn du mich haben willst. Wird deine Schwester dich unterstützen?«

»Ich bin mir nicht sicher, aber sie scheint nicht mehr gegen eine Verbindung zwischen uns zu sein. Ich weiß zumindest, dass sie Munro auch nicht leiden kann.«

Er stand auf und zog sie an sich, genoss das Gefühl, sie in seinen Armen zu halten, ihre weichen Kurven, die sich an seinen Körper schmiegten. Er wollte sie ewig so halten.

Doch ewig währte nur eine kurze Zeit.

Sie flüsterte: »Ich liebe dich, Ruari.«

Seine Knie gaben bei dieser Erklärung fast nach. Ihm wurde mit erschreckender Klarheit bewusst, dass er sich nicht länger fragen musste, wie es sich anfühlte, eine Frau zu lieben – er wusste es. Ohne Zweifel. Er küsste sie sanft auf die Lippen und sagte: »Juliana, ich glaube, wir sind füreinander bestimmt. Es steht in den Sternen, genau wie mein Bruder mir immer gesagt hat, dass es eines Tages passieren würde.«

»Liebst du mich denn?« Die Hoffnung in ihrem Blick verleitete ihn fast dazu, sie in seine Arme zu schließen und wegzulaufen.

»Das tue ich. Wir gehören zusammen, und ich werde alles dafür tun, dass es so kommt. Das verspreche ich dir.« Ein Geräusch drang von hinten an seine Ohren.

Ihre Schwester kam die Treppe herunter und sagte: »Was machst du da, Juliana?« Sie schrie nicht und ihr Ton klang nicht wütend, aber er wusste, dass er Juliana loslassen musste.

Seine Geliebte drehte sich zu ihrer Schwester um und errötete bis zu den Zehenspitzen, die er unter ihrem Gewand hervorlugen sah.

»Wir haben uns nur unterhalten, Joan. Bitte sei nicht verärgert, aber wir würden gerne heiraten. Ich möchte Ailbeart Munro nicht heiraten. Wirst du uns helfen?«

»Ich werde mit Papa reden. Aber mach dir keine Sorgen. Wenn er nicht einverstanden ist, habe ich eine andere Idee.«

Ruari hatte keine Ahnung, was das bedeuten sollte, aber er wusste, dass ihre Schwester eine willensstarke Person war. Sie auf ihrer Seite zu haben, gab ihm ein kleines bisschen Hoffnung.

Mehr Hoffnung zumindest, als er gehabt hatte, bevor er die Abtei betrat.

KAPITEL ACHTZEHN

AM NÄCHSTEN MORGEN fühlte sich Ruari viel selbstbewusster. Er wusste zweifelsfrei, dass er Juliana zur Frau haben wollte. Und nicht nur wegen ihres süßen Schmollmundes.

Jedes Mal, wenn er in ihrer Nähe war, schlug sein Herz höher. Er liebte es, mit ihr zu reden, ihr seine Gedanken mitzuteilen und im Gegenzug ihre Gedanken zu hören.

Er hatte sich sein ganzes Leben lang gefragt, wie es sein würde, eine Frau wirklich zu lieben. Jetzt wusste er es.

Als er hinunter in die große Halle ging, summte vor sich hin und begegnete Padraig. Das besserwisserische Grinsen war immer noch in seinem Gesicht.

Der Junge stieß einen leisen Pfiff aus. »Deutlich mehr Schwung in deinem Gang heute, Cameron. Könnte das an einem Mädchen mit hellbraunem Haar liegen?«

Ruaris einzige Reaktion war eine hochgezogene Augenbraue. Er sagte nicht, was er wirklich dachte, nämlich dass Julianas Haar eher die Farbe von warmem Sand hatte, nicht einfach nur braun. Oder dass ihre Lippen geradezu darum bettelten, geküsst zu werden, und dass er sich wünschte, noch viel mehr mit ihnen zu tun.

Oder wie es sich anfühlte, sie in seinen Armen zu halten.

Beruhigend und aufregend zur gleichen Zeit. War das möglich? So etwas hatte er noch nie erlebt. Hätte ihre Schwester sie nicht unterbrochen, wäre er wahrscheinlich nicht gegangen.

»Was ist der Grund für dieses Lächeln?«, drängte Padraig.

Ruari gluckste und sagte: »Ich gehe meinen Bruder besuchen. Später erzähle ich dir dann alles. Treffen wir uns in einer Stunde oder so auf dem Übungsplatz.«

Padraig klopfte ihm auf die Schulter und verabschiedete sich.

Normalerweise brach Aedan sein Fasten mit Jennie und ihren Kindern, aber es gab kein Zeichen von ihnen, was bedeutete, dass sie wahrscheinlich schon wieder weg waren. Er fand Aedan in seiner Kammer sitzend, wie er in die Ferne starrte, so wie er es als Kind oft getan hatte.

»Du kannst nicht in die Sterne starren. Es ist helllichter Tag.«

Sein Bruder drehte den Kopf und lachte. »Ich schaue ganz sicher nicht in die Sterne. Ich habe nur nachgedacht.«

»Willst du es mit mir teilen?«

»Nein.« Das war alles, was sein Bruder zu sagen hatte. »Brauchst du etwas?«

»Ja, ich bräuchte deine Hilfe.«

»Du hast sie. Was ist es?«

»Wie du weißt, möchte ich Juliana Clavelle

heiraten …«

Sein Bruder hielt eine Hand in die Höhe, um ihm Einhalt zu gebieten. »Ruari, sie war mit Munro auf dem Fest, nicht wahr?«

»Jawohl.«

»Und du glaubst, ihr Vater wird ihn wegschicken und deinen Antrag annehmen?« Aedan trommelte mit den Fingern auf die Tischplatte und wartete auf eine Antwort.

Wie konnte er das richtig formulieren? Er wollte, dass sein Bruder ihm zuhörte. »Er hat mich zugunsten von Munro abgewiesen. Der Laird ist gerade abgereist und soll in drei bis vier Tagen zurückkehren, um sie zu ihrer Hochzeit auf sein Land zu begleiten, aber Juliana ist nicht daran interessiert, ihn zu heiraten, und möchte lieber mich heiraten.«

»Ruari, das bringt doch nichts, wenn die Verlobung bereits vollzogen ist. Du sprichst von einem benachbarten Laird, wenn auch in einiger Entfernung, aber das ändert nichts an seinem Rang. Du weißt, wie es ist. Die Wünsche des Mädchens werden meist ignoriert. Ich weiß nicht, wie du das anstellen willst.«

Nach diesen Worten verlor Ruari kurz die Fassung. »Du willst deinem einzigen Bruder nicht helfen? Soll ich das Mädchen zu dir bringen, damit du die blauen Flecken mit eigenen Augen sehen kannst, die er ihr auf dem Arm zugefügt hat, nur weil ich mich ihnen genähert habe? Muss ich dich daran erinnern, dass er schon einmal verheiratet war und dafür bekannt ist, ein Bastard zu sein?«

Aedan stand von seinem Schreibtisch auf und ging herum, um sich vor Ruari zu stellen. »Mir ist aufgefallen, wie er sie behandelt hat, und du hast nicht unrecht damit, dass er eine schlechte Partie ist. Bist du sicher, dass sie kein Interesse daran hat, Munro zu heiraten?«

»Sie ist nicht an ihm interessiert. Sie liebt mich.« Er ballte beide Hände zur Faust, und es war ihm egal, ob sein Bruder es bemerkte. Wenn er sich nicht auf ihn verlassen konnte, auf wen dann?

»Und du liebst sie?«

»Ja. Überzeugt dich das nicht?«

»Wenn du dir da sicher bist. Aber gib mir etwas Zeit, um eine Lösung zu finden. Ich kann nicht riskieren, dass Munro mit seinen Leuten hier auftaucht. Ich habe geschworen, Lochluin Abbey und alle, die dazugehören, zu beschützen.« Er seufzte und klopfte seinem Bruder aufmunternd auf die Schulter. »Ich würde mich freuen, dich glücklich verheiratet zu sehen, Ruari, aber wir müssen behutsam vorgehen. Ich werde mit ihrem Sire sprechen, wenn sie zurückkehren.«

Das war nicht gerade das, was er zu hören gehofft hatte. Er wollte sie jetzt heiraten, bevor Munro zurückkam.

»Danke, Aedan, aber das kann ich nicht riskieren. Ich darf sie nicht verlieren.«

Juliana konnte nicht schlafen, nachdem sie Ruari gesehen hatte, da ihr Herz vor lauter Glück beinahe zersprang. Sie war verliebt.

Und er liebte sie auch.

Sie schlief erst kurz vor dem Morgengrauen
ein, sodass sie fast den ganzen nächsten Tag ver-
schlief.

Als sie schließlich mitten am Nachmittag aus
dem Bett kletterte, summte ihre Schwester ein
Lied, das ihre Mutter ihnen immer vorgesungen
hatte, als sie noch kleine Kinder waren.

Ihre Schwester lächelte, ein breites, strahlendes
Lächeln, das sie zum Staunen brachte. Sie hatte
Joan seit … nun, seit Jahren nicht mehr so gese-
hen. »Guten Tag, liebe Schwester.«

»Joan, ist alles in Ordnung? Du siehst so fröh-
lich aus. Ist etwas passiert, während ich geschlafen
habe?«

»Nein, es hat sich nichts verändert. Ich habe
an etwas gearbeitet, das dir helfen soll, Buchstaben zu lernen.« Sie hielt ein Heft hoch, eine Art
Notizbuch, in dem bereits einige Seiten markiert
waren. Ihre Schwester blätterte es durch, um es
ihr zu zeigen. »Siehst du, ich habe schon alles
für dich vorbereitet. Ich dachte, wenn ich alles
an einem Ort sammle, ist es einfacher. Sobald du
gegessen hast, können wir mit dem Unterricht
weitermachen.«

Obwohl sie diese Seite ihrer Schwester liebte
und sich so sehr darauf freute, lesen zu lernen,
fühlte sich etwas falsch an.

Ihre Schwester verschwand und kam mit
einem Tablett mit Essen zurück - einer Schüssel
mit Eintopf und einem Stück frisch gebacke-
nem Schwarzbrot. »Das wurde heute Morgen
frisch gemacht. Es ist sehr lecker. Ich habe beim
Gemüse geholfen.«

Juliana aß einfach, weil sie hungrig war. Aber als sie zur Hälfte fertig war, hielt sie inne und fragte: »Joan, hast du eine Idee, wie du mir helfen kannst, der Ehe mit Laird Munro zu entgehen?«

Ihre Schwester schenkte ihr ein rätselhaftes Lächeln und sagte: »Aye.« Sie starrte ins Leere, als genieße sie den Gedanken an das, was sie zu tun beschlossen hatte.

»Wie?« Sie nahm einen weiteren Bissen von dem Brot und kaute langsam, während sie ihre Schwester betrachtete. Warum verhielt sie sich so seltsam? Nach all den Tagen, in denen sie sich für sie gewünscht hatte, Nonne zu werden, was hatte sie so plötzlich dazu gebracht, ihre Meinung zu ändern?

»Mach dir darüber keine Sorgen. Ich werde mit Papa reden. Er wird sehen, dass ich recht habe.«

»Joan, du liegst mir seit Jahren in den Ohren, dass ich mein Gelübde ablegen soll, aber seit Kurzem scheint es mir, als würdest du meinen Wunsch, Ruari zu heiraten, unterstützen.«

Ihre Schwester setzte sich auf das Bett und faltete die Hände in ihrem Schoß. »Ich habe mein Bestreben, dich zu überzeugen, dein Gelübde abzulegen, noch nicht ganz aufgegeben, aber ich beginne zu glauben, dass Ruari vielleicht doch der Richtige für dich ist. Er ist ein guter Mann, und du wärst eine wunderbare Mutter. Du musst darauf vertrauen, dass manchmal Dinge auf unerwartete Weise geschehen. Mach dir keine Sorgen. Konzentriere dich erst einmal auf das Lesen und Schreiben.« Sie stand auf und begann, mit verschiedenen Dingen in der Kammer herumzuhantieren und sie zurechtzurücken.

»Aber Joan, ich liebe ihn.«

Ihre Schwester drehte sich um und warf ihr einen seltsamen Blick zu, einen, den sie nicht deuten konnte, aber dann sagte sie überraschend: »Das weiß ich doch.«

Sie küsste sie auf die Stirn und schritt zur Tür hinaus. »Wenn ich zurückkomme, bringe ich dir die Buchstaben bei.«

Was war nur mit ihrer Schwester passiert?

Ruari stürmte aus dem Bergfried, vorbei an mehreren Leuten, die versuchten, mit ihm zu sprechen – der Schmied, der Waffenmeister, sogar ein Stalljunge –, aber er konnte sich einfach nicht die Zeit nehmen, irgendjemanden eines Wortes zu würdigen. Er marschierte in den Stall, sattelte sein Pferd und führte es zur Tür hinaus, ohne auch nur eine Sekunde zu vergeuden. Er hatte endlich den Mut gefasst, das zu tun, was Padraig ihm eingeredet hatte.

Zeit war von entscheidender Bedeutung. Er musste Munro überreden, sich die Sache mit Juliana noch einmal anders zu überlegen. Wenn er den Mann überzeugen konnte, dass sie nicht die Richtige für ihn war, dann würde Aedan ihn voll und ganz unterstützen.

Er hasste es, sich mit seinem Bruder zu streiten. Die Camerons hatten ein unausgesprochenes Bündnis mit der Abtei. Sie waren der nächstgelegene Clan, sodass es ihre Pflicht war, dafür zu sorgen, dass ihnen kein Unheil widerfuhr oder

– Gott bewahre – sich jemand an ihren Truhen vergriff.

Und wahrlich, die Truhen der Lochluin Abbey waren gut gefüllt, sodass der Schutz ihres Reichtums eine große Verantwortung darstellte.

Er hatte sein Schwert und zwei Dolche bei sich, von denen er ziemlich sicher war, dass er sie bald brauchen würde, da er seine kühne Entscheidung getroffen hatte. Ailbeart Munro hatte ein schwarzes Herz, und er würde es allen beweisen. Er würde in alter Spitzelmanier etwas über den Mann herausfinden, um es gegen ihn zu verwenden, um ihn zu zwingen, die Heirat aufzugeben. Ruari betrachtete sie bereits als seine zukünftige Frau, und es war seine Pflicht, sie zu beschützen.

Er war auf dem Weg zu Munros Ländereien, um den Bastard davon zu überzeugen, sich von Juliana Clavelle fernzuhalten.

Und nichts würde ihn aufhalten.

KAPITEL NEUNZEHN

ES WAR SCHON fast dunkel, als er sich auf dem Land des Munro-Clans wiederfand. Ruari hielt außer Sichtweite der Wachen an und band sein Pferd an einem Baum in der Nähe einer Feuerstelle fest. Es war an der Zeit, sich in die Burg zu schleichen und etwas Brauchbares über Ailbeart Munro herauszufinden. Da war etwas an dem Laird, das ihm nicht ganz geheuer war.

Etwas Böses.

»Halt.« Eine Wache blieb stehen und hob eine Hand, als ob er Ruaris Anwesenheit spürte. Er erstarrte und versteckte sich hinter zwei Bäumen, während die Wachen die Gegend absuchten. »Ich dachte, ich hätte etwas gehört. Du auch?«

Die andere Wache lauschte ein paar Augenblicke und sagte dann: »Nein. Bist du dir sicher?«

Keiner der beiden sagte etwas und sie lauschten, doch dann sagte der Erste: »Ich schätze, es war nichts.«

»Muss ein Wildschwein gewesen sein.«

Sie widmeten sich wieder ihrem Kontrollgang, während Ruari sich einen Weg zur Rückseite der Mauer bahnte und nach einer geeigneten

Stelle suchte, um sie zu erklimmen. Als er eine Ecke gefunden hatte, an der die Mauer genug bröckelte, um ihm Halt zu geben, erklomm er sie blitzschnell. Oben angekommen hielt er inne und betete, dass die dunkle, mondlose Nacht seine Gestalt verbergen würde. Er musste sicher sein, wo er nach dem Sprung landen würde.

Als er nichts unter sich sah, ließ er sich lautlos auf den Boden fallen. Er hielt erneut inne und lauschte auf irgendwelche Geräusche hinter der Burg.

Alles war still.

Er schlich über das Gelände, jedoch nur dort, wo Gras wuchs, um seine Schritte zu dämpfen. Fast hatte er den Hintereingang des Bergfrieds erreicht, als er erstarrte.

Er hörte, wie ein Schwert gezogen wurde.

Und noch eins, und noch eins.

Verdammt, er war gefangen.

Er wirbelte herum, zückte seine Waffe und traf den ersten Angreifer an der Schulter. Der Mann brüllte auf und ließ seine Waffe fallen.

Doch dann wurde er von einem Dutzend Wachen umzingelt, die ihm die Waffe aus der Hand schlugen und ihn zu Boden warfen.

»Wer ist das?«, fragte einer.

»Cameron. Sieh nach, ob der Laird ihn sehen will oder ob wir ihn gleich töten können.«

Zwei Wachen verschwanden, eine von ihnen stürmte jedoch kurz darauf wieder heraus. »Wir sollen ihm nichts tun. Bringt ihn rein zu Munro. Er möchte ihn sehen.«

Ruari verfluchte sich selbst. Gegen ein Dutzend Männer zu kämpfen, würde ihn nicht weiterbringen, daher gab er auf und stimmte zu, aus freien Stücken weiterzugehen, wobei er zwei Männern folgte, die die Führung übernahmen. Sie benutzten den Hintereingang, um die Burg zu betreten, dann schoben sie ihn einen Gang hinunter und die letzten drei Stufen hinauf, die in die große Halle führten.

Sobald er drinnen angekommen war, brüllte Munro ihm entgegen: »Ist meiner Verlobten etwas zugestoßen, Cameron? Das ist der einzige Grund, warum du auf meinem Land sein solltest. Aber deiner Heimlichtuerei nach zu urteilen, hattest du wohl andere Absichten.«

»Juliana Clavelle ist wohlauf«, sagte er und ging hinüber, um sich vor den Bastard zu stellen, der umringt von mehreren Wachen vor ihm thronte. »Ich würde gerne unter vier Augen mit dir sprechen, Munro.«

Der Mann zog eine Augenbraue hoch, während einige der Wachen ihn unverhohlen auslachten. »Du bist ein Eindringling. Ich hätte alles Recht, dich zu töten und deinen Kopf vor meiner Burg auf einen Spieß zu stecken. Du machst hier nicht die Regeln. Was auch immer du zu sagen gekommen bist, sag es hier, in Anwesenheit meiner Männer.«

Ruaris Unbehagen wuchs weiter, als sich die Tür zum Bergfried öffnete und mehrere weitere Wachen eintraten, die ihn von hinten umzingelten. Vielleicht hätte er Padraig und ein paar seiner eigenen Wachen mit auf die Reise nehmen sollen. Sein Plan, den Rohling auszuspionieren, war ihm gründlich misslungen. Er würde wohl kaum etwas erfahren, was er in der gegenwärtigen Situation gegen ihn verwenden konnte.

Er zögerte, entschied dann aber, dass er sein Anliegen ungeachtet der Gefahr aussprechen würde. »Juliana Clavelle wird mich heiraten, nicht dich. Sie hat kein Interesse an dir, daher bitte ich dich, von ihr abzulassen. Was immer du von ihr willst, es ist nicht ehrenhaft. Es gibt genug andere Mädchen, die du heiraten kannst.«

Munro lehnte sich in seinem Stuhl zurück und lachte, etwas, das Ruaris Blut zum Kochen brachte. Oh, was hätte er getan, um ihm dieses Lachen aus seinem Gesicht zu prügeln. Der Laird sprang abrupt auf und stapfte zu ihm herüber. Als er vor ihm stand, sagte er drei Worte in gedämpftem Tonfall. »Sie gehört mir.«

Ruari trat einen Schritt näher und sagte: »Sie will nichts mit dir zu tun haben, also hör auf, ihr nachzustellen. Das Mädchen ist zu gut für dich. Ich habe gesehen, wie du sie auf dem Fest behandelt hast, als wäre sie ein Hund, dem du etwas Unterwürfigkeit reinknüppeln wolltest.«

»Und in weniger als einer Woche wird sie meine Frau sein«, sagte der Mann mit einem breiten Grinsen. »Wenn ich Lust habe, ihr Fügsamkeit mit der Faust beizubringen, werde ich das tun. Ich habe ihrem Vater gutes Geld für das Recht gezahlt, mit ihrem Körper zu machen, was ich will, und du kannst dich darauf verlassen, dass ich davon Gebrauch machen werde. Ich werde dir eine Chance geben, von allein zu gehen, bevor ich meine Männer dazu bringe, sich auf meine

Art um dich zu kümmern.«

Ruaris Blick traf den von Munro, und die Augen des Mannes waren genauso kalt und grausam, wie er es erwartet hatte. Nein, er würde niemals zulassen, dass ein solcher Mann Juliana heiratet.

»Sie wird dich niemals heiraten. Darauf kannst du dich verlassen. Deine falschen Versuche, ihre Liebe zu kaufen, haben nicht funktioniert.« Padraigs Worte hatten ihm Mut gemacht. An diesem Punkt musste er etwas Verwegenes tun. Er erwog die Alternativen, wegzugehen oder gegen zwei Dutzend Wachen zu kämpfen, und verwarf beide. Er hatte nur eine Wahl. »Warum treffen wir uns nicht im Hof mit der Waffe deiner Wahl, und wir klären das sofort?« Ruari trat zwei Schritte zurück, um dem Ganzen Nachdruck zu verleihen. »Oder bist du zu feige für die Herausforderung?«

»Du warst ein Narr, auf eigene Faust hierherzukommen, Cameron. Hast du wirklich geglaubt, du könntest dich hier reinschleichen, ohne gesehen zu werden? Hast du daran gedacht, mich in meinem Bett zu töten, während ich schlafe?«

Das Grinsen auf seinem Gesicht verriet Ruari, dass er nicht gegen ihn kämpfen würde. Er hatte gehofft, die kämpferische Seite des Mannes zu wecken, aber vielleicht hatte er gar keine.

»Du hast nicht den Mumm, gegen mich zu kämpfen, oder doch?«, fragte Ruari.

Munros Antwort war, dass er sich auf seinen Platz zurückzog. »Ich habe noch nicht mal fertig gegessen«, sagte er. Dann nickte er seinen Wachen zu und sagte: »Bringt ihn nach draußen und zeigt ihm, wer Lady Juliana heiraten wird. Mischt ihn auf, aber tötet ihn nicht.«

»Warum nicht, Chief? Wir könnten uns lange mit einem langsamen Mord amüsieren«, kommentierte eine seiner Wachen.

»Ich brauche noch einen Priester aus der Abtei von Lochluin, der uns traut. Und das werden sie nicht tun, wenn wir einen Cameron töten.«

Sieben Männer stürmten auf ihn zu, und Ruari tat sein Bestes, um so viele der Bastarde wie möglich mit den Fäusten niederzustrecken, aber er wusste, dass er nicht sehr weit kommen würde. Seine Chancen standen alles andere als gut.

»Nehmt ihn mit nach draußen. Blut bekommt man so unsäglich schwer wieder aus dem Steinboden«, sagte Munro in einem gelangweilten Ton. »Und denkt daran, ich will ihn nicht tot sehen. Verpasst ihm eine Tracht Prügel und schafft ihn zurück auf sein Pferd.«

Die übrigen Männer packten ihn von hinten. Sie trugen ihn zur Tür hinaus, während er so viele von ihnen wie möglich trat und schlug. Als sie vor den Toren angekommen waren, hielten ihn drei der Männer fest, während der Rest auf ihn einschlug.

Ein Schlag ins Gesicht erwischte ihn punktgenau und er wurde ohnmächtig.

Sein letzter Gedanke war, dass er dieses Mal mit Sicherheit der Narr war.

Als er wieder zu sich kam, schmerzte jeder Teil

seines Körpers, sogar Teile, von denen er nicht gewusst hatte, dass sie wehtun konnten. Er lag mit dem Gesicht nach unten auf seinem Pferd, und das Tier bewegte sich über die Highland-Wiesen, hielt aber auf einen Pfiff hin an.

Ruari hatte zu große Schmerzen, um auch nur den Kopf zu heben. Eine vertraute Stimme rief ihm zu: »Wie ich sehe, bist du noch am Leben, du Narr.«

Das konnte nur Padraig sein. Ruari versuchte zu sprechen, aber seine Stimme klang eher wie ein Stöhnen.

»Hättest du mich nicht wenigstens mitnehmen können?«, fragte Padraig, während seine Stimme näher kam. »Ich weiß, du bist zu stolz, um es deinem Bruder zu sagen oder irgendwelche Wachen mitzunehmen, aber ich hätte dir helfen können.« Er legte seine Hand unter Ruaris Kinn und hob den Kopf. »Verdammt nochmal, sie haben ganze Arbeit geleistet. Aus diesen Augen wirst du Juliana kaum noch sehen können. Das wird eure Hochzeit locker noch einmal um zwei Wochen verschieben.«

Der Bursche ergriff die Zügel seines Pferdes, hielt es an und sagte: »Komm. Du musst dich auf dein Pferd setzen. Ich weiß, es tut weh, aber nur so kann ich dich nach Hause bringen. Ich kenne eine Heilerin nicht weit von hier. Wir können zuerst bei ihr haltmachen. Putz dir das Gesicht, damit du wenigstens das Land vor dir sehen kannst.«

»Nein, nicht Jennie ...«

»Du wirst es nicht bis zu Jennie schaffen. Wir

halten vorher an. Die Hütte der Heilerin ist im Wald, keine halbe Stunde von hier. Jetzt setz dich auf.«

Ruari stöhnte, während er sein Bestes tat, um sich im Sattel aufzurichten.

»Wie viele?«

»Sieben? Zehn? Ich kann mich nicht mehr erinnern.« Er spuckte einen Schwall von Blut und Dreck auf den Boden.

Padraig reichte ihm seinen Wasserbeutel. »Trink, aber nicht zu viel.«

Ruari tat, wie ihm geheißen, denn sein Kopf schmerzte zu sehr, als dass er vernünftig hätte denken können. Warum zum Teufel war er nur so unvorsichtig gewesen?

»Triff niemals Entscheidungen im Zorn. Du wirst sie immer bereuen. Hat dir dein Sire das nicht beigebracht?«

Ruari schüttelte den Kopf.

»Scheint, als würdest du es vorziehen, auf deine eigene Art zu lernen. Sturer Narr. Klappt das mit dem Sitzen?«

Ruari nickte, zog sich schließlich restlos hoch und nahm die Zügel in die Hand.

»Gut. Ich werde direkt hinter dir sein. Halt dich einfach gerade, versuch, nicht umzukippen und mach bloß nicht die Augen zu. Hast du mich verstanden, Cousin?«

Ruari nickte und tat sein Bestes, den Anweisungen zu folgen, aber es war wirklich schwierig. Nachdem sie sich in Bewegung gesetzt hatten, funktionierte sein Verstand wieder gut genug, um zu erkennen, dass er seinem Cousin dankbar war, dass er ihm gefolgt war.

Die kurze Strecke dauerte ewig, aber schließlich erreichten sie die Hütte der Heilerin.

»Wie heißt sie?«, würgte Ruari hervor.

»Grizella«, sagte Padraig. »Sie hat vielleicht nicht
das Talent von Jennie, aber sie macht das schon
lange. Meine Mutter kennt alle Heiler im Land,
vor allem die älteren.« Er stieg ab und stoppte
Ruaris Sturz, als dieser versuchte, dasselbe zu tun.
»Du kannst kaum noch laufen. Ich kann dich
vielleicht erst in einer Woche wieder nach Hause
bringen.« Er schaffte es, ihn so zu positionieren,
dass Ruari sich zur Unterstützung an ihn lehnen
konnte. »Und wann zum Teufel hast du so breite
Schultern bekommen?«

Grizella sah sie kommen und begrüßte sie an
der Tür ihrer kleinen Hütte, die in der Nähe
eines kleinen Baches lag. »Ist das nicht der junge
Cameron?«, fragte sie und stützte sich auf einen
selbst geschnitzten Gehstock mit einem Knorren
am Ende, um den sie ihre Hand schlingen konnte.
Sie war eine zierliche Person und wirkte durch
ihren Buckel noch kleiner. Mit ungleichmäßigen
Schritten trottete sie hinüber zum Flusslauf, um
eine Urne mit Wasser zu füllen, während sie den
beiden ein Zeichen gab, ihre Hütte zu betreten.

»Aye, es ist Ruari Cameron, Aedans einziger
Bruder«, sagte Padraig mit einem Seufzer, als er
sich durch die kleine Tür zwängte, wobei Ruari
sich immer noch an ihn lehnte. »Ein paar Munros
haben sich einen Spaß mit ihm erlaubt.«

Grizella folgte ihnen hinein, schnalzte mit der
Zunge und wies Padraig an, ihn auf einer Pritsche

an der Wand abzusetzen. Die Hütte war durch-
drungen vom Geruch eines feinen Eintopfs, der
über der Feuerstelle brodelte, zusammen mit dem
Duft von verschiedenen getrockneten Kräutern.
»Hol dir eine Schüssel Eintopf dafür, dass du den
Burschen hier lebendig herbekommen hast«,
sagte die alte Heilerin und winkte Padraig zu.

Padraig setzte ihn auf die Pritsche, dann griff
er nach dem Eintopf und füllte eine Schüssel bis
zum Rand.

»Seid Ihr nicht der Ehemann von Doirin?«,
fragte die Heilerin, als sie sich der Pritsche
näherte. »Das arme Mädchen, das so jung gestorben ist?«

»Aye«, sagte Padraig mit einem Mundvoll Eintopf. »Das war er.«

»Ihr kanntet sie?«, fragte Ruari. Es überraschte
ihn, das zu hören. Mit Jennie als Frau ihres Chieftains hatte niemand aus dem Clan Cameron viel
Anlass, eine andere Heilerin aufzusuchen. Außerdem hatte Doirin so etwas ihm gegenüber nie
erwähnt.

»Nun, Mylord, ich fühle mich genötigt, Euch
etwas zu sagen, während ich diese Wunden ver-
sorge.«

Ruari zuckte zusammen, als sie mit der tiefsten
Wunde begann, die er von einem Schwert hatte.

»Verzeiht, mein Herr, aber diese Wunde hat
Vorrang. Es ist die, die am ehesten eitern wird.
Ich werde sie säubern, nähen und dann meinen Umschlag auflegen, den gleichen, den die
liebe Frau Eures Bruders benutzt.« Sie griff nach
einem weiteren Leintuch und tauchte es in die

Schüssel mit kühlem Wasser.

»Tut, was Ihr tun müsst. Ich werde mich nicht bewegen.« Er knirschte mit den Zähnen, während sie ihr Möglichstes tat. »Was wolltet Ihr mir erzählen?«

Sie seufzte und sagte: »Manchmal muss ich als Heilerin Sachen tun, die mir widerstreben. So auch bei Eurer Frau. Sie kam oft zu mir, um einen Trank zu bekommen, der sie davon abhält, schwanger zu werden.«

Der Schock schien seinen Schmerz vertrieben zu haben. Ruari setzte sich auf und starrte sie ungläubig an. »Was sagt Ihr da? Ich fürchte, mein Geist ist bereits vom Fieber getrübt.«

»Nein, Mylord.« Sie drückte seine Schultern zurück auf die Pritsche und widmete sich wieder der Aufgabe, seine Haut von Blut und Schmutz zu reinigen. »Wahrlich. Sie wollte keine Kinder. Niemals.«

Padraig kam herüber, um am Ende seiner Bettstatt zu stehen und sie anzustarren, während er weiter seinen Eintopf schlürfte. Er schüttelte den Kopf, während er schluckte. »Ich mag zwar nicht viel Zeit mit ihr verbracht haben, aber es überrascht mich nicht, das zu hören. Die Frau war nicht gut für dich, mein Freund.«

Ruari zuckte zusammen, doch dieses Mal nicht von der schmerzhaften Berührung der Heilerin. »Es gibt einen Trunk für so etwas? Wie funktioniert das? Verliert man ein Kind, wenn man es austrägt, oder ...«

Grizellas gichtgeplagte Hand legte sich auf seinen Arm. »Mylord, Ihr braucht die Details nicht zu kennen. Sie wollte nicht schwanger werden, und ich gab ihr, was sie brauchte.«

»Aber warum? Warum würdet Ihr das tun?« Ruari war fassungslos, dass die Möglichkeit überhaupt bestand, geschweige denn, dass sie funktionierte. »Warum sagt Ihr es mir nicht?«

»Ach, Ihr stellt gute Fragen, Mylord. Alles, was ich sagen kann, ist, dass ich es immer als meine Pflicht als Heilerin angesehen habe, jeder Person zu helfen, die durch diese Tür tritt. Es ist nicht meine Aufgabe, ein Urteil zu fällen. Ich würde nie ein lebendes Kind töten, aber ich kann leicht helfen, es gar nicht erst so weit kommen zu lassen.«

Ruari lehnte sich zurück und starrte auf das Stroh über seinem Kopf. An jenem letzten Tag hatte er Doirin angefleht, zu Jennie zu gehen, in der Hoffnung, sie könne ihnen helfen, und Doirin hatte sich hartnäckig geweigert.

Sie hatte wohl befürchtet, dass er die Wahrheit erfahren würde.

Deshalb war sie auch so wütend weggeritten.

Oder war es reine Panik gewesen?

Nicht wegen etwas, das er getan hatte. Sie hatte Angst vor der Möglichkeit, dass sie hätte erwischt werden können.

Wäre Doirin ihm fremdgegangen, seine Wut wäre nicht größer gewesen.

Sie hatte sich keinen Deut um ihn geschert.

KAPITEL ZWANZIG

JULIANAS VATER UND Ailbeart Munro kehrten drei Tage später zurück, wie versprochen. Das ungute Gefühl, das sie in ihrem Bauch hatte, wurde plötzlich schlimmer. Jeden Tag hatte sie gehofft, Ruari würde zurückkehren und sie zu sich holen. Dass er sie zur Frau nehmen würde, wie er es versprochen hatte. Aber er war nicht gekommen. Er war ferngeblieben, und nun war die Zeit abgelaufen.

Joan erinnerte sie immer wieder daran, dass es noch eine andere Lösung gab - sie konnte nach wie vor ihr Gelübde ablegen -, aber Julianas Herz wollte das nicht.

Und so würde sie ihre Schwester verlassen, um den Chieftain des Clan Munro zu heiraten.

Er begrüßte sie sofort in der Halle. »Ihr seht heute besonders schön aus. Ihr werdet jedes Mal schöner, wenn ich Euch sehe. Wie geht es Euch?« Er nahm ihre Hand und küsste sie, wobei seine Lippen einen feuchten Abdruck hinterließen, der sie erschaudern ließ.

Es fiel ihr wieder auf, dass das Aussehen des Mannes nicht zu seinem Wesen passte. Er war heute besonders schneidig herausgeputzt, sein

Haar selbst nach der Reise über die windigen Ebenen der Highlands ordentlich gekämmt.

»Wo ist der Ring, den ich Euch geschenkt habe?« Er hielt ihre beiden Hände hoch, um sie zu prüfen.

Die Härte in seinem Ton ließ sie erzittern.

»Ich habe ihn Euch zurückgegeben«, sagte sie und hatte plötzlich Angst davor, was er als Nächstes tun würde.

Er warf ihr einen seltsamen Blick zu, drehte sich auf dem Absatz um und ging los, um mit einem seiner Männer zu sprechen, der prompt nickte, auch wenn sie keine Ahnung hatte, worüber sie sprachen.

Als er mit einem Lächeln auf dem Gesicht zurückkehrte, sagte er zu ihr: »Ich bitte um Entschuldigung. Ich habe mich geirrt. Mein Stellvertreter erinnerte mich daran, dass ich ihn in meinem Bergfried vergessen habe. Aber das macht nichts. Sobald wir auf Burg Munro ankommen, werde ich ihn Euch an den Finger stecken.«

Sie wusste nicht recht, was sie sagen sollte, also zwang sie sich zu einem schwachen Lächeln.

Er fuhr fort: »Mein Clan ist begierig darauf, seine neue Lady kennenzulernen. Ich werde Euch nach Edinburgh bringen und den besten Schneider anheuern, damit er Euch eine neue Garderobe anfertigt. Die Frau des Chieftains muss schließlich standesgemäß aussehen.« Sein Blick wanderte die Länge ihres einfachen Wollkleides hinunter und blieb an zwei Stellen haften – ihren Brüsten und der verschlissenen Stelle, an der sie normalerweise die Hände im Schoß faltete.

Sie widerstand dem Drang, sich zu bedecken.

Gemeinsam setzten sie sich an einen Tisch in der Nähe des Kamins. Joan saß neben ihr und hielt ihre Hand zur Ermutigung, ihr Sire und Ailbeart saßen ihr gegenüber.

»Papa, ich würde gerne mit euch reisen, wenn du nichts dagegen hast«, verkündete Joan, etwas, worüber sie und Juliana noch nicht gesprochen hatten.

»Warum?« Seine Augen hefteten sich auf seine ältere Tochter.

Joan schien von seiner Reaktion nicht abgeschreckt zu sein. »Wenn du dich erinnerst, hatte ich darum gebeten, dass Juliana einen Mond mit mir verbringt. Du hast zugestimmt, sie für zwei Wochen zu schicken, aber unsere gemeinsame Zeit hat sich drastisch verkürzt. Ich würde gerne so viel Zeit wie möglich mit ihr verbringen. Wir können uns immer noch unterhalten, wenn wir nebeneinander reiten.«

»Nein, du bleibst lieber hier. Du bist eine Nonne und solltest nicht herumreiten. Ich kümmere mich schon um Juliana.«

Zu Julianas Überraschung drehte sich Joan um und sah Ailbeart an. »Laird Munro, wenn Ihr erlaubt, würde ich gerne mit meinem Sire allein sprechen.«

Er nickte höflich, obwohl Juliana sich des Eindrucks nicht erwehren konnte, dass es eine verlogene Geste war. »Sehr gerne doch, verabschiedet euch in Ruhe. Clavelle, wir treffen uns in einer Stunde bei den Ställen und reiten los.«

»Das wird nicht nötig sein«, sagte ihr Sire und blickte Joan an.

Sie erwiderte schnell: »Doch, das ist sehr wohl nötig.«

Munro stand auf und hielt beschwichtigend die Hände in die Luft. »Das ist kein Problem. Ein Abschied im Privaten ist das Mindeste.«

Kaum hatte er den Saal verlassen, explodierte ihr Vater: »Joan, du musst aufhören, unseren Gast zu belästigen. Juliana wird bald mit ihm verheiratet sein, und ich möchte ihn nicht verärgern. Er ist ein einflussreicher Adliger.«

»Papa, ich habe ihn gebeten, zu gehen, weil ich mit dir sprechen möchte. Kannst du nicht sehen, dass er nicht der Richtige für Juliana ist?«

Richard Clavelles Gesicht färbte sich dunkelrot. »Du wirst nicht versuchen, die Vorkehrungen, die ich für deine Schwester getroffen habe, zu untergraben. Aus Respekt vor der Kirche habe ich ihr erlaubt, hierherzukommen, um zu sehen, ob sie deinem Weg folgen möchte, aber es ist klar, dass sie verheiratet und mit dem Aufziehen von Kindern viel glücklicher sein wird. Und jetzt hör auf, sie nach deinem Bild zu formen.«

Die ganze Zeit über hatte niemand Juliana gefragt, was sie sich für die Zukunft wünschte. Niemanden hatte es interessiert. Sie beschloss, dass es an der Zeit war, ihre Gedanken auszusprechen, ob sie sie nun hören wollten oder nicht. Auch, wenn Ruari sich nicht mehr für sie interessierte. »Papa, in einem Punkt hast du recht.«

Sein Gesicht entspannte sich, und obwohl sie wusste, dass er über den Rest ihrer Aussage nicht glücklich sein würde, fuhr sie fort. »Ich bin nicht daran interessiert, mein Gelübde abzulegen, aber genauso wenig möchte Laird Munro heiraten. Ich liebe Ruari Cameron. Er ist der Bruder des Chieftains der Cameron, also von edlem Blut und ein höchst ehrenwerter Mann. Ich wünschte, du würdest es dir noch einmal überlegen ...«

Sie hielt inne, weil ihr Vater abrupt vom Tisch aufgestanden war und dabei die Bank umgeworfen hatte. »Ihr hört mir jetzt beide mal gut zu. Juliana, du wirst Laird Munro in weniger als einer Woche heiraten, und diese Entscheidung ist endgültig. Dieser Emporkömmling Ruari Cameron ist mir völlig egal. Und Joan, du wirst nicht mit uns reisen. Du bist schuld, du hast ihr diese törichten Ideen in den Kopf gesetzt. Du warst schon immer ein schwieriges Mädchen und jetzt versuchst du, den Geist deiner Schwester zu vergiften. Juliana, du heiratest Munro, Ende der Diskussion!« Seine letzten Worte waren mehr gebrüllt als gesprochen.

Joan wich keinen Schritt zurück. »Er hat dir gute Münze für sie gezahlt, nicht wahr?«

»Darauf werde ich nicht antworten. Die Entscheidung ist gefallen, und sie ist endgültig. Ich treffe die Entscheidungen für meine Töchter, weil ich ihr Vater bin und es am besten weiß. Ein Mädchen ist nicht intelligent genug, um solch wichtige Entscheidungen alleine zu treffen.«

Joans Gesicht verzog sich vor Wut, aber sie antwortete nicht. Juliana fiel auch nichts ein, was sie hätte sagen können. Sie hatte ihren Sire noch nie so aufgebracht, so grausam erlebt. Sie wusste nicht, was sie tun sollte, oder ob sie überhaupt etwas tun konnte. Das Gesetz sah vor, dass ihr Sire nach eigenem Gutdünken für sie entscheiden konnte.

Wäre Ruari nur gekommen, um sie zu holen ... Jetzt fürchtete sie, dass alles zu spät war.

Ruari hob seinen Kopf aus dem Kissen seines Bettes und stöhnte, als der Schmerz ihn durchfuhr. Würde es nie enden?

»Wie viele Tage sind vergangen, seit wir bei der Heilerin waren, Padraig?« Sein Freund hatte gerade die Kammer mit zwei Bechern Ale und einem Stück Brot betreten. Er zwang sich, sich aufzusetzen, nahm das Getränk entgegen und trank einen gierigen Schluck.

»Drei«, antwortete der Junge und biss ein Stück Brot ab. »Aber verdammich, euer Koch macht das beste Brot von ganz Schottland.«

»Drei? Was zum Teufel! Warum hast du mich nicht eher geweckt? Ich muss Juliana heiraten, bevor ihr Sire ihretwegen zurückkehrt. Das ist der einzige Weg.« Er warf die Decke zurück und schob die Beine an den Rand des Bettes.

»Weil dein Bruder vorbeigekommen ist, nachdem seine Frau dich untersucht hat. Er sagte, wenn du versuchst, dich in aller Schnelle davonzumachen, würde er uns beide an das Bett fesseln. Ich mag dich, Cousin, aber nicht genug, um mit dir an ein Bett gefesselt zu sein.«

Ruari stöhnte und stand auf, um sein Plaid aus der Truhe an der Wand zu holen, wobei er fast auf dem Boden zusammenbrach. Padraig ließ seinen Brotlaib fallen und schaffte es gerade noch, ihn aufzufangen. »Cameron, du hast seit drei Tagen nichts mehr gegessen. Du wirst nicht aufstehen können, bis du etwas im Magen hast.«

Ruari fuhr mit der Hand an seinem Bein entlang. »Ich habe nur ein paar blaue Flecken«, sagte er und keuchte. »Warum ist das so schwer?«

»Weil sie dir die Scheiße aus dem Leib geprügelt haben. Ich würde sagen, drei Fäuste für jeden blauen Fleck. Ganz zu schweigen von den zwanzig Stichen, die Grizella gesetzt hat.«

Er setzte sich wieder, erschöpft von der Anstrengung, die es ihn gekostet hatte, aufzustehen. »Ist Juliana noch in der Abtei?«

»Ja. Aber ihr Vater ist ihretwegen zurückgekehrt, und wie ich höre, werden sie gegen Mittag abreisen. Deshalb bin ich hier, um dich zu holen, bevor sie abreist.«

»Vielen Dank dafür, aber du hättest mich auch gestern wecken können.« Er kleidete sich an, eine mühsame Arbeit, und griff nach zwei Dolchen in der Truhe.

»Du wirst niemanden besiegen, bevor du nicht wieder zu Kräften kommst«, bemerkte Padraig, während Ruari sich die Stiefel anzog. »Du musst etwas essen, Dummkopf.« Er hatte sich auf einem Stuhl niedergelassen und holte seinen Brocken Brot hervor.

»Dann werde ich auf dem Weg dorthin essen.« Obwohl er nicht leugnen konnte, dass Padraig nicht ganz unrecht hatte. Er quälte sich in seine Stiefel, und sein Körper schwankte hin und her.

»Wenn du klug bist, sprichst du erst mit deinem Bruder darüber, dass er diesmal jemanden mit dir schickt.«

»Kommst du nicht mit?«, fragte er und verstaute die Dolche in seinen Stiefeln.

»Gewiss, aber Munro hat zwanzig Krieger bei sich. Ich bin sicher, viele von denen, die heute bei ihm sind« - er wedelte mit der Hand in Ruaris Richtung, als wolle er auf seinen schlechten Zustand hinweisen - »sind dieselben, die ihren Spaß mit dir hatten. Glaubst du, wir zwei können es mit zwanzig aufnehmen, besonders in deinem Zustand?«

Ruari ging zur Tür, blieb stehen und drehte sich zu seinem Freund um, der immer noch da saß und auf seinem Brot kaute. Er schrie: »Sitzt du bequem, Grant? Störe ich dich in deiner Ruhe? Schaffst du es vielleicht, zu kauen, während wir die Treppe hinuntergehen?«

Padraig rümpfte die Nase und sagte: »Das kommt darauf an.«

»Worauf?«, bellte Ruari.

»Darauf, ob du klug genug bist, deinen Bruder um Hilfe zu bitten. Ich werde nicht mit dir gehen, wenn du sehenden Auges in deinen Tod gehst. Ich würde lieber Brot kauen, als zuzusehen, wie dich zwanzig Männer in der Luft zerreißen. Dein Gesicht sieht immer noch furchtbar aus. So wie du gerade aussiehst, wird dich kein Mädchen heiraten wollen.«

Ruari knurrte. »Na schön. Ich werde mit meinem Bruder sprechen, ein Dutzend Wachen oder so mitnehmen und mir auf dem Weg nach draußen eine Fasanenkeule schnappen. Gibt es noch etwas, das ich tun muss, um dich glücklich zu machen?«

»Nein. Ich bin direkt hinter dir.« Mit einem Kichern sprang er von seinem Stuhl auf und folgte Ruari die Treppe hinunter. »Gib mir nur nicht die Schuld für deine eigene Sturheit.«

Ein paar Minuten später, mit einem Stück Käse in der Hand, erreichte Ruari seinen Bruder im Innenhof. »Aedan, ich brauche mindestens ein Dutzend Männer, um Juliana zu folgen.«

»Ich würde es vorziehen, sie zu schicken, um die Männer zu verdreschen, die es gewagt haben, meinen Bruder zu verletzen. Du musst mir nur sagen, wohin ich sie schicken soll.« Aedan musterte ihn von oben bis unten, wahrscheinlich um zu entscheiden, ob Ruari in der Lage war, zu gehen oder nicht. Er würde beweisen, dass er mehr als fähig war.

»Aedan«, sagte er und wischte sich den Schweiß von der Stirn, der von der kurzen Anstrengung herrührte. »Ich würde das lieber selbst erledigen.« Er würde es seinem Bruder gegenüber nie zugeben, aber er war in schlechterer Verfassung, als er vermutet hatte. Vielleicht brauchte er mehr Wachen.

»So wie du es getan hast, als du nur haarscharf am Tod vorbeigeschrammt bist? Ich war nicht sicher, ob du das hier überleben würdest. Ist Munro der Schuldige?«

»Ja, in gewisser Weise. Er hat mich nie angerührt, aber er hat seinen Männern befohlen, mich zu schlagen. Ich versuchte, ihn zu einem

Schwertkampf Mann gegen Mann aufzufordern, aber er weigerte sich. Ich hatte gehofft, etwas als Beweis für sein schwarzes Herz aufzudecken, aber ich scheiterte. Nichtsdestotrotz ist es mein Recht, den Narren zu verfolgen. Ich nehme gerne etwas Hilfe an. Da hast du wohl recht«, gab Ruari verlegen zu.

Das Gesicht seines Bruders verzog sich zu einem Stirnrunzeln. »Du gehörst ins Bett, Ruari. Jennie hat gesagt, du brauchst noch mindestens drei Tage, um dich zu erholen.«

»Juliana wird gegen Mittag abreisen, und ich muss sie aufhalten. Ich möchte sie zu meiner Frau machen, und sie hat meinen Antrag bereits angenommen. Ich werde nicht lockerlassen.«

Neil, der wie immer neben Aedan stand, warf schnell ein. »Und deinen letzten Versuch, ihre Hand zu gewinnen, hast du mit Bravour gemeistert. Wirst du es nie lernen, Bursche?«

Ruari hatte sich jahrelang Kritik und Sticheleien von diesem Mann anhören müssen, aber plötzlich hatte er genug. Er packte den Stellvertreter seines Bruders an der Kehle. »Behalte deine Gedanken für dich und hör auf, mich zu unterbrechen, während ich mit meinem Bruder spreche.«

Zu seiner Überraschung lachte Neil. »Wurde auch Zeit, dass du endlich mal Rückgrat zeigst.«

»Lass ihn runter«, sagte Aedan, obwohl er weniger wütend als genervt klang. »Wenigstens hat mich deine letzte Aktion von deinen Gefühlen für das Mädchen überzeugt. Ich werde mich bereit erklären, zwanzig Wachen mit dir zu schicken, sodass du ihren Vater abfangen kannst, bevor sie sich auf den Weg machen, um dein Anliegen vorzutragen.«

»Vielen Dank«, sagte Ruari, während er Neil wegstieß und in Richtung der Ställe eilte, so schnell, wie es seine Verletzungen zuließen. Wenigstens hatte er keine gebrochenen Knochen von den Schlägen davongetragen.

»Ruari!« Die Stimme seines Bruders hallte über den Hof.

Er wirbelte kurz herum, bewegte sich aber weiter rückwärts. »Was?«

»Versuch, dich diesmal nicht umbringen zu lassen. Ich habe nur einen Bruder.«

So gern er es getan hätte, er konnte es Aedan nicht versprechen.

KAPITEL EINUNDZWANZIG

JULIANAS AUGEN BRANNTEN vor lauter unvergossener Tränen, als sie dahinritt. Das Gespräch, das sie vorhin mitangehört hatte, quälte sie. Bevor sie die Abtei verlassen hatten, waren ihr Vater und Munro losgezogen, um mit den Wächtern der Abtei über den sichersten Weg für die Rückreise zu sprechen, da ein Sturm aufziehen könnte. Sie hatten sie und Winnie bei Munros Männern zurückgelassen, die so taten, als ob sie keine Ohren besäße.

»Es ist nichts von dem Cameron-Bruder zu sehen, oder?«, hatte einer von ihnen mit hintergründigem Tonfall gesagt.

Sein Freund stieß ein Lachen aus und sagte dann: »Nein, ich glaube, der hat fürs Erste genug.«

»Er hat sich besser im Kampf geschlagen, als ich dachte. Aber er war ein Narr zu glauben, er könnte unseren Laird davon überzeugen, eine solche Schönheit aufzugeben. Ich würde gerne selbst zwischen ihre Beine schlüpfen.«

»Haltet euer Maul«, warnte ein anderer. »Wenn Aedan Cameron will, kann er uns alle häuten lassen.«

Die erste Wache, die geschwätzige, sagte spöttisch: »Aedan Cameron hat nicht den Mumm, uns zu verfolgen.«

Der andere, der noch kein Wort gesagt hatte, ergänzte: »Aber wenn sein Bruder Gelegenheit dazu hätte, würde er mit zwei Dutzend Cameron-Wachen herüberstürmen und euch alle für das verprügeln, was ihr ihm angetan habt.«

»Du wäschst deine Hände aber auch nicht in Unschuld«, entgegnete die Wache.

»Aber sauberer als deine sind sie allemal. Dein Hieb hat ihn fast umgebracht.«

Juliana hatte sich auf die Lippe gebissen, um nicht laut aufzuschreien. Sie hatte daran gedacht, vor ihnen wegzureiten, aber sie hätten sie erwischt. Wenn sie Ruari helfen wollte, musste sie sich einen anderen Weg überlegen, obwohl sie keine Ahnung hatte, was sie tun konnte.

Wenigstens wusste sie, dass er sie nicht im Stich gelassen hatte, und nach dem, was sie gesagt hatten, war er noch am Leben, obwohl sie den Gedanken hasste, dass er ihretwegen verletzt worden war.

Während sie mit ihren Gedanken beschäftigt war, war Munro herübergestürmt, um seinen Wachen Anweisungen zu geben. Danach ging alles drunter und drüber. Joan war herausgekommen, um sich zu verabschieden, und Juliana hatte sie fest umarmt, wobei sie sich bemühte, keine Tränen zu vergießen. Dann war etwas Seltsames passiert. Joan hatte ihr ins Ohr geflüstert: »Mach dir keine Sorgen. Ich werde mich um alles kümmern.«

Es war keine Zeit, sie zu fragen, was sie meinte.

Ihr Vater hatte sie vorangetrieben, mitsamt den Munro-Wachen, und in Julianas Brust hatte sich eine schmerzende Leere aufgetan.

Sie reisten über zwei Stunden lang ohne jegliche Zwischenfälle. Als sie eine Pause einlegten, hörte sie ein Geräusch, und sie drehte sich um, um dessen Ursprung zu ergründen.

Ein einzelnes Pferd kam direkt auf sie zu. Zu ihrer Überraschung erkannte sie in der Reiterin ihre Schwester. Joan hatte einen wilden Gesichtsausdruck, und für einen Moment dachte Juliana, sie würde kommen, um sie in den Sattel zu hieven, aber statt auf die Stelle zuzusteuern, wo Juliana mit ihrem Vater stand, ritt sie geradewegs auf die Gruppe von Wachen zu, die mit Munro sprachen.

Der Rest geschah wie in Zeitlupe. Joan sprang mit einem Kreischen von ihrem Pferd, direkt auf Ailbeart Munro zu, den Arm ausgestreckt. In diesem Moment bemerkte sie den Widerschein von Metall in der Sonne.

Joan hielt einen Dolch in der Hand, und er war auf Ailbeart Munros Herz gerichtet.

»Nein!«, schrie Juliana und rannte auf ihre Schwester zu, da sie Angst hatte, dass sie verletzt werden könnte. Der Rest geschah in Sekundenschnelle. Joans Dolch bohrte sich in das Fleisch von Munros Schulter. Er reagierte mit einem Brüllen, ebenso wie seine Wachen. Zwei seiner Männer rangen sie von Munro weg und nahmen ihr mühelos die Waffe ab, aber der Bastard zog einen Dolch aus dem Inneren seines Rocks und rammte ihn Joan in den Bauch.

»Joan!« Ihr Rufen wurde zu einem Kreischen.

So viele erhobene Stimmen erfüllten die Lichtung, doch ihre Aufmerksamkeit galt allein Joan. Sie rannte zu ihrer Schwester und nahm ihren schlaffen Körper in ihre Arme. Blut spritzte aus Joans Bauch, und obwohl als Juliana versuchte, die Blutung zu stoppen, wusste sie, dass es ein aussichtsloses Unterfangen war.

Joan klammerte sich an Julianas Mantel, ihr Mund versuchte, Worte zu formen, aber es gelang ihr nicht. Juliana setzte sie vorsichtig auf den Boden, damit sie Druck auf Joans Wunde ausüben konnte, etwas, das sie von Ruaris Nichte gelernt hatte.

»Joan, nein. Warum hast du das getan? Nein! Ich kann dich nicht verlieren.« Sie schluchzte, als sie sah, wie das Leben aus den Augen ihrer Schwester schwand. »Warum, Joan? Warum? Ich hätte einen anderen Weg finden können. Ich habe nicht aufgegeben. Joan, du darfst auch nicht aufgeben. Du darfst mich nicht verlassen. Bitte.«

Ihre Schwester versuchte, ihr etwas zu sagen, aber Juliana konnte ihre Worte nicht verstehen. Sie legte ihr Ohr an Joans Mund, und immer noch konnte sie nur vereinzelte Worte ausmachen.

»Bitte ... geh zurück in die Abtei ... Gelübde ... Buchstaben.«

Dann erlosch das Licht aus den Augen ihrer Schwester.

Juliana schrie und schrie und schrie, ihre Arme um den Körper ihrer Schwester geschlungen, während sie wie ein kleines Kind hin und her schaukelte.

Ruari und seine Wachen holten sie schließlich in der Nähe eines Bachlaufs ein. Die Wahl ihrer Raststatt war nachvollziehbar, aber er wusste sofort, dass etwas nicht stimmte.

Erst hörte er die Schreie, als er sich näherte.

Dann sah er das Blut und das Chaos.

Sein Magen krampfte sich zusammen, und er betete, dass die Frau, die er liebte, nicht verletzt worden war. »Juliana!«, rief er und hoffte, über den Lärm hinweg gehört zu werden, als er vom Pferd sprang.

Er schob die Wachen aus dem Weg, bis er die Mitte der Gruppe erreichte, dann begann er, die schreckliche Szene zu verarbeiten, die sich ihm bot.

Juliana kniete auf dem Boden neben ihrer Schwester, die blutüberströmt war.

Sie hob den Kopf und schrie wieder und wieder, ein verzweifelter, kläglicher Laut, der seine Seele in Fetzen riss.

Was zum Teufel war passiert?

Als er sie endlich erreicht hatte, sah er, dass ihre Schwester tot war, oder zumindest fast. Er konnte nichts mehr für Joan tun, für Juliana aber sehr wohl. Sanft löste er ihre Hände vom Kleid ihrer Schwester, dann hob er sie in seine Arme und trug sie von der Gruppe weg. Ihr Vater war inzwischen herübergetaumelt, und er fiel neben Joan zu Boden, während Munro die Frau verfluchte, weil sie ihn erwischt hatte.

Er trug Juliana von dem Tumult weg und brachte sie irgendwo hin, wo sie seine Stimme und nur seine Stimme hören konnte. Obwohl Munros Wachen versuchten, ihn aufzuhalten, hielten Aedans Männer sie mühelos zurück. »Liebling, beruhige dich«, krächzte er und versuchte, trotz ihrer Hysterie zu ihr durchzukommen. »Juliana, ich bin's, Ruari. Der Mann, der dich liebt. Erinnerst du dich an mich? Ich weiß, ich sehe schlimm aus, aber ich bin's.«

Sie starrte zu ihm auf, umklammerte seinen Waffenrock und hörte endlich auf zu schreien. Mit einer Hand berührte sie seine Wange und fragte: »Ruari, was ist passiert? Meine Schwester ist tot. Wie kann das sein?« Ihre Stimme war so dünn, dass er sich wünschte, er könnte ihr all ihren Schmerz und ihr Leid abnehmen. »Sag mir, dass es nicht wahr ist. Es kann nicht sein. Ich hielt sie in meinen Armen, als sie ihren letzten Atemzug tat. Oh, Joan. Oh, meine liebe Schwester …«

Er setzte sich auf einen umgestürzten Baumstamm und bettete sie auf seinem Schoß, weg von der Menge. Er gab Padraig, der nicht weit von ihnen entfernt stand, ein Zeichen, alle von ihnen fernzuhalten, bis er sich ein besseres Bild von der Situation machen konnte.

»Kannst du mir genau sagen, wie es passiert ist, Juliana?«

Sie schniefte, klammerte sich immer noch an seinen Rock, nickte aber mit dem Kopf. »Joan … Joan … sie kam von hinten auf uns zu. Sie brachte ihr Pferd zum Stehen und schwang mit ihrem Dolch nach Ailbeart … traf ihn an der Schulter

...« Sie schnappte dreimal nach Luft, als sie über seine Schulter starrte und zu der Stelle zurückblickte, wo es passiert war.

Eine stille Ruhe überkam sie, aber rohe Wut erfüllte ihren Blick - etwas, das er noch nie in ihr gesehen hatte. »Er hat es getan«, flüsterte sie. »Munro zog seinen eigenen Dolch heraus und stieß ihn ihr in den Bauch. Seine Männer hatten sie bereits von ihm weggezogen, aber das war ihm egal. Er stach auf sie ein, zog das Messer heraus und reinigte es an ihrem Kleid. Eiskalt. Er war so kalt, als er es tat, als ob er sie hasste, mich hasste. Ich hielt sie fest ... Ich erinnere mich an nichts mehr, bis sie in meinen Armen starb. Oh, Ruari«, sagte sie, und ihre Stimme zitterte. »Es war furchtbar. Ich habe meine Schwester verloren.« Ihr Kopf fiel auf seine Schulter und sie schluchzte, ihr ganzer Körper zitterte unter der Wucht des Geschehens. Er wusste nicht, was er anderes tun sollte, als sie zu halten.

Ihr Vater tauchte vor ihm auf. »Juliana, du musst mit ihm ziehen. Er wird jetzt gehen.«

Sie starrte den Mann in offenem Unglauben an. »Vater, wie kannst du so etwas nur sagen? Ich werde diesen Mann niemals heiraten.«

Wenigstens hatte er den Anstand oder die Vernunft, ihr nicht zu widersprechen. Julianas nächste Worte erschütterten Ruari bis ins Mark.

»Papa, Joan hat sich gewünscht, dass ich mein Gelübde ablege. Das waren ihre letzten Worte an mich. Bring mich nach Hause. Ich packe meine Sachen und kehre in die Abtei zurück. Ich möchte Nonne werden.«

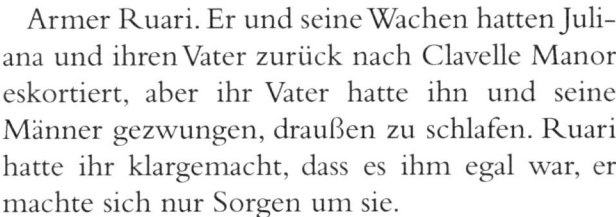

Armer Ruari. Er und seine Wachen hatten Juliana und ihren Vater zurück nach Clavelle Manor eskortiert, aber ihr Vater hatte ihn und seine Männer gezwungen, draußen zu schlafen. Ruari hatte ihr klargemacht, dass es ihm egal war, er machte sich nur Sorgen um sie.

Sie wusste, dass er sie immer noch zu heiraten wünschte. Das wollte sie auch, aber die Erinnerung an Joans schmerzverzerrtes Gesicht war genug, um sie vom Gegenteil zu überzeugen.

Zwei Morgen nach Joans Tod packte sie ihre Sachen und brachte sie in die große Halle. Die Zeit war gekommen, um nach Lochluin Abbey zurückzukehren und zu tun, was sie versprochen hatte.

Ihr Vater saß grübelnd am Kamin und roch nach Whisky. Ein Fass davon stand auf dem Tisch neben ihm.

»Das war's dann also«, sagte er. »Du wirst mich im Stich lassen wie einst deine Schwester. Damit ich vor Ailbeart Munro wie ein Idiot dastehe. Er hat mir bereits gutes Geld für dich bezahlt, und wenn du dich entscheidest, Nonne zu werden, muss ich es zurückgeben.«

»Papa, hast du es denn schon ausgegeben?«

»Nein. Es ist noch alles da.«

»Dann gib es zurück«, sagte sie angewidert. Lag ihm etwa mehr am Geld als an seinen beiden Töchtern?

»Nein. Ein Teil davon steht mir zu. Ich werde es nicht zurückgeben, nach allem, was er mir angetan hat.« Die Faust ihres Vaters knallte auf den Tisch, und sie zuckte bei der Heftigkeit des Schlags zusammen. Aber sie hatte nicht die Absicht, nachzugeben. Nicht mehr. Er verbarg etwas über Laird Munro, das wusste sie, und die Zeit war gekommen, dass er es ihr sagte. Nach dem, was Joan passiert war, und nach dem, was ihr fast passiert wäre, hatte sie es verdient, es zu erfahren.

»Es geht um jene Nacht, nicht wahr?«, fragte sie. »Die Nacht, in der ich acht war und aufgewacht bin, weil ich Joan weinen hörte. Laird Munro hatte ihr etwas angetan, nicht wahr? Sag es mir, Papa. Ich bin kein kleines Mädchen mehr. Ich will wissen, was passiert ist!«

»Es ist nichts passiert, wovon du wissen müsstest«, kläffte er zurück.

»Sag es mir!«

Totenstille herrschte zwischen ihnen, aber sie würde nicht lockerlassen. Er musste ehrlich sein.

Mit leiser Stimme sagte sie: »Papa, Joan ist tot. Sag mir, was in jener Nacht passiert ist.«

Ihr Vater brach in Tränen aus und ließ den Kopf hängen, als er schluchzte. Das einzige Mal, dass sie ihn so hatte weinen sehen, war nach dem Tod ihrer Mutter gewesen. Aber sie konnte nicht lockerlassen... Sie musste die Wahrheit wissen.

Er hob den Kopf und wischte seine Tränen an einem Leintuch ab. »Ich werde es dir sagen, auch wenn ich geschworen habe, die Wahrheit mit ins Grab zu nehmen.«

Sie wartete, gab ihm die Zeit, die er brauchte.

Er räusperte sich, wischte sich über die Augen

und begann mit der Erzählung. »Ailbeart Munro nahm deiner Schwester die Jungfräulichkeit. Sie war mit seinem Kind schwanger, und ich sagte ihr, sie müsse ihn heiraten. Als er es erfuhr, war er außer sich vor Freude. Sie sollten drei Tage nach jener Nacht heiraten. Aber sie weigerte sich.«

Sie ging zu dem Stuhl hinüber und ließ sich hineingleiten, unfähig zu glauben, was sie eben gehört hatte. »Er sollte Joan heiraten?«

»Ja, aber sie weigerte sich. Sagte, sie hasse ihn und wolle Nonne werden.«

Da dämmerte ihr etwas. »Aber das Kind … habe ich irgendwo eine Nichte oder einen Neffen? Wo ist das Baby?«

Ihr Vater langte zu ihr hinüber und umklammerte ihre Hand. »Sie hat es verloren, kurz nachdem sie in Lochluin Abbey war. Sie war ein Jahr dort, bevor sie ihr Gelübde abgelegt hat.«

Ihr Vater starrte über ihren Kopf hinweg ins Leere.

»Wenn ich darüber nachdenke, was sie getan hat, wie sie versucht hat, Munro für dich zu töten, dann wird mir klar, dass sie vielleicht schon vor vielen Monden ihren Verstand verloren hat, und die Abtei hat es vor uns verborgen.«

Sie griff nach seinen Händen auf dem Tisch und umfasste sie mit den ihren. »Papa, warum hast du es mir nicht gesagt? Warum hat Joan es mir nicht gesagt? Ich verstehe es nicht.« Die Tränen fingen erneut an zu fließen, und sie unternahm keinen Versuch, sie zu unterdrücken.

»Weil es einfach zu schmerzhaft war.«

Erinnerungen an das, was Joan über Männer

gesagt hatte, die sich an Frauen vergriffen, tauchten in ihrem Geist auf. Sie hätte so etwas nicht
gesagt, sie hätte ihn nicht so gehasst, wenn sie
sich ihm aus freien Stücken hingegeben hätte. Er
hatte ihr also die Unschuld geraubt.

Julianas Hass auf Ailbeart Munro bekam eine
ganz neue Dimension.

KAPITEL ZWEIUNDZWANZIG

RUARI HATTE GEHOFFT, dass Juliana sich besinnen würde. Dass sie doch noch erwägen würde, ihn zu heiraten. Sie kehrten zur Abtei von Lochluin zurück, ohne ihren Vater, und betteten den Leichnam ihrer Schwester auf geweihtem Boden zur Ruhe. Ihr Vater hatte gesagt, es sei einfach zu schmerzhaft für ihn, mitzugehen.

Ruari hatte das seltsam gefunden, aber er stellte keine Fragen. Er blieb während der Zeremonie an Julianas Seite und tat alles, was sie von ihm verlangte.

In der Hoffnung, dass sie zu ihm zurückkommen würde.

Es war fast dunkel in dieser Nacht, als die Trauernden, meist andere Nonnen, zurück in ihre Gemächer gingen. Die Abtei war voll, denn viele waren aus Stonecroft Abbey gekommen, um ihr Beileid auszudrücken.

Ihre Schwester war sehr geliebt worden.

Als die große Halle fast leer war, stand Juliana von ihrem Platz an einem der Tische auf und streckte ihre Hand aus. »Willst du mit mir spazieren gehen?« Sie schenkte ihm ein dünnes

Lächeln.

»Natürlich. Ich freue mich über jede Minute, die wir zusammen verbringen.«

Sie führte ihn hinaus in den Kräutergarten, und sie schlenderten Hand in Hand die gepflegten Reihen auf und ab, wobei der Halbmond genug Licht spendete, dass sie den vor ihnen liegenden Weg erkennen konnten. »Ruari Cameron, du weißt, dass ich dich liebe.«

Die Art und Weise dieser Aussage gefiel ihm nicht. »Und ich dich.« Er drückte ihre Hand.

Sie blieb stehen und starrte hinauf in den wolkenlosen Himmel, wo die Sterne leuchteten. »Weißt du, als ich meine Schwester in den Armen hielt, wollte sie mir etwas sagen.«

»Aye, du hast mir gesagt, was du glaubst, dass sie gesagt hat.«

»Wahrlich. Sie bat mich, in die Abtei zurückzukehren, womit sie wohl Lochluin Abbey meinte, und dann sagte sie die Worte ‚Gelübde' und ‚Buchstaben'. Ich weiß nicht, wie ich ihre Worte anders deuten soll, als dass ihr letzter Wunsch war, dass ich mein Gelübde als Nonne in Lochluin Abbey ablegen sollte.«

Bedauern überkam Ruari. Er hatte gehofft, er könnte sie überzeugen, dass er ihr ein guter Ehemann sein würde. Ein Teil von ihm hatte gehofft, es würde ausreichen, um sie umzustimmen, aber er konnte sehen, dass er sich geirrt hatte.

Er lehnte seine Stirn an ihre und schloss die Augen. »Ich möchte dich nicht verlieren, aber ich kann dir nicht widersprechen. Ich glaube nicht, dass du dorthin gehörst, weil ich selbstsüchtig glaube, dass du zu mir gehörst. Aber ich kann ihre letzten Worte nicht anders interpretieren, als du es getan hast.«

»Ich weiß«, sagte sie, während sie die Arme um seinen Nacken schlang. Sie hob ihren Kopf und heftete ihren Blick auf seinen. »Ich werde dich immer lieben, aber ich glaube, ich muss diesen Weg gehen. Ich habe mit Mutter Matilda gesprochen, und sie hat mich ermutigt, mir Zeit zu lassen und über meine Berufung nachzudenken. Sie hat angedeutet, dass Schuldgefühle mich dazu treiben könnten, ihre Worte so zu interpretieren, aber mir ist keine andere mögliche Bedeutung eingefallen. Ich weiß nicht, was ich sonst tun soll, außer darüber nachzudenken. Um Erleuchtung zu beten.«

Er umfasste ihre Wangen und küsste sie, ein sanfter Kuss im Gegensatz zu ihren anderen leidenschaftlichen Küssen. »Ich bin nicht glücklich darüber, aber ich kann dir deine Entscheidung nicht verdenken. Es ist eine bessere Wahl, als Munros Frau zu sein. Versprichst du mir etwas?«

»Alles.«

»Wenn du irgendetwas brauchst, schicke bitte einen Boten zu mir. Jederzeit, Tag oder Nacht. Ich werde nicht weit weg sein.«

»Du solltest jemand anderen finden, den du liebst«, sagte sie leise, ihre Stimme zitterte.

»Juliana, wir haben noch nie darüber gesprochen, aber ich möchte dir auch etwas sagen. Ich war schon einmal verheiratet.«

Sie fasste ihm an die Wange und strich mit dem Daumen über die Stoppeln, die sich im Laufe

eines langen Tages gebildet hatten. »Ich weiß.
Joan hat es mir erzählt. Du brauchst nichts über
sie zu sagen. Es muss sehr schmerzhaft für dich
gewesen sein, deine Frau zu verlieren.«

»Aye, in der Tat ... aber wir waren nie ...« Wie
konnte er ihr erklären, wie es zwischen ihnen
gewesen war, ohne dass sie ihn für herzlos hielt?
»Ich habe sie nicht so geliebt, wie ich dich liebe.
Sie hat mich nie geliebt. Ich kann es nicht erklären, aber es war ganz anders. Mit dir –«, er griff
nach ihrer Hand und umfasste sie mit seiner, »–
wünsche ich mir, dich für immer an meiner Seite
zu haben, dir morgens in die Augen zu sehen,
dir jeden Abend einen Gutenachtkuss zu geben.
Dich in den kältesten Winternächten zu umarmen und warmzuhalten. Mit dir süße Liebe zu
machen, wann immer du es wünschst ...«

Noch während er die Worte sagte, konnte er
sehen, wie ihr die Tränen in die Augen stiegen.
»Juliana, was ich damit sagen will, ist, dass du
die Liebe meines Lebens bist. So viel weiß ich.
Ich wurde für eine kurze Zeit mit deiner Liebe
beschenkt, und dafür bin ich dir ewig dankbar.
Ich werde nie eine andere brauchen, noch will
ich eine.«

»Nein, du irrst dich ...«

Er runzelte die Stirn. »Inwiefern?«

»Ich werde dich immer lieben.« Sie lächelte
und ließ ihre Hand sinken, sodass sie mit seiner
Unterlippe spielen und mit den Fingern darü-
berstreichen konnte. »Das wird sich nie ändern.
Wir können nur nicht heiraten. Wirst du mich
von Zeit zu Zeit besuchen?«

»Ja.« Er bezweifelte, dass es irgendetwas gab, was er sagen konnte, um ihre Meinung zu ändern, aber Jennie hatte etwas gesagt, das er unbedingt wiederholen wollte. »Ich habe vergessen, dir zu sagen, was Jennie mir über Menschen gesagt hat, die im Sterben liegen, Menschen, die wissen, dass sie nicht mehr viel Zeit haben.«

»Was hat sie gesagt?«

»Manchmal kriegen sie nicht die richtigen Worte heraus, und man kann vielleicht nie wissen, was ihre letzten Wünsche sind.«

Wie sehr wünschte er sich, er könnte sie davon überzeugen.

Stattdessen tat er, was er tun musste. Er ließ sie gehen.

***

Ruari mied die Abtei in den nächsten zwei Wochen, in der Hoffnung, Juliana würde die Zeit haben, die sie brauchte, um um ihre Schwester zu trauern. Er hoffte, sie würde erkennen, dass sie nicht dazu bestimmt war, eine Nonne zu sein.

Sein Herz sehnte sich danach, sie zu besuchen.

Eines Tages rief Aedan ihn in seine Kammer, um ihm zu sagen, dass Munro der Abtei einen Besuch abgestattet hatte. Offenbar hatte er immer noch gehofft, Juliana überzeugen zu können, ihn zu heiraten. Sie hatte sich geweigert, ihn zu empfangen, und er war wütend zurück nach Hause gereist.

»Mutter Matilda kann eine richtige Naturgewalt sein, wenn sie will«, sagte Aedan. »Sie kann die Mönche aufstacheln, nach ihrem Willen zu handeln, wenn jemand das Wohlergehen eines ihrer Schützlinge bedroht.«

»Warum hast du mir das nicht gesagt, Aedan? Ich hätte den Bastard gerne persönlich zurück zu seinem Land geschickt.«

»Die Äbtissin hat einen Boten gesandt, falls es Ärger gibt, aber ich habe keinen erwartet. Juliana ist in tiefer Trauer. Welch ein Schock für ein junges Mädchen, ihre Schwester in den Armen zu halten und sie sterben zu sehen. Ich hielt mich fern, weil ich es für das Beste hielt.«

»Wahrscheinlich hast du recht«, murmelte Ruari.

»Und ich fürchtete, wenn ich den Bastard sehen würde, würde ich mit ihm ein paar Worte darüber wechseln, wie er meinen Bruder behandelt hat. Zu seinem Glück ist er schnell wieder gegangen.«

Ruari war überrascht, die Emotion zu sehen, die bei der Erwähnung seiner Prügel über das Gesicht seines Bruders ging.

»Was? Überrascht dich das? Geh und such dir ein Silbertablett und schau dir dein Spiegelbild an. Du siehst immer noch aus wie eine grässliche Bestie.« Aedan kicherte, während er ihn eingehend musterte.

Vielleicht würde Ruari so tun, als wäre das der Grund, warum er sich von Juliana ferngehalten hatte, statt der Wahrheit.

Er hatte Angst, sie zu sehen - Angst, dass sie ihm sagen würde, dass sie bereits Novizin geworden war. Er hatte ihr ein paar kleine Geschenke geschickt, Beerengebäck, Seife, die nach Lavendel roch, und einen Strauß Wildblumen, der genauso duftete wie sie.

Der Bote hatte ihm zwar immer ihre Dankbarkeit beteuert, aber sie hatte nie darum gebeten, mit ihm zu sprechen.

Als er eines Tages auf den Übungsfeldern war, verlor er schließlich die Lust am Kämpfen und warf sein Schwert auf den Boden.

»Du bist ein ganz schön fauler Sack heute, Cameron«, sagte Padraig. »Oder ist es etwas anderes?«

Er schüttelte den Kopf, unfähig, seine Frustration in Worte zu fassen. Seine Nichte Riley kam auf sie zu.

»Deine Antwort kommt bald«, sagte sie mit einem Lächeln. Nachdem sie ihre rätselhafte Bemerkung mitgeteilt hatte, wirbelte sie herum wie eine kleine Fee und lief zurück in Richtung des Bergfrieds.

»Was hat sie wohl damit gemeint?«, fragte Padraig und kratzte sich am Kopf. »Ist deine Nichte immer so merkwürdig oder ist sie am Ende eine Seherin?«

Ruari starrte dem Mädchen hinterher, ihr Zopf hüpfte in der Luft, als sie rannte. »Nicht dass ich wüsste, aber sie ist noch jung. Vielleicht entwickelt sich in ihr eine seltsame Fähigkeit. Ich muss Aedan oder Jennie danach fragen.« Er wischte sich mit seinem Rock den Schweiß von der Stirn. »Ich habe für heute genug gehabt, Padraig.« Die Wahrheit war, dass seine Muskeln noch immer von den Schlägen schmerzten, die er eingesteckt hatte.

Und auch der Schmerz in seiner Brust weigerte sich zu gehen.

»Ich werde meine Mutter besuchen. Ich wollte nicht, dass sie mein Gesicht in diesem Zustand sieht, aber ich habe sie seit dem Tag, bevor ich zu Munro ging, nicht mehr besucht. Ich habe es lange genug aufgeschoben«, sagte er und ging auf den Bergfried zu. »Du bleibst und trainierst weiter unsere Wachen. Sie brauchen die Übung.«

Er schritt zum Bergfried und fand seine Mutter vor der Feuerstelle in ihrer Kammer. »Ich grüße dich, Mama.«

»Ruari, ich bin so froh, dass du hier bist.«

Er beugte sich hinunter, küsste ihre Wange und nahm neben ihr Platz. »Wie geht es dir heute mit deinen Wehwehchen?«

Er wartete auf ihre Reaktion auf die blauen Flecken in seinem Gesicht. Sie kam nicht.

»Ich habe keine Wehwehchen, aber ich muss dir sagen, dass Riley eine Nachricht für dich hat.«

Verblüfft sagte er: »Riley hat mir eben eine Nachricht übermittelt, aber ich bin mir nicht sicher, was sie bedeutet.«

»Ich bin froh, dass sie dich besucht hat. Mach dir keine Sorgen, du wirst es früh genug herausfinden. Denk einfach daran, dass ich dich immer liebe.« Sie lächelte und tätschelte seine Wange. Ihr Kopf senkte sich auf die Brust, ihre Augen schlossen sich, sodass er ihr eine Decke auf dem Schoß ausbreitete. »Ich liebe dich auch, Mama«, flüsterte er, während er ihr einen Kuss auf den Scheitel gab.

Er ließ sie allein, sprach ein wenig mit der

Frau, die normalerweise ein Auge auf seine Mutter hatte, und ging dann zurück in den Hof, um Aedan zu suchen. Sein Bruder kam auf ihn zu, ein breites Lächeln auf dem Gesicht.

»Aedan, ist dir Mama auch seltsam vorgekommen?«

»Was? Nein. Mama machte denselben Eindruck wie immer, aber das ist egal. Wir haben Besucher und sie sind hier, um dich zu sehen, obwohl ich nicht weiß, warum. Du wirst ihre Gesellschaft genießen, egal, wie ihre Botschaft lautet.«

Sein Herz schlug schneller bei der Aussicht, dass Juliana zu ihm gekommen sein könnte, doch dann fiel sein Blick auf die Besucher, die aus den Ställen kamen.

Es waren Drew Menzie, seine Frau Avelina und ihre vier kleinen Kinder. Die Menzies wohnten in der Nähe, und durch die Heirat von Jennies Schwester mit Avelinas Bruder galten sie als zur Familie gehörig. Die Gruppe kam auf sie zu, Drew drückte Aedans Schulter mit einem breiten Grinsen. »Cameron, so schön, dich wiederzusehen. Geht es euch allen gut? Ruari, ich bedaure die Schwierigkeiten, die du zu haben scheinst, aber vielleicht hat das Pech ja bald ein Ende.«

Er hatte keine Ahnung, was das bedeuten sollte, also sagte er nichts.

Nachdem Avelina die beiden begrüßt hatte, sagte sie: »Drew, warum gehst du nicht mit den Jungs raus auf die Übungsplätze, damit sie etwas zusehen können, während Elyse und ich mit Ruari sprechen. Ruari, du erinnerst dich an unsere Jungs? Das ist Tad, der Älteste, und

die Jungen sind Tomag und Maitland.« Ruari
grüßte jeden von ihnen, aber sie liefen so schnell
sie konnten in Richtung der Felder davon. Er
schätzte den Jüngsten auf etwa sieben oder acht
Jahre.

»Papa, wir gehen Brin suchen«, rief der Jüngste
über seine Schulter. Die drei liefen in einer gera-
den Linie hintereinander her, und er konnte sich
ein Lächeln nicht verkneifen.

Wie sehr wünschte er sich, er hätte eigene
Söhne. Seine Gedanken wanderten zu Grizella,
der alten Heilerin, die seine Wunde genäht hatte.
Die ganze Zeit über hatte er sich gefragt, warum
seine Frau nicht schwanger geworden war. Doirin
hatte ihm gesagt, dass es Schicksal war – ein Zeichen dafür, dass sie nicht dazu bestimmt waren,
Kinder zu haben – aber die ganze Zeit über war
es in Wirklichkeit sie, die es verhindert hatte.

Er fühlte sich bitterlich betrogen.

Die Nachricht von den Besuchern musste
sich herumgesprochen haben, denn Jennie, Tara
und Riley stürmten aus dem Bergfried, um
sie zu begrüßen. Nachdem das Umarmen und
Kichern aufgehört hatte, sagte Avelina zu Jennie: »Wir sind gekommen, um Ruari zu sehen.
Gibt es einen Ort, an dem wir unter vier Augen
sprechen können? Du kannst dich uns natürlich
gerne anschließen.«

Riley trat mutig einen Schritt vor und verkündete: »Ich auch, richtig, Tante Lina?«

Elyse, die er auf etwa sechs und zehn Jahre
schätzte, trat vor und berührte Rileys Wange.
Eine gespenstische Pause folgte, als die beiden

sich in die Augen schauten. Was dann geschah, war so seltsam, dass Ruari es nicht geglaubt hätte, wenn er es nicht mit eigenen Augen gesehen hätte. Ein seltsames goldenes Leuchten ging von Avelina aus und sprang zuerst auf Elyse und dann auf Riley über.

Und so schnell wie es gekommen war, verschwand es auch wieder.

Elyse brach in ein breites Lächeln aus und sagte: »Natürlich, Riley. Wie ich sehe, bist du etwas ganz Besonderes.« Jennies Augen weiteten sich, aber sie sagte nichts über die seltsame Aura. Sie legte ihre Hände auf Rileys Schultern und sagte: »Komm rein. Tara und ich werden ein leichtes Mahl bereiten, während du und Elyse mit Ruari und Riley sprechen könnt.«

Ruari blickte von einem Gesicht zum anderen. Irgendetwas Merkwürdiges spielte sich vor seinen Augen ab, aber er hatte keine Ahnung, was es zu bedeuten hatte. Er wartete, bis die Frauen vorangegangen waren, gefolgt von den Mädchen, dann trat er hinter ihnen ein.

Sie wollten gerade die Stufen in den Bergfried hinaufsteigen, als Riley stehen blieb, sich zu ihm herumdrehte und sagte: »Siehst du, Onkel Ruari? Es geschieht genauso, wie ich es vorausgesagt habe.«

KAPITEL DREIUNDZWANZIG

JULIANA WARF SICH auf das Bett ihrer Schwester und weinte sich die Augen aus dem Kopf, wahrscheinlich schon zum zehnten Mal in dieser Woche. Wenigstens verstand sie jetzt, was vor vielen Jahren geschehen war, auch wenn es mehr Fragen aufwarf, als es Antworten gab. Warum hatte sich ihre Schwester ihr nicht anvertraut? Sie hatte ein Baby ausgetragen und es verloren.

Wie schrecklich für sie. Sie konnte sich nicht vorstellen, wie ihre Schwester über den Verlust ihres Kindes getrauert haben musste, und doch hatte sie nie ein Wort darüber verloren.

Alles war geheim gehalten worden.

Sie wusste, warum ihre Schwester so unnach-giebig gegen ihrer Verlobung mit Munro gewesen war, aber warum hatte Joan nicht direkter mit ihren Warnungen sein können? Warum hatte sie ihr nicht ausführlicher von dem Ehebett erzählt?

Egal, wie sehr sie auch betete, sie bekam keine Antwort.

Ihr Herz schmerzte so sehr, dass sie fürchtete, es sei nicht mehr zu reparieren. Sie vermisste ihre Schwester, vermisste Ruari, und sie wünschte sich, in der Versenkung zu verschwinden. Die kleinen, aufmerksamen Geschenke, die Ruari ihr immer wieder schickte, machten es nur noch schwerer, sich von ihm zu distanzieren, etwas, von dem sie spürte, dass es notwendig war.

Was sollte sie nur tun?

Sie lag auf ihrem Bett, den Kopf zur Seite gedreht, ihre Tränen endlich verbraucht, obwohl sie wusste, dass es nicht die letzten gewesen sein würden.

Schwester Grace klopfte an ihre Tür und steckte ihren Kopf herein.

Juliana konnte ihren Kopf kaum bewegen, um mit ihr zu sprechen.

»Du hast Besuch, meine Liebe«, sagte die Nonne mit einem freundlichen Lächeln. »Bitte komm die Treppe hinunter.« Sie ging so leise und unauffällig wieder weg, wie sie gekommen war.

Wer würde sie besuchen? Der einzige Besucher, an den sie denken konnte, war Ruari, daher schlüpfte sie mit den Zehen in ihre alten, abgetragenen Schuhe, weil sie sich weigerte, die neuen zu tragen, die Munro ihr gekauft hatte, und ging die Treppe hinunter.

Ihr Schritt war nicht schwungvoll, nicht einmal für Ruari. Wenn er hier wäre, würde er darauf warten, dass sie ihre Meinung änderte und zustimmte, ihn zu heiraten, aber das konnte sie noch nicht tun.

Sie fürchtete, es würde das Andenken ihrer Schwester entehren.

Als sie die Halle erreichte, war sie überrascht, eine Gruppe unbekannter Leute am Kamin war-

ten zu sehen. Sie erkannte nur zwei von ihnen
– Jennie Cameron und ihre Tochter Riley.

Lady Jennie begrüßte sie zuerst und sagte: »Ich
habe zwei ganz besondere Menschen mitgebracht, um dich zu sehen, Juliana. Das ist meine
liebe Freundin Avelina Menzie und ihre Tochter
Elyse.«

Avelina war umwerfend. Groß und gerten-
schlank, mit eindringlichen grünen Augen, die
sie an eine Wiese voller Wildblumen erinnerten.
Elyses Haar war lang und dunkelbraun, mit seltsamen Silbersträhnen, die nichts mit dem Alter
zu tun zu haben schienen. Die Farbe ihrer Augen
war schwer zu bestimmen. Manchmal wirkten sie
blau, manchmal grün, aber gelegentlich sahen sie
auch golden aus. Sie hatte ein warmes Lächeln,
das sie trotz ihrer seltsamen, auffälligen Schönheit
nahbar machte.

Riley stand hinter ihr, etwas abseits, und ihr
Blick war auf Juliana gerichtet. Sie sprach zuerst:
»Sie sind deinetwegen gekommen, Juliana.«

Jennies sanftes, trällerndes Lachen milderte
Rileys seltsame Bemerkung. »Riley, du wirst
Juliana erschrecken. Sie meint, sie sind gekommen, um mit dir zu sprechen. Lady Avelina hat
die Gabe des Sehens, und ihre einzige Tochter
hat sie geerbt. Sie haben eine Nachricht, die nur
für dich bestimmt ist, aber bitte setz dich, Juliana.
Wie ist es dir ergangen?«

Sie konnte nur leicht den Kopf schütteln, während sie die beiden anstarrte. »Ich bin mir nicht
sicher. Ich schätze, mehr als alles andere bin ich
verwirrt.«

Jennie wandte sich an Avelina und sagte: »Ich bin mir nicht sicher, ob du die Geschichte kennst, aber Juliana hat vor etwa zwei Wochen ihre einzige Schwester Joan verloren. Ihre Schwester, die hier in der Abtei eine Nonne war, gab Juliana eine Botschaft, bevor sie starb, und ich glaube, Juliana hat sich bemüht, ihre Botschaft zu deuten. Habe ich da nicht recht, meine Liebe?«

Juliana nickte, während sie in einem der Stühle am Kamin saß und ihre Hände so fest zusammenpresste, dass sie fast weiß waren.

Welche Botschaft konnten sie wohl für sie haben? Sie hatte noch nie eine echte Seherin getroffen, obwohl sie genug Geschichten gehört hatte, um nicht daran zu zweifeln, dass sie existierten.

Lady Avelina zog einen Hocker heran und gab Elyse ein Zeichen, sich zu setzen, dann ließ sie sich auf dem Stuhl nieder, der Juliana am nächsten war. »Ich habe die Gabe des Sehens, aber die Gabe meiner Tochter ist viel stärker als meine eigene. Elyse hat von jemandem eine Nachricht für dich erhalten, Juliana«, sagte sie in einem warmen, weichen Ton. »Sie war sich nicht sicher, wer versucht hat, sie zu erreichen, aber jetzt, da ich deine Geschichte gehört habe, bin ich mir ziemlich sicher, dass es deine Schwester war. Elyse wird dir die Nachricht mitteilen, und du kannst damit machen, was du willst. Die Toten gehen oft völlig überraschend und lassen etwas unerledigt zurück, und ich glaube, das ist auch bei deiner Schwester der Fall.«

Tränen rannen Juliana über die Wangen und

sie sagte: »Bitte fahrt fort.« Sie wollte die Nachricht hören, auch wenn sie nicht sicher war, ob sie glaubte, dass sie von ihrer Schwester stammte.

Elyse sagte: »Ich bin mir sicher, dass diese Seele von deiner Schwester ist. Sie sagte, es täte ihr leid, wie sich alles entwickelt hat, aber es sei das Beste.«

Sie konnte nicht verhindern, dass ihr die Tränen über das Gesicht liefen. »Aber das ist es nicht.«

»Doch, sie sagt, dass alles wieder gut wird, sobald du findest, was in ihrem Herzen war. Du bist verwirrt und hast sie falsch interpretiert. Sie hat in ihrer Kammer eine Nachricht für dich hinterlassen. Du musst sie finden.«

Juliana sprang aus ihrem Stuhl und rannte die Treppe hinauf, wobei die Tränen ihre Sicht so sehr trübten, dass sie befürchtete, sie würde stolpern und fallen. Jennie und Avelina folgten ihr nach.

Elyse stand am Fuß der Treppe und rief: »Hör auf zu rennen. Wie oft muss ich dir noch sagen, dass du aufhören sollst, dauernd zu rennen, Engelchen?«

Juliana keuchte, drehte sich um und ließ sich auf eine der Stufen sinken, um nicht zu fallen. Das war genau das, was ihre Schwester immer wieder zu ihr gesagt hatte, als sie noch ein kleines Mädchen war.

Engelchen.

»Was, Joan? Sag mir, was ich tun soll ... bitte.« Sie starrte Elyse an, als würde sie sich gleich in Joan verwandeln.

Elyse schüttelte den Kopf, als käme sie aus einer Trance. »Sie sagte, du wirst die Antwort in ihrer

Kammer finden.«

Sie packte ihre Röcke und rannte den langen steinernen Gang hinunter, bis sie die Kammer ihrer Schwester erreichte. Drinnen angekommen, brach sie vor der Truhe zusammen, die Joans Habseligkeiten enthielt. Sie zwang sich, einen Gegenstand nach dem anderen zu durchsuchen und schluchzte dabei. Sie hatte das schon öfter gemacht, und nie etwas gefunden.

Jennie und Avelina standen in der Tür, als wüssten sie nicht, was sie als Nächstes tun sollten, aber Elyse ging um sie herum. »Such weiter«, sagte sie und trat zu Juliana in die Kammer.

Juliana setzte ihre Suche fort, aber die Verzweiflung lastete schwer auf ihr. War sie so weit gekommen, nur um alles wieder zu verlieren?

»Wo? Wo, Joan? Sag mir, wo. Bitte.«

Aber Elyse hatte keinen weiteren Ratschlag zu geben. Als die Truhe völlig leer war, eilte Juliana zu den Regalen an der Wand der Kammer hinüber.

Dann kam Riley zu ihnen in die Kammer. Sie trat an Elyse vorbei und hob ihren Arm, um auf die Regale zu zeigen. »Es steht in dem Buch mit den Buchstaben.« Rileys Gesichtsausdruck war völlig ausdruckslos, als sie ihren Blick zu Juliana hob. »Du erinnerst dich an das Buch mit den Buchstaben, das ich für dich gemacht habe, nicht wahr?«

Juliana eilte zum Regal, um das Buch zu holen, das ihre Schwester für ihren Unterricht vorbereitet hatte, mit dem sie ein paar Tage vor Joans Tod begonnen hatten. Sie brachte es mit zurück zum

Bett und setzte sich hastig hin, blätterte durch die Seiten in der Hoffnung, dass ihr etwas ins Auge springen würde.

Elyse kam auf sie zu und nahm ihr das Buch aus den Händen, hob es an und schüttelte es leicht. Zu Julianas Erstaunen fiel ein Stück Pergament auf den Boden.

Juliana fing das Papier auf, bevor es landete. Sie öffnete es und betrachtete all die Buchstaben, die sorgfältig in ordentlichen Reihen aufgeschrieben waren. »Aber ich kann nicht lesen«, erklärte sie allen, die um sie herumstanden.

Sie bemerkte, dass Mutter Matilda jetzt hinter Lady Jennie und Lady Avelina in der Türöffnung stand.

Avelina ging zu dem Bett hinüber und setzte sich neben sie. »Ich würde dir gerne vorlesen, wenn es dir nichts ausmacht. Willst du, dass die anderen zuhören, oder ist es dir lieber, wenn sie gehen?«

»Das ist mir egal. Ist es von meiner Schwester?«

Avelina warf einen Blick auf das Pergament. »Ja, es ist ein Brief von ihr an dich.« Sie legte ihre Hand auf Julianas Rücken und sagte: »Soll ich ihn jetzt lesen?«

»Ja, bitte«, flüsterte sie, ihr Herz schlug so schnell wie das eines Kaninchens. Sie war im Begriff, die letzte Botschaft ihrer Schwester für sie zu hören.

Avelina begann:

Meine liebste Juliana,
es fällt mir schwer, meine Gedanken in Worte zu fassen, aber ich muss dir sagen, was mir auf dem Her-

zen liegt.

Heirate Ailbeart Munro nicht. Er ist ein grausamer, gefühlloser Mann. Ich weiß es, weil ich ihn fast geheiratet hätte. Vertrau mir und ignoriere, was Papa sagt.

Nachdem ich alles im Gebet kontempliert habe, glaube ich nicht, dass das Gelübde das Richtige für dich ist. Du hast Ruari Cameron dein Herz geschenkt, und er ist ein guter, ehrenhafter Mann. Heirate ihn und ich hoffe, du wirst viele Kinder mit ihm haben.

Ich habe versucht, dir das zu sagen, aber mir fallen die Worte schwer, denn die Wahrheit ist, dass ich das immer für mich selbst wollte, aber es ist nicht passiert.

Ich hoffe, dass du eines Tages glücklich sein und viele Kinder haben wirst.

Mama hätte sich das für dich gewünscht.

Ich wünsche mir das für dich.

Ich liebe dich von ganzem Herzen. Ich muss dir das Lesen beibringen, bevor ich dir das geben kann, aber zumindest habe ich meine Gedanken aufgeschrieben. Irgendwie habe ich das seltsame Gefühl, dass ich sie aufschreiben muss, obwohl ich nicht weiß, warum.

Du wirst eines Tages eine wunderbare Mutter sein.

Irgendwann werde ich dir mein anderes Geheimnis verraten, aber das ist für einen anderen Tag.

Deine Schwester,

Joan

Elyse, die zur Tür zurückgekehrt war, während ihre Mutter den Brief las, lächelte sie an. Ein breites, vertrautes Lächeln, wie das, das Joan ihr geschenkt hatte, als sie noch klein war: »Und jetzt muss ich gehen, Engelchen. Werde glücklich.«

Jennie und Riley gingen mit Elyse, aber Avelina nahm sie in eine feste Umarmung, und sie schluchzte in ihren Armen.

KAPITEL VIERUNDZWANZIG

RUARI GING, UM sein Pferd zu holen, kurz
nachdem er Jennie und die anderen zu den
Ställen gebracht hatte, aber Aedan stellte sich ihm
in den Weg.

»Wohin willst du?«

»Ich gehe zu Juliana. Wenn sie eine Nachricht
für sie haben, möchte ich sie hören. Ich habe
ihnen genug Zeit gegeben, um mit ihr unter vier
Augen zu sprechen, aber ich möchte bei ihr sein,
falls ihre Nachricht für sie schwer zu verkraften
war.«

»Du kannst nicht mit ihnen gehen. Juliana
möchte ihr Gelübde ablegen.« Aedan stellte
sich ihm direkt in den Weg und hinderte ihn
absichtlich daran, sein Pferd zu besteigen. »Ich
werde nicht zulassen, dass du hingehst und die
Gedanken des Mädchens trübst. Sie muss diese
Entscheidung allein treffen, ohne jeglichen
Druck von dir.«

»Aedan, ich bin es leid, dass du mir sagst, was
ich tun soll. Ich bin dein kleiner Bruder, aber ich
bin auch ein erwachsener Mann. Traust du mir
nicht zu, meine eigenen Entscheidungen zu treffen?«

»Ich warne dich, wenn du dich in das einmischst, was die Frauen für Juliana tun wollen, wirst du es bereuen.«

»Und was kannst du mit mir machen? Du kannst mich nicht von meiner Position entbinden, weil du mir keine gegeben hast. Du klingst wie Mama und denkst, ich sei zu jung, um etwas zu tun. Wenn du dich erinnerst, bin ich ein Mann von acht und zwanzig Jahren. Aber vielleicht drohst du mir ja auch mit Exil.«

Ruari schob sich an Aedan vorbei und holte sein Pferd. Er stieg auf und ritt zu den Toren hinaus.

»Wahrhaftig Ruari, wenn du meine Warnung ignorierst, werde ich dich von den Ländereien der Cameron verbannen!«, rief Aedan ihm hinterher. »Zwing mich nicht, das zu tun!«

Er wendete sein Pferd, sprang ab und stürmte zu seinem Bruder hinüber, um ihm einen Schubs zu geben. »So. Ich habe dich geschubst. Und was jetzt?« Er war es so leid, von seinem Bruder herabgesetzt oder ignoriert zu werden. Er hatte genug. »Was willst du dagegen tun, Aedan?«

»Du willst mein Schlimmstes? Schön! Du bist verbannt. Geh und komm nie wieder zurück!«

Ruari hielt inne, um Luft zu holen, die Hände in die Hüften gestemmt. »Ich schätze, ich habe gerade deine wahren Gefühle für mich erfahren, Bruder.«

Aedans Wangen waren dunkelrot, und er konnte allein daran, wie er seinen Kiefer zusammenpresste, erkennen, wie verärgert er war. Aber das hielt seinen Bruder nicht davon ab, seine

Meinung zu sagen. »Ich tue das, weil ich mich um dich sorge. Ich will nicht, dass du dein Leben wegwirfst. Hast du nie mehr gewollt? Du streunst herum wie ein räudiger Köter. Jetzt hattest du eine nette Unterhaltung mit einem schönen Mädchen, und plötzlich willst du einen Clankrieg anzetteln? Die Nonnen zwingen, dich zu hassen? Was soll das bringen? Jennie und ich brauchten Monate, um uns zu verlieben, um zu wissen, dass wir zueinanderpassen. Und du denkst nach ein oder zwei Gesprächen, dass du deine zukünftige Frau gefunden hast. Du triffst gerne unüberlegte Entscheidungen, und das ist keine Ausnahme.«

»Zur Hölle mit dir«, murmelte Ruari und schritt zurück zu seinem Pferd. Aedans Worte waren wie Dolche, die sich in sein Fleisch bohrten.

»Tu es nicht!«

Er war im Begriff, sein Pferd zu besteigen, doch er hielt inne, da endlich Klarheit in seine Seele sickerte. »Aedan, du bist so alt, dass du schon vergessen hast, wie es sich anfühlt.«

»Einen Teufel habe ich.«

Ruari warf die Arme über seinen Kopf. »Warum erinnerst du dich dann nicht daran, wie es war, sich zu verlieben?«

»Ich erinnere mich sehr gut daran, aber es trifft nicht auf dich zu. Es ist zu schnell passiert.«

Ruari beugte sich zu seinem Bruder und brüllte ihn so laut an, dass die Mönche ihn hören konnten. »Du verstehst mich nicht, weil du mich nicht verstehen willst! Hört gut zu. Ich liebe Juliana Clavelle von ganzem Herzen. Etwas, von dem ich dachte, ich sei wegen meiner ersten Ehe dazu nicht fähig. Einer Ehe voller Lügen. Ich will keine Lügen mehr. Ich entscheide mich für die Liebe meines Lebens und versuche, sie zu überzeugen, meinen Gefühlen zu vertrauen. Sie ist verloren und sie braucht mich.«

Aedan versuchte zu sprechen, aber Ruari brachte ihn zum Schweigen.

»Nein! Ich will deine leeren Worte nicht mehr hören. Ich gehe ihr nach, weil ich ihr überallhin folgen werde. Sie bedeutet mir mehr als alles andere. Verstehst du das nicht?«

Sein Bruder starrte ihn mit einem seltsamen Gesichtsausdruck an.

Ruari drehte sich langsam um und machte sich auf den Weg zurück zu seinem Pferd. Es war sinnlos, mit seinem Bruder zu streiten. Wenn Aedan wirklich wünschte, dass er ging, würde er es tun, aber er wollte zuerst Juliana sehen. Er stieg auf und griff nach den Zügeln, aber Aedan rief ihm zu.

»Ruari, warte.«

Er hielt inne, ohne sich die Mühe zu machen, seinen Bruder anzusehen, der sich demonstrativ vor seinem Pferd aufgebaut hatte.

»Bitte sag mir, dass du nicht versuchst, mich am Gehen zu hindern. Das kannst du nicht.«

Aedan lachte und starrte zum Himmel hinauf. »Nein. Ich werde dich nicht aufhalten. Sieh nach oben. Siehst du nicht den Mond zwischen den Wolken hervorlugen, selbst am Tag? Er ist so hell, und doch stehlen ihm die Sterne die Pracht. Und je mehr du in den Nachthimmel starrst, desto mehr helle Lichter siehst du um den Mond herum. Jennie und ich vergleichen gerne die Unterschiede in den Sternen anhand der Form des Mondes.«

»Das ist wohl kaum der richtige Zeitpunkt, um Sterne zu beobachten.«

Aedan lachte wieder, dann schritt er hinüber, um sich neben das Pferd seines Bruders zu stellen, und seine Hand streichelte den Widerrist des Tieres. »Nein, es ist genau die richtige Zeit. Danke, dass du mich an all die Gründe erinnerst, warum ich mich in Jennie Grant verliebt habe. Das war vor langer Zeit.« Er hielt inne und rieb das Maul des Pferdes. »Scheint, als hätte ich es tatsächlich vergessen. Ich entschuldige mich für meine törichten Bemerkungen. Du bist mein Bruder, und ich unterstütze dich in dieser Sache. Ich hoffe, du kannst Juliana überzeugen, dich zu heiraten.«

Ruari sagte: »Vielen Dank, Aedan. Ich hoffe, dir nach meiner Rückkehr gute Nachrichten überbringen zu können.«

»Du verdienst es, glücklich zu sein. Wenn du irgendetwas brauchst, ich bin für dich da.«

Er hatte sich eingeredet, dass Aedans Meinung keine Rolle spielte, aber das Gefühl, das in ihm aufkam, sagte etwas anderes. Die Unterstützung seines Bruders stärkte seinen Willen.

Als er endlich in der Abtei ankam, ließ er sein Pferd bei den Ställen zurück. Jennie und die jungen Mädchen verließen gerade die Abtei, als er sich ihr näherte, und seine Schwägerin schritt zu ihm herüber, um mit ihm zu sprechen.

»Ich danke dir, dass du erst gekommen bist, als wir fertig waren. Juliana musste die Nachricht ohne dein Beisein hören. Ich habe Aedan gebeten, dich zurückzuhalten, obwohl ich mir nicht sicher war, ob es ihm gelingen würde.«

»Er hat sich einen brillanten Plan ausgedacht«, sagte Ruari verbittert. »Er hat mir gesagt, dass er mich vom Cameron-Land verbannen würde, wenn ich euren Besuch störe.«

Jennie war von dieser Erklärung sichtlich verblüfft. »Dich verbannen? Das hat er gesagt?«

»Am Anfang hat er das. Wir haben uns geeinigt, bevor ich abgereist bin, aber nicht bevor ein paar unfreundliche Worte gefallen sind.«

»Es tut mir leid, das zu hören«, sagte Jennie mit eindringlicher Stimme. »Aedan liebt dich innig. Du bist sein einziger Bruder. Er hält große Stücke auf dich.«

»Danke, dass du das sagst, aber wenn er viel von mir halten würde, hätte er mich schon längst zu seinem Stellvertreter gemacht. Aber ich habe das akzeptiert. Nachdem er ein großes Brimborium veranstaltet hat, hat er mir seine Unterstützung bei diesem Unterfangen zugesagt.«

»Und welches Unterfangen wäre das? Ich glaube, ich weiß es, aber würde es dir etwas ausmachen, es mir zu erklären?« Sie schenkte ihm ein schiefes Lächeln.

»Ich möchte Juliana zu meiner Frau machen. Ich liebe sie mehr, als ich es mir zugetraut hätte, und ich lasse sie nicht noch einmal davonkommen.«

»Ich wünsche dir viel Glück, auch wenn es

eine klugen Entscheidung wäre, wenn du sie für eine Weile in Ruhe lässt. Sie wird etwas Zeit brauchen, um die Informationen, die sie gerade erhalten hat, zu verarbeiten. Ich denke, sie wird zu der Entscheidung kommen, die du dir erhoffst, aber das würde ich sie selbst herausfinden lassen.« Sie küsste ihn auf die Wange und entfernte sich.

»Jennie«, rief er ihr hinterher.

»Ja?«

»Ich möchte sie dabei unterstützen, das durchzustehen.« Er brauchte sie – brauchte sie mit einer Heftigkeit, die ihn schockierte. »Ich würde sie gern sehen.«

»Ich würde jetzt nicht hineingehen, Ruari. Sie hat geweint und Avelina war bei ihr.«

Avelina hatte eine ungewöhnliche Gabe, andere zu trösten.

»Ich würde ihr noch ein oder zwei Tage Zeit geben«, sagte Jennie leise. »Bitte, Ruari. Komm später wieder. Sie hat eine schwierige Nachricht erhalten, und sie muss sie erst einmal verarbeiten.«

Er hatte keine Ahnung, was in der Abtei vor sich gegangen war, aber Jennie hatte ihn noch nie im Stich gelassen. Sie hatte wahrscheinlich recht. So sehr er es auch hasste, aber er würde gehen.

Obwohl dieser einfache Akt schmerzhafter war, als er je vermutet hätte.

Zwei Tage.

Fast zwei Tage war es her, dass Juliana die Wahrheit über die Wünsche ihrer Schwester

erfahren hatte. Sie hatte mit der Äbtissin gesprochen, die sie gebeten hatte, mindestens eine Nacht
darüber nachzudenken, bevor sie ihre endgültige
Entscheidung traf.

Die Wahrheit weckte sie spät in der Nacht,
nachdem alle Nonnen und die Äbtissin längst im
Bett waren.

Sie musste sofort mit Ruari sprechen.

So schlich sie den langen Gang hinunter, zog
ihre abgetragenen Pantoffeln aus, damit ihre
Schritte auf dem kalten Stein keine Geräusche
verursachten, und zog sie erst wieder an, als sie
in die dunkle, kühle Nacht hinaustrat. In ihren
Mantel gehüllt blieb sie einen Moment vor der
Abtei stehen und sprach ein kurzes Gebet, in
dem sie den Herrn bat, ihr den rechten Weg zu
weisen.

Sie atmete tief durch und machte sich auf den
Weg zu den Ställen, wo sie prompt zwei Wachen
begegnete, beides Freunde von Ruari. Es waren
die Wachen, die ihr seine kleinen Geschenke
gebracht hatten.

»Guten Abend, ihr beiden. Könnte mich einer
von euch zum Cameron-Hof begleiten? Ich muss
die Camerons über etwas informieren.«

»Aye«, sagte einer von ihnen. »Ruari hat mir
die strikte Anweisung gegeben, dass ich Euch in
jeder Weise helfen soll, falls Ihr ihn jemals brauchen solltet. Ich bringe Euch hin, Mylady.«

»Ich werde mit Euch gehen«, sagte sein Begleiter sofort. »Ich sage nur eben den anderen
Bescheid, wohin wir gehen.«

Sie atmete tief ein, nachdem sie die ganze Zeit

den Atem angehalten hatte, als die erste Wache losging, um ein Pferd für sie zu finden. Bald ritten sie von der Abtei weg, in Richtung der Ländereien der Cameron.

Sie war froh über das bisschen Zeit, dass die Reise bedeutete, denn sie musste sich überlegen, was sie tun wollte, wenn sie ankam. Wie sollte man einer Wache sagen, dass sie Ruari aus dem Bett holen sollte?

Sie hätte sich keine Sorgen machen müssen.

Padraig und Ruari saßen vor einer kleinen Hütte vor den Toren und tranken Ale.

»Ruari?«, fragte sie, als sie ihr Pferd zum Stehen brachte. Sein Anblick entzündete etwas in ihr und erfüllte sie mit Wärme.

»Juliana? Bist du wohlauf? Ich wollte dich gleich im Morgengrauen besuchen.«

Die Wache meldete sich zu Wort. »Sie bat darum, Euch zu sehen, Mylord. Wollt Ihr, dass wir auf Euch warten, wertes Fräulein?«

»Nein«, sagte Ruari an ihrer statt. »Ich danke euch, dass ihr euch um ihre Sicherheit gekümmert habt. Ich werde meine eigenen Wachen schicken, um sie zurück zu eskortieren.«

Als die Wachen gegangen waren, ging er zu ihrem Pferd hinüber und fragte: »Bist du sicher, dass es dir gut geht?«

»Ruari, ich fühle mich zum ersten Mal seit langer Zeit frei. Aber warum bist du hier draußen? Schläfst du nicht im Bergfried der Camerons?«

»Die meiste Zeit«, sagte er achselzuckend. »Aber Padraig schläft hier, daher habe ich beschlossen, mich ihm für eine Weile anzuschließen.« Er half ihr hinunter und sagte: »Komm mit rein, und ich werde dir etwas Warmes zu trinken besorgen. Keiner wird wissen, dass du hier bist.«

»Bist du dir sicher?« Sie schaute sich in der Gegend um, obwohl sie ein gutes Stück von den anderen Behausungen entfernt waren.

Padraig stand auf und sagte: »Ich bleibe hier draußen und bewache euch von diesem Stuhl aus. Derweilen könnt Ihr mit Ruari unter vier Augen sprechen, Mylady.«

»Ich werde nur kurz seine Zeit in Anspruch nehmen«, sagte sie und trat dann in die Tür, die Ruari ihr aufhielt. Es war ein einfaches Häuschen. Zwei Stühle standen vor der Feuerstelle. Die Flammen waren bereits erloschen, aber Ruari legte noch mehr Feuerholz nach, sodass Funken in die Luft stoben. In der Mitte der Hütte standen ein Tisch und zwei Stühle, dahinter befanden sich zwei Betten, die durch eine Truhe getrennt waren. Ein paar weitere Truhen, gefüllt mit verschiedenen Bechern und Dolchen, vervollständigten die Einrichtung.

»Setz dich bitte«, sagte Ruari. Es fiel ihr auf, dass er sich aufgeregt anhörte, was sie weniger nervös erscheinen ließ. »Wie geht es dir? Ich wusste, dass Avelina, Jennie, Elyse und Riley bei dir zu Besuch waren, aber ich habe nie erfahren, was dabei herauskam. Jennie sagte, sie dachte, es wäre ein guter Besuch für dich gewesen. Ich wollte auch kommen, aber Jennie hat mich überzeugt, dir etwas Zeit zu geben.« Er rückte seinen Stuhl so, dass er direkt neben ihrem stand und nahm dann vorsichtig ihre Hand. »Ich hoffe, das war eine Hilfe.«

»Ruari, es war so hilfreich. Ich bin überglücklich. Meine Schwester wollte, dass ich dich heirate. Deine Nichten haben mich zu dem Buch geführt, in dem sie einen Zettel für mich versteckt hatte.« Sie erklärte, wie sich alles zugetragen hatte.

»Wahrhaftig? Und sie hat dir nie etwas davon erzählt?«

»Nein. Ich weiß nicht, warum sie mir nicht gesagt hat, wie sie sich fühlt, aber ich bin so dankbar, dass sie mir eine Nachricht hinterlassen hat. Die Äbtissin bat mich, eine Woche darüber nachzudenken und um Führung durch unseren Herrn zu beten, aber ich möchte nicht länger warten. Wenn du mich noch haben willst, möchte ich dich heiraten.«

Ruari sprang von seinem Stuhl auf, zerrte Juliana auf die Beine und schlang seine Arme um sie. »Lady Juliana«, sagte er, seine Stimme voller Rührung, »würdet Ihr mir die Ehre erweisen, meine Frau zu werden?«

»Aye! Nichts würde mich mehr erfreuen.«

Seine Lippen senkten sich auf ihre, und sie seufzte, so froh, ihm wieder so nahe zu sein. Seine Zunge tastete nach ihrer und forderte sie zum Tanzen auf, und sie drückte sich immer näher an ihn heran, schmiegte ihren Körper an seinen, bis sie sich fast wie eine Einheit anfühlten. Sie hielt inne und legte ihre Hand auf seine Brust. »Wann, Ruari? Und wo werden wir leben? Hier auf dem Land der Cameron? In unserer eigenen Hütte oder im Bergfried?«

Ruari sagte: »Wo immer du möchtest.«

»Du hast es dir doch nicht anders überlegt, oder? Was ist?« Sie warf ihm einen verwirrten Blick zu, überrascht von seiner Antwort.

»Ich hatte angenommen, dass wir auf dem Cameron-Land leben würden, aber vielleicht sollten wir etwas Besonderes machen, etwas anderes.« Er schürzte die Lippen und heftete seinen Blick auf ihren. »Vielleicht laufen wir weg, heiraten in einer Kirche und suchen uns ein eigenes Haus, weit weg von hier. Ich habe so viele Freunde in anderen Clans. Wir könnten bei den Grants oder den Ramsays leben. Vielleicht hätte Padraigs Bruder Verwendung für mich.«

»Bist du sicher? Ich liebe den Gedanken, eine Zeit lang zu reisen, aber hast du nicht Verpflichtungen gegenüber deinem Bruder?«

»Ich habe keine wirklichen Verpflichtungen, und ich würde dich liebend gerne allen meinen Cousins vorstellen.«

Sie dachte einen Moment lang nach und wog seine Worte ab. Obwohl sie ihn nicht von seiner Familie wegholen wollte, war sein Plan verlockend. Ihr Vater hatte ihr nicht erlaubt, viel von der Welt zu sehen. »Können wir sie alle besuchen und sehen, wo es uns am besten gefallen würde? Ich bin noch nicht viel gereist. Ich würde gerne mehr von den Highlands sehen oder irgendwohin, wo ich noch nie war. Es wäre wie ein Abenteuer, unser ganz eigenes Abenteuer als Mann und Frau.«

Er umarmte sie fest und legte sein Kinn auf ihren Kopf. »Wir werden so glücklich sein. Ich habe eine Menge Münzen gespart.«

»Wann sollen wir aufbrechen? Bist du sicher, dass du nicht hier heiraten willst?«

»Nein, ich möchte meinen Bruder nicht belasten. Es ist meine zweite Hochzeit, sodass mir eine ruhige Zeremonie recht ist. Wir werden eine Feier haben, wenn wir zurückkommen. Ich muss meine Sachen packen und mich von meiner Mutter, Padraig und ein paar anderen verabschieden. Du holst die Sachen deiner Schwester und packst einen Beutel. Ich bringe ein zusätzliches Pferd, um unsere Sachen zu transportieren, und wir reiten alleine los.«

Sie umarmte ihn fest. »Ich liebe dich, Ruari.«

»Ich liebe dich auch, meine Schöne. Ich kann es kaum erwarten, dich zu meiner Frau zu machen.«

Endlich hatte sie das Gefühl, dass sich ihr Leben in die richtige Richtung entwickelte. Nur eine Sache störte sie. Das Geheimnis ihrer Schwester. »Darf ich eine Bitte äußern? Ich würde gerne meinen Vater sehen, bevor wir abreisen. Meine Schwester hat mir ein Geheimnis anvertraut. Ich möchte ihn darüber befragen. Und ich würde ihm gerne von unserer Heirat erzählen.«

»Einverstanden, aber erst nach unserer Heirat. Ich fürchte, er wird versuchen, dich umzustimmen.«

»Niemals.« Sie lehnte sich an ihn und küsste ihn erneut.

»Dann übermorgen, ja? Brich dein Fasten, und ich komme dich holen, kurz bevor die Sonne am höchsten steht.«

»Ich bin so aufgeregt«, kicherte sie und sprang

ein wenig auf und ab. »Besiegeln wir es mit einem Kuss?«

Das taten sie tatsächlich, und sie konnte den Kuss bis in die Zehenspitzen spüren.

Sie sollte die Frau von Ruari Cameron werden. Dieses Mal würde sie nichts aufhalten.

KAPITEL FÜNFUNDZWANZIG

OBWOHL RUARI SEINE Differenzen mit Aedan beigelegt hatte, war er zufrieden mit dem Plan, den er mit Juliana gemacht hatte - ein Plan, den er mit niemandem außer Padraig teilen wollte.

Vielleicht würde er bei einem seiner Cousins eine Aufgabe finden. Er wusste schon seit einiger Zeit, dass man im Land der Cameron keine Verwendung für ihn hatte.

Noch ein Tag, und er würde abreisen. Er ging auf das Turmzimmer zu, um seine Mutter zu sehen, und öffnete leise die Tür, für den Fall, dass sie noch schlief. Sie saß vor dem Kamin und starrte in die Flammen, ihre Handarbeit lag unbeachtet auf ihrem Schoß.

»Ruari! Ich bin so froh, dass du hier bist. Setzt du dich ein bisschen zu mir?« Sie deutete auf den Stuhl neben sich. »Ich bin heute Morgen so einsam. Niemand war hier, um mich zu besuchen.«

»War denn Brin nicht da? Oder Tara und Riley?«

»Oh, die sind alle beschäftigt. Wie geht es dir? Du warst doch nicht etwa krank, oder? Ich habe dich ein paar Tage nicht mehr gesehen.«

»Ich bin gesund, Mama. Ich hatte nur viel zu tun. Hör zu, ich werde ein paar Wochen weg sein. Mach dir keine Sorgen. Ich komme wieder und besuche dich«, sagte er und schaute über die Schulter, um sicherzugehen, dass niemand zuhörte.

»Ruari, wann wirst du aufhören, dich mit Aedan zu vergleichen? Ich sehe, wie du nach ihm strebst. Du bist auch ein feiner Kerl. Die Sterne bestimmten, wer der Stärkere sein würde. Aedan war mein Erstgeborener, und damit ist er der Anführer und auch der Stärkste. Du darfst dich davon nicht länger aus der Ruhe bringen lassen.«

»Mama, das tue ich nicht. Ich akzeptiere Aedan als meinen Laird. Warum sagst du das immer wieder zu mir?« Wie sehr wünschte er sich, er könnte sie davon überzeugen, ihn nicht mit Aedan zu vergleichen.

»Oh, Ruari. Ich weiß, was du denkst. Du solltest rausgehen, um zu üben. Mir ist kalt. Suchst du bitte noch einen Pelz für mich?«

Er fand zwei Pelze, legte sie ihr um die Schultern, küsste sie dann auf die Stirn und ging, immer noch am Grübeln darüber, warum seine Mutter das Bedürfnis hatte, immer wieder zu erwähnen, dass Aedan der stärkere Bruder war. Er hasste dieses Wort. Längst hatte er Aedan an Stärke übertroffen, weil er ständig fleißig trainiert hatte, aber seine Mutter schien das nicht zu bemerken.

Padraig begrüßte ihn in der Halle. »Irgendeine Planänderung? Ist so weit alles arrangiert?«

»Aye, ich muss nur noch mein Geld für die

Reise holen. Das werde ich jetzt tun, und dann bringe ich meinen Tornister hinunter in unsere Hütte.« Er stieg die Treppe zu seiner Kammer hinauf, dann teilte er seine Münzen in zwei Säckchen mit Kordelzug auf – einen kleinen, den er bei sich trug, und einen großen, den er in seinem Beutel aufbewahrte. Als er mit dem Packen fertig war, trug er sie nach draußen, um sie in Padraigs Hütte zu verstecken. Nur schaffte er es nicht sehr weit. Kurz bevor er durch die Tore schritt, hörte er eine leise Stimme, die nach ihm rief.

Riley.

Seine liebe Nichte rannte auf ihn zu, ihre Beine flogen über das Gras in der Nähe des Fallgatters. »Onkel Ruari?«

»Guten Morgen, Riley. Stimmt etwas nicht?«

Sie blieb vor ihm stehen, ein strahlendes Lächeln erhellte ihr Gesicht, aber nur für einen kurzen Moment. Dann wurde ihr Gesicht todernst. »Onkel Ruari, du musst gehen.«

Er hatte keine Ahnung, was sie meinte, also kniete er sich vor ihr hin, damit er auf Augenhöhe mit ihr war. »Schätzchen, was meinst du damit?«

»Du musst gehen. Man hat mir aufgetragen, dir das zu sagen.«

Ihr Gesicht war so ernst für eine so junge Frau, dass er nicht wusste, ob er ihr glauben sollte oder nicht. Aber laut Juliana waren Elyse und Riley diejenigen, die Joans Botschaft aus dem Jenseits überbracht hatten. Er wäre ein Narr, das, was sie zu sagen hatte, zu ignorieren.

»Geh jetzt, bitte.«

Ruari hielt es für das Beste, die Sache behutsam anzugehen. »Ich glaube dir, aber wohin soll ich gehen?«

»Das spielt keine Rolle. Reite weg vom Cameron-Land, und sie werden dich führen.«

»Sie? Wer sind sie?« Ein unheimliches Gefühl kroch ihm den Rücken hinauf.

Sie wirbelte herum und rannte zurück in Richtung des Bergfrieds.

Er änderte seine Richtung und steuerte zuerst auf den Stall zu, um sein Pferd zu satteln. Der Stallbursche bemerkte sein Kommen, sodass er seinen Hengst bereit machte und ihn zu ihm hinausführte.

Ruaris Gedanken kreisten in alle möglichen Richtungen. Er betete, dass Juliana nicht in Schwierigkeiten steckte, aber wer sollte es sonst sein?

Er stieg auf sein Pferd, nachdem er seinen Beutel hinter dem Sattel verstaut hatte. Der Junge fragte ihn, wohin er gehen würde, aber er ignorierte die Frage.

Wie sollte er antworten, wenn er es nicht wusste?

Er zerrte an den Zügeln und schickte sein Pferd in den Galopp, um zur Abtei zu reiten, doch dann verspürte er den plötzlichen Drang, in Richtung Süden abzubiegen.

Er wusste nicht, warum, aber er konnte es nicht ignorieren.

Kurze Zeit später hatte er seine Antwort. Eine Gruppe von Reitern, etwa ein Dutzend, war auf dem Weg nach Süden, mit einem Gefangenen in ihrer Mitte, dessen Hände hinter dem Rücken gefesselt waren.

Neil.

Neil war von einer Gruppe von Munro-Wachen gefangengenommen worden und sie waren auf dem Weg nach Süden zu Munros Ländereien. Ruari ging sofort in den Spionagemodus, denn diesmal war er klug genug, um zu wissen, dass er es nicht mit einem Dutzend Männer aufnehmen konnte. Er lenkte sein Pferd in den Wald, während die Reiter auf dem Hauptweg blieben. Auf diese Weise konnte er ihnen mindestens zwei Stunden lang folgen, was ihn fast bis zum Munro-Land bringen würde.

Während er ritt, schweiften seine Gedanken zu Juliana und ihrem Plan, am nächsten Tag aufzubrechen. Sollte er die Verantwortung, Neil zu retten, auf seinen Bruder abwälzen? Aedan konnte diese Gruppe schließlich gefahrlos mit zahlreichen Wachen verfolgen.

Nein. Für ihn gab es keinen Zweifel. Wenn seine Verfolgung nicht fortsetzte, könnte Neils Leben verwirkt sein.

Obwohl Neil ein anstrengender Mistkerl war und sie ihre Probleme hatten, musste er das Richtige tun.

Sie waren fast auf Munros Land, als er ein Gespräch belauschte, das ihn innerlich zerriss.

»Haben sie das Mädchen erwischt?«, fragte eine Wache.

»Aye, sie mussten ein paar Wachen fesseln, aber sie haben sie rausgeholt. Sie sind uns etwa eine Stunde voraus«, antwortete ein anderer.

»Sie haben die Nonnen nicht verletzt, oder doch?«, fragte ein dritter. »Laird Munro hat strikte Anweisungen gegeben, die Äbtissin und die Schwestern unversehrt zu lassen.«

Der Erste lachte. »Die Einzige, die sich aufregte, war unsere zukünftige Herrin. Sie wird eine gute Frau für Munro abgeben. Sie hat deinen Bruder gebissen.«

»Hätte nicht gedacht, dass es drei Versuche braucht, bis wir sie uns endlich unter den Nagel reißen können.«

Ruaris Ohren spitzten sich bei dieser Aussage. Wovon zum Teufel sprachen sie?

»Beim ersten Mal haben sie zu lange gewartet. Sie waren zu nahe am Cameron-Land.«

»Aye, wir haben drei Männer verloren.«

»Wenigstens hat dein Bruder das überlebt. Gut, dass sie nicht ihre Munro-Plaids getragen haben.«

»Aye. Er sagte, er hätte sie fast gehabt, als sie sie in der Nähe von Stonecroft Abbey schnappen wollten, aber der Bastard Cameron hat sie zu schnell abgehängt. Wenigstens hat er ihre elende Schwester erwischt.«

Ruari hätte schockierter nicht sein können. Die beiden Angriffe waren auf Juliana gerichtet gewesen. Dieser Mistkerl Munro hatte seine Männer auf sie gehetzt, wahrscheinlich um die Mitgift nicht zahlen zu müssen, die er mit ihrem Vater vereinbart hatte. Gott sei Dank hatten sie bei den ersten beiden Malen vor der Entführung bewahren können.

Die Rüpel unterhielten sich weiter über ihre schmutzigen Taten und kicherten dabei die

ganze Zeit. Ruari wünschte sich, die Bastarde an
Ort und Stelle zu töten, weil sie seine Verlobte
angefasst hatten.

Aber er konnte sie nicht angreifen, bevor er
wusste, worauf er sich einließ. Erst musste er herausfinden, wo sie sie festhielten.

Die Reiter überquerten die Brücke mit einem
so lauten Klappern, dass er wusste, dass das Fallgatter, das den Bergfried der Munros schützte,
angehoben worden war. Er brachte sein Pferd
am Rande des dichten Waldes zum Stehen und
blickte über die Burg und ihre Mauer. Er würde
sie erklimmen oder einen Eingang auf der Rückseite finden müssen.

Oder vielleicht gab es einen Tunnel unter der
Burg.

Während er über seine Möglichkeiten nachdachte, schreckte ihn eine Stimme von hinten
auf.

»Denk nicht einmal daran, allein hineinzuge-
hen.«

Padraig.

Er war noch nie so erfreut gewesen, jemanden zu sehen. Er klopfte seinem Cousin auf die
Schulter und sagte das auch.

»Hinter wem bist du jetzt wieder her?«

Sein Lächeln verschwand so schnell, wie es
gekommen war. »Ich war hinter Neil her, aber
ich habe zufällig gehört, wie sich die Wachen
über Juliana unterhalten haben. Sie wurde eine
Stunde, bevor sie Neil verschleppt haben, aus der
Abtei entführt.«

»Neil? Verschleppt? Oder ist er freiwillig mit

ihnen gereist?«

»Schwer vorstellbar, er war gefesselt«, antwortete Ruari, während sein Blick immer noch alles über den Bergfried der Munros in sich aufnahm. »Ich habe auch erfahren, dass es Munros Männer waren, die zweimal versucht haben, Juliana zu entführen. Sie verkleideten sich als Reiver.«

»Wahrhaftig? Munro hat versucht, sie vor der Abtei zu entführen?«

»Ja, ich habe gehört, wie sich seine Männer darüber lustig gemacht haben. Sie waren auch für den Angriff auf dem Weg nach Stonecroft verantwortlich. Beides waren Versuche, Juliana zu entführen.«

»Teufel noch eins. Das erklärt vieles. Außer ... warum zur Hölle sollte Munro Neil wollen? Juliana, das verstehe ich, aber warum sollte er diesen lausigen Dreckskerl entführen wollen?«

»Ich habe keine Ahnung«, antwortete er und richtete seinen Blick schließlich auf Padraigs Augen. »Aber ich habe vor, es herauszufinden.«

KAPITEL SECHSUNDZWANZIG

JULIANA BEMÜHTE SICH, nicht unkontrolliert zu schluchzen, aber sie wollte Munro nicht die Genugtuung geben. Zehn Munro-Wachen hatten sie aus der großen Halle der Abtei entführt, woraufhin man sie gefesselt und auf ein Pferd geworfen hatte.

Es tröstete sie nur ein wenig, dass sie mehrere der Wachen bespuckt, getreten und gekratzt hatte. Einen hatte sie sogar gebissen.

Als die Wachen sie in die große Halle des Lairds geschoben hatten, hatte er sie bereits mit einem Lächeln erwartet. »Mylady, es ist schön, Euch wiederzusehen.«

»Lasst mich frei«, hatte sie ihn angebellt, aber vergeblich.

»Tut mir leid, meine Liebe, aber Ihr werdet mich morgen heiraten. Wollt Ihr nicht bleiben?«, hatte er gefragt und seine Augen waren fast schwarz geworden. Er trug sein graues Plaid und einen Waffenrock - seine königliche Erscheinung wirkte wie eine Farce, angesichts der Grausamkeit, die sie von ihm kannte.

»Nein, ich möchte Ruari Cameron heiraten, nicht Euch.« Die große Halle der Munros war im Vergleich zu der warmen Halle der Camerons ziemlich schmucklos. Kein einziger Wandteppich hing in dieser Halle, und die einzige Dekoration war ein Paar Schwerter, die über der Feuerstelle gekreuzt waren.

Schlimmer noch, Boden und Wände waren geradezu widerlich. Nicht gerade das, was man von den Besitztümern eines Lairds erwarten würde.

Munro sah sie eine Minute lang an, die ihr wie eine Ewigkeit vorkam, sein Blick war grausam und herausfordernd, dann verkündete er: »Bringt sie in die Kammer meiner Frau. Verriegelt die Tür.« Er ging weg, während die Wachen sie festhielten und die Treppe hinauftrugen.

Sie schaffte es, zwei weitere zu treten und zu beißen.

Die Kammer, in die man sie sperrte, war eindeutig für eine Dame eingerichtet worden. Eine Wanne befand sich an der Wand, und überall standen feine Seifen und getrocknete Blumen. Obwohl das Bett klein war, war es in viel besserem Zustand als die große Halle.

Sie schritt in der Kammer umher und fragte sich, wie lange es wohl dauern würde, bis Ruari erfuhr, dass sie entführt worden war. Sie hatten alle Nonnen und die Wachen gefesselt, aber glücklicherweise hatten sie keine der Frauen verletzt.

Nur Schwester Grace war als Einzige hysterisch geworden.

Laute Stimmen drangen an ihr Ohr. Es fiel ihr auf, dass ihre Kammer am oberen Ende der Treppe lag, sodass es möglich war, dass sie die Leute in der großen Halle reden hörte.

Wobei »Reden« ein zu freundliches Wort für

das Gebrüll war, das sie vernahm.

Sie hielt den Atem an, während sie ihr Ohr an das Holz presste und ihre Hände gegen den massiven Rahmen stützte. Als sie die Stimmen endlich deutlich genug hören konnte, keuchte sie und sprang fast von der Tür zurück.

Eine Stimme war die ihres Sires.

Sie wimmerte, zwang sich aber, weiter zuzuhören.

»Ich verlange mein Geld zurück, Clavelle. Du schuldest mir was.«

»Einen Teufel tue ich. Du hast meine älteste Tochter umgebracht ... meine süße Joan.«

»Sie hat mich zuerst niedergestochen, oder hast du das vergessen? Ich habe mich nur verteidigt. Kein einziger Sheriff in ganz England würde mir das zum Vorwurf machen. Ich will das Geld zurück, das ich dir bezahlt habe. Du hast mir eine deiner Töchter versprochen.«

»Warum? Du heiratest sie trotzdem. Es steht dir nicht zu.«

»Ich muss sie zwingen, mich zu heiraten. Sie ist eigensinnig, und es ist deine Schuld, weil du sie schlecht erzogen hast.«

Sie hörte jetzt nichts als Schweigen zwischen den beiden.

Die Stille hielt eine unangenehm lange Zeit an. Oh, wie sehr wünschte sie sich, sie könnte ihre Gesichtsausdrücke sehen.

»Clavelle, ich überlasse dir das Geld, aber unter einer Bedingung.«

Julianas Augen weiteten sich bei dieser Bemerkung. Sie hielt erneut den Atem an und drückte ihr Ohr so fest gegen die Tür, dass sie befürchtete, es würde einen Abdruck auf ihrer Haut hinterlassen.

»Spuck's aus. Wenn ich kann, werde ich es tun«, sagte ihr Vater.

»Sag mir, wo er ist.«

Zumindest dachte sie, dass es das war, was Munro gesagt hatte – sie konnte es nicht deutlich genug hören.

»Wo wer ist?«

»Mein Sohn.«

»Dein Sohn?« Die Stimme ihres Vaters wurde lauter. »Welcher Sohn?«

»Der Sohn, den deine Tochter in der Abtei zur Welt gebracht hat. Ich weiß alles über ihn. Er ist fast zwölf. Ich will ihn hier, und zwar sofort.«

»Was? Ich weiß nicht, wovon du sprichst. Joan hatte einen Sohn? Nein … nein …, wenn sie einen hätte, hätte man es mir gesagt. Meine Frau sagte, das Kind starb einen Tag, nachdem sie in die Abtei ging.«

»Das ist eine Lüge. Er hat überlebt!«

»Wer hat dir denn das erzählt? Ich weiß nichts von der Existenz eines Enkelkindes.«

»Einer der Wächter in der Abtei sagte, er hätte Informationen für mich. Es hat mich einen Sack voll Münzen gekostet, aber er sagte mir, dass Joan einen Jungen geboren hat und sie ihn weggegeben haben. Wo ist er? Ich will es wissen, und wenn ich es aus dir herausprügeln muss.«

»Nay, nay! Das ist alles eine Lüge. Margery hätte es mir gesagt. Ganz bestimmt. Sie …«

Das Schluchzen ihres Vaters hallte durch die

Halle, ein Geräusch, das ihr das Herz zerriss. Auch über ihre Wangen rannen nun die Tränen.

War dies das Geheimnis, von dem Joan in dem Brief gesprochen hatte?

Hatte sie irgendwo einen lebenden Neffen?

»Ich muss rein und sehen, wo sie ist«, sagte Ruari. »Ich kann sie rausholen und später zu Neil zurückkehren.«

»Höre auf meine Worte, Ruari. Du wirst ihr keine Hilfe sein, wenn du allein losrennst. Deine Spionagetaktik hat uns zwar hierher gebracht, aber wie kriegen wir sie wieder raus?«

Ein Rascheln im Gebüsch hinter ihnen ließ sie beide ihre Waffen ziehen. Doch als der Verursacher auftauchte, war Ruari überrascht, ihn zu erkennen.

Aedan hielt beide Handflächen nach oben. »Ich weiß, dass du bestimmt gute Lust hast, mich aufzuspießen, Ruari, aber noch nicht. Bitte.«

»Zum Teufel, die beste Art, sich aufspießen zu lassen, ist, sich an jemanden heranzuschleichen, der ein Schwert hat«, sagte Ruari und steckte seine Waffe wieder weg.

»Egal. Sag mir, was du erfahren hast.«

»Juliana und Neil werden von Laird Munro gegen ihren Willen festgehalten. Warum er Juliana will, ist mir klar, aber warum Neil?« Aedan schüttelte den Kopf und gab damit zu verstehen, dass er genauso verblüfft war wie sie, dass Neil in Munros Plan eingebunden war.

»Wir haben noch nicht herausgefunden, warum

Neil hier ist. Aber wir haben erfahren, dass es Munros Männer waren, die uns vor den Klöstern angegriffen haben, beide Male.«

Aedan schüttelte verwundert den Kopf und kratzte sich am Bart. »Mistkerl.«

»Woher wusstest du, dass du uns folgen musstest?«, flüsterte Padraig Aedan zu.

»Riley. Sie hat mir von ihrer Vorahnung erzählt, sodass ich beschlossen habe, ein paar Männer mitzubringen und zu helfen.«

»Ohne sie hätte ich nie gewusst, dass ich hierherkommen soll«, sagte Ruari. »Ich weiß nicht, was ich von ihren Fähigkeiten halten soll.«

Aedan seufzte und wischte sich den Schweiß von der Stirn. »Das passiert, wenn man eine Heilerin heiratet. Sie lernt gerade erst ihre Gaben kennen, aber ich habe das Gefühl, dass sie sich noch weiterentwickeln werden.«

»Wie viele Männer hast du?«, fragte Ruari.

»Dreißig. Wie viele hat Munro?«

»Wahrscheinlich vierzig oder fünfzig. Sobald es dunkel ist, gehe ich hinein, um zu sehen, ob ich Juliana allein befreien kann. Oder zumindest, um herauszufinden, wo die beiden festgehalten werden. Noch eine halbe Stunde oder so, und ich sollte in der Lage sein, mich hineinzuschleichen.« Er rieb sich den Bart und kratzte sich am Kinn. »Warum zum Teufel ist Neil da drin? Aedan, hast du etwas übersehen? Du musst doch eine Ahnung davon haben.«

»Das tue ich nicht, aber wir sind uns in letzter Zeit immer seltener einig.« Er hielt inne, dann fügte er hinzu: »Ich hätte dich gern als meinen neuen Stellvertreter, wenn das hier vorbei ist.« Er klopfte ihm auf die Schulter. »Du hast mich in letzter Zeit mit deinen Fähigkeiten beeindruckt.«

Wie lange hatte er sich schon danach gesehnt, diese Worte zu hören, aber der Zeitpunkt war völlig falsch. Er musste ehrlich zu seinem Bruder sein. »Aedan, ich fühle mich geehrt, aber ich kann dir jetzt noch keine Antwort geben.«

Aedan warf ihm einen verwirrten Blick zu. »Ich dachte, das ist genau das, was du immer wolltest.«

»Ist es auch.« Er blickte zurück auf die Burg. »Oder war es. Juliana ist wichtiger für mich. Ich muss sie da rausholen. Wir hatten geplant, wegzulaufen und zu heiraten, zu unseren Verwandten zu reisen. Ich kann dir nicht antworten, bevor ich mit ihr gesprochen habe.«

»So sei es.«

Padraig warf ihnen beiden ein breites Grinsen zu.

»Was?«, fragte Ruari.

»Nach all der Zeit erteilst du ihm eine Absage. Du steckst voller Überraschungen, Ruari.«

Aedan schüttelte den Kopf, dann starrte er Padraig an. »Wann bist du zu so einem Besserwisser geworden? Deine Eltern müssen sich über dich die Haare raufen.«

Sein Grinsen entblößte alle seine Zähne. »Keine Sorge, das tun sie.«

Ruari sah die beiden verwirrt an und fragte dann: »Warum bittest du Padraig nicht, dein Stellvertreter zu sein? Ich dachte, deshalb hättest du ihn hergebracht.«

»Padraig? Vergiss es. Er hat seinen Vater zum

Narren gehalten, und sein Bruder will ihn zu seinem Stellvertreter machen. Er hat seine Garde vergrößert und will sie jemand anderem anvertrauen.«

Padraigs Grinsen verschwand. »Will er das?«

»So wurde es mir gesagt. Wenn ich das Gefühl habe, dass du so weit bist, soll ich dich zu deinem Bruder Roddy schicken. Da gibt es nur ein Problem.«

»Was für ein Problem?« Padraigs fassungslose Miene ließ Ruari fast laut auflachen. Er wusste, was jetzt kommen würde.

»Ich habe deinem Sire gesagt, dass du nie bereit sein wirst. Du bist ein zu großer Klugscheißer.«

Ein plötzlicher Blitz schoss über den Himmel, gefolgt von einem lauten Donnergrollen, genug, um den Boden zu erschüttern, auf dem sie standen.

»Heilige Scheiße. Wir werden alle sterben«, sagte Padraig, und die Farbe wich aus seinem Gesicht.

»Nein, das ist perfekt«, sagte Ruari. »Der Sturm wird mir Deckung geben. Sobald der Regen einsetzt, gehe ich von hinten rein. Aedan, bereite deine Männer auf einen Angriff vor. Du wirst wissen, wann. Padraig?«

Sein Cousin konnte nicht aufhören, die Blitze anzustarren, die am Himmel zuckten.

Er griff nach seinem Waffenrock und sagte: »Du kommst mit mir.«

KAPITEL SIEBENUNDZWANZIG

JULIANA SPRANG AUF, als der erste Blitz einschlug, gefolgt von einem Donnergrollen. Sie musste raus. Das war das Einzige, woran sie dachte. Sie öffnete jede Truhe und suchte nach irgendeiner Waffe, die sie finden konnte, aber es gab nichts Brauchbares.

Nichts außer dem Dolch von Joan, den sie immer noch in ihrer Tasche hatte.

Zu ihrer Überraschung flog die Tür auf und ihr Sire stand vor ihr. »Juliana, lauf. Geh in die Küche und durch den Hintereingang hinaus. Ich kümmere mich um Munro. Er hat den Verstand verloren.«

Juliana zögerte nicht, hielt aber kurz inne, um ihrem Sire einen Kuss auf die Wange zu geben, als sie durch die Tür in den Gang hinaus rannte. Ihr Sire deutete auf die hintere Treppe, sodass sie in diese Richtung flog. Ihre abgenutzten Schuhe machten zu viel Lärm, als sie die Stufen hinunterpolterte. Sie drängte sich durch die Tür zur Küche und ging dann direkt nach hinten hinaus, ohne auf die Rufe des Kochs und der Küchenhelfer zu achten.

Der Regen prasselte auf sie nieder, aber sie

stürzte weiter, den Kopf gesenkt, um ihr Gesicht vor dem sintflutartigen Regenguss zu schützen. Sie fand die Tür, zerrte daran, bis sie sich öffnete, und floh, so schnell sie konnte.

Sie schrie auf, als sie auf einem Hügel auf der Rückseite den Halt verlor, etwas, womit sie nicht gerechnet hatte. Schreiend rollte sie den rutschigen Hang hinunter, bis sie mit einem dumpfen Schlag auf dem Boden landete. Ihre Hand schlug so hart auf, dass sie befürchtete, sich einen Knochen gebrochen zu haben, aber sie kämpfte gegen den Schmerz an und zwang sich aufzustehen. Das Wasser am Boden reichte ihr fast bis zu den Knöcheln, aber sie rannte über Stock und Stein und blieb nicht stehen.

»Juliana, komm zurück oder ich bringe dich um! Wenn ich dich nicht haben kann, wird es niemand.« Ailbearts Stimme drang durch den Sturm, aber sie achtete nicht auf ihn, sondern pflügte weiter durch den Schlamm und das Wasser und stolperte wieder über irgendetwas, das aus der Erde ragte. Sie landete hart und ihr Kopf schlug heftig auf. Vielleicht war es eine Baumwurzel, obwohl es sich dafür zu hart anfühlte.

Stöhnend rollte sie sich auf den Rücken, öffnete ihre Augen und strich sich die nassen Haarsträhnen aus dem Gesicht. Sie versuchte, sich auf die Füße zu stemmen, aber dann sah sie es.

Und sie schrie und schrie und schrie.

Sie war über einen Knochen gestolpert und hatte sich den Kopf an einem Schädel gestoßen, der aus dem Boden ragte.

Überall lagen Knochen. Blitze erhellten die

ganze Gegend.

Sie befand sich inmitten eines Massenfriedhofs.

Ailbeart Munro rannte geradewegs auf sie zu, mit einem finsteren Grinsen im Gesicht. Er hatte die Hände über dem Kopf und hielt einen Dolch in der Hand. »Er wird dich nicht bekommen.«

Der Dolch war direkt auf sie gerichtet.

KAPITEL ACHTUNDZWANZIG

RUARI HÖRTE EINEN Schrei, als er die Rückseite der Fassade erreichte, und er wusste sofort, dass es Juliana war. Er rannte in die Richtung, aus der der Schrei kam, nur um kurz darauf selbst den steilen Hügel hinunterstürzen, der nur durch die Blitze erhellt wurde, die die Gegend sekundenweise in gleißendes Licht tauchten.

»Padraig, geh zurück! Geh zu Aedan.«

Er schaffte es, die Kontrolle über seine Füße zurückzugewinnen und tastete nach irgendetwas, was ihm Halt geben konnte.

Julianas Schrei hallte durch die Nacht, ein Klang, so gequält, wie er es noch nie gehört hatte. Er eilte auf sie zu, stolperte über Steine und abgebrochene Äste, bis er sie auf dem Boden liegen sah, den Kopf in einem heftigen Kreischen zurückgeworfen.

Ein weiterer Blitz erhellte einen Körper in der Dunkelheit, der direkt auf sie zusteuerte.

Er erreichte Juliana wenige Augenblicke vor ihrem Angreifer, schob sie hinter sich und zückte seine Waffe. Ailbeart Munro stieß ein kehliges Brüllen aus, als er versuchte, ihn mit seinem

Dolch zu treffen, aber Ruari stieß sein Schwert in den Bauch des Mannes und beendete sein Leben im selben Augenblick.

Er griff nach Juliana und hob sie in seine Arme und drückte sie eng an seine Brust. Ihre schrillen Schreie entluden sich weiter wie Blitze aus ihrem Mund, während sie sich an seinen nassen Rock klammerte.

»Ruhig, Mädchen. Ich habe dich jetzt. Er wird dich nie wieder belästigen.« Er küsste ihre Stirn und tat sein Bestes, um sie dazu zu bringen, ihn anzusehen.

»Ruari, Ruari, Ruari …«

»Ich habe dich. Ich werde dich immer beschützen.«

»Ruari, die Knochen … da sind überall Knochen … ich bin darüber gestolpert, habe sie berührt … Bring mich weg von diesem grässlichen Ort …

Ruari blickte auf seine Füße und drehte sich im Kreis. Sie hatte recht.

Er stand in der Mitte eines scheinbar unmarkierten Friedhofs.

Er führte Juliana weg von diesem höllischen Ort und fand eine Stelle, die nicht so steil war. Glücklicherweise hatte der Regen etwas nachgelassen, sodass er sich an der Mauer vorbei zu der Stelle vorarbeiten konnte, an der er Aedan zurückgelassen hatte.

Padraig erreichte ihn zuerst. »Ist sie gesund? Wo ist Munro? Sie können ihn nicht finden.«

»Sie wird wieder werden«, sagte er und drückte sie zur Beruhigung. Sie klebte immer noch an seiner Brust. »Wer sucht nach Munro? Er liegt tot am Fuße des Hügels. Er hat versucht, Juliana zu töten.«

»Aedan. Er ist mit seinen Männern durch die Tore gegangen, als wir weg waren. Er wollte offenbar nicht warten. Ein paar Wachen haben gesagt, dass ihr Laird verrückt geworden ist, also ging er mit seinen Männern hinein. Keiner hat ihm allzu viel Widerstand geleistet. Bring Juliana rein.«

»Hast du Neil gefunden?«

»Aedan ist auf der Suche nach ihm. Folgt mir.«

Juliana klammerte sich weiterhin an Ruari, eindeutig immer noch unter Schock, sodass er ihr weiter zuflüsterte, in der Hoffnung, es würde ihr helfen, die Schrecken, die sie gesehen hatte, zu überwinden. »Liebling, ich liebe dich. Weißt du noch, dass wir bald heiraten werden?«

Sie nickte ihm leicht zu, lockerte ihren eisernen Griff um seinen Nacken jedoch nicht.

»Aye, ich liebe dich. Er wollte mich zwingen, ihn zu heiraten«, sagte sie mit zitternder Stimme. »Der Mann, der meine Schwester getötet hat.«

»Das spielt jetzt keine Rolle mehr. Er wird dich nie wieder belästigen. Ich bringe dich ins Haus, wo es warm ist.«

Das Fallgatter war offen, und Aedans Männer hatten eine Reihe am Eingang gebildet. Offenbar warteten sie darauf, ob noch ein anderer von Munros Schergen es wagte, aufzutauchen. Einige der Männer nickten ihm zu, als sie vorbeigingen. Andere hielten Munros Männer zurück, nahmen ihnen die Waffen ab und durchsuchten sie.

Ruari trug Juliana in die große Halle und

brachte sie direkt an den Kamin. Er suchte sich einen Stuhl und ließ sich darauf nieder, während er sie auf seinem Schoß wiegte. Aedan kam sofort an seine Seite. »Munro?«

»Tot. Am Fuße des Hügels hinter der Mauer.«

»Seine Männer haben schnell aufgegeben. Nicht besonders loyal. Einige haben bereits darum gebettelt, unserem Clan beitreten zu dürfen. Gibt es sonst noch etwas zu berichten?«

»Nur, dass wir hinten einen unmarkierten Friedhof entdeckt haben. Ziemlich verdächtig. Habt ihr Neil gefunden?«

»Er war im Kerker. Sie bringen ihn gerade hoch. Sobald ich weiß, ob er gesund ist, kümmere ich mich um die Sache mit dem Friedhof.«

Die Halle sah aus, als hätte eine Schlacht stattgefunden, zerbrochene Möbel bedeckten den schmutzigen Boden, während die Cameron-Wachen alle Männer mit Verletzungen an das andere Ende der Halle brachten, um sie zu versorgen. Die Dienstmädchen kauerten weinend in einer Ecke, aber die Männer taten ihr Bestes, um sie zu beruhigen.

Ein paar Augenblicke vergingen, und Neil tauchte schließlich in der Halle auf. Er näherte sich der Feuerstelle und setzte sich auf einen der freien Stühle, Aedan hinter ihm.

»Geht es dir gut?«, fragte Ruari.

Der Mann wirkte müde und angeschlagen. Ruari hatte ihn noch nie älter aussehen sehen.

Er wischte sich mit seinem Rock den Schmutz aus dem Gesicht. »Ich nehme an, ich schulde euch beiden eine Entschuldigung.«

»Was du uns schuldest, ist eine Erklärung. Was wollte Munro von dir?«, fragte Aedan, die Hände in die Hüften gestemmt, während er über dem Mann stand.

Ruari sah Aedan nicht oft so aufgebracht, wie er es in diesem Moment war.

Neil allerdings hielt nur seine Hand hoch. »Wasser? Könnte ich zuerst etwas zu trinken haben? Dann werde ich alles erklären.«

Aedan winkte einem seiner Männer, Neil etwas zu trinken zu holen, dann sagte er: »Wenn Ruari dir nicht gefolgt wäre, hätten wir keine Ahnung gehabt, dass du und Juliana hier seid. Was auch immer du getan hast, du hast damit viele Leben in Gefahr gebracht.«

Juliana hatte sich endlich beruhigt und schmiegte sich an Ruari, ihren Kopf an seine Schulter gelehnt. Ihre Hand strich leicht über seinen Unterarm, als hätte sie Angst, er könnte wieder verschwinden. Er küsste sie auf die Stirn und wartete auf Neils Erklärung.

Der ältere Mann griff nach dem Ale, das ihm eine der Wachen gebracht hatte, nahm ein paar kräftige Schlucke, dann sprach er endlich. »Aedan, ich trete von meinem Posten als dein Stellvertreter zurück, da ich der Position nicht mehr würdig bin. Ruari wird ein guter Zweiter sein.«

»Ich habe ihm die Position bereits angeboten, Neil. Sprich weiter.«

Er schürzte die Lippen, aber er hatte genug Verstand, um nicht zu widersprechen. »Ich habe mich in Julianas Schwester Joan verliebt, als ich ihr half, sie nach Lochluin Abbey zu begleiten.

Wir wurden Freunde, und sie vertraute mir den wahren Grund an, warum sie dort war.«

Julianas Vater trat hinter ihnen hervor und sagte: »Meine Tochter trug Munros Kind, aber sie weigerte sich, ihn zu heiraten. Sie sagte, sie hasse ihn.« Er ließ sich in einen nahen Stuhl fallen. »Juliana, ich kann mich nicht genug für meine Rolle in dieser Sache entschuldigen. Er hat versprochen, sich um sie zu kümmern, und sie war mit dem gemeinsamen Kind schwanger ... Ich wusste ja nicht, wie er wirklich ist.«

»Papa, hatte Joan einen Sohn? Ich habe dich durch die Tür mit Munro reden hören.«

»Nicht, dass ich wüsste. Deine Mutter hat mir erzählt, dass sie das Kleine verloren hat.«

Neil ließ den Kopf hängen, die Ellbogen jetzt auf den Knien.

»Neil?«, sagte Aedan.

Er setzte sich auf und schloss die Augen. »Ich habe deine Schwester geliebt, Juliana.«

Totenstille.

»Ich habe sie weiter besucht, und irgendwann war es um mich geschehen. Deine Mutter hat die Äbtissin überredet, sie so lange zu verstecken, bis sie das Kind bekommen hatte. Dann würde sie es jemandem überlassen, aber sie brachte es nicht übers Herz. Als sie ihre Tochter in den Armen hielt, konnte sie sie nicht hergeben.«

»Sie hatte keinen Sohn?«

Neil stützte die Ellbogen wieder auf die Knie. »Sie hatte eine Tochter, und nur die Äbtissin weiß, wo sie versteckt ist. Na ja, die Äbtissin und ein Wächter, der aber vor nicht allzu langer Zeit gestorben ist. Munro hat herausgefunden, dass ich etwas weiß, obwohl ich keine Ahnung habe, wie. Er dachte, ich wüsste, wo sein Kind ist, obwohl er nicht einmal wusste, dass er eine Tochter und keinen Sohn hat, und er versuchte, die Wahrheit aus mir herauszuprügeln.«

Aedan fragte: »Und du hast dieses Geheimnis all die Jahre bewahrt?«

»Ja, weil ich es ihr versprochen habe.«

Ein schuldvoller Blick schlich sich in Neils Gesicht, aber er verschwand mit einem Kopf-schütteln. »Wenigstens habe ich nicht meine eigene Frau umgebracht, wie dein Bruder.«

Ruari ging auf Neil zu, packte ihn beim Rock und holte mit der Faust aus, um ihn zu schlagen, aber Aedan hielt ihn auf.

»Was zum Teufel soll das heißen, Neil? Er war nicht mal in der Nähe seiner Frau, als sie vom Pferd fiel.«

Ruari ließ ihn los, damit er frei sprechen konnte.

»Wenn er sich nicht mit ihr gestritten hätte, wäre es nie passiert«, erklärte Neil mit einem zufriedenen Funkeln in den Augen.

Aedan sah seinen Bruder an und sagte: »Jetzt kannst du ihn schlagen.«

»Mit Vergnügen.« Bevor Neil wusste, wie ihm geschah, schlug Ruari ihn so kräftig, dass er umkippte.

Und er konnte sich ein Lächeln nicht verkneifen.

Als sie endlich wieder Heimatboden unter den

Füßen hatten, konnte Ruari immer noch nicht ganz begreifen, was er alles gehört hatte. Genauso wenig wie Juliana im Hinblick auf die Tatsache, dass sie irgendwo eine Nichte hatte.

Er küsste ihren Nacken, weil sie an ihn geschmiegt eingeschlafen war. »Wir sind fast da, Liebes«, flüsterte er. »Dann stecken wir dich in ordentliche Kleider.«

Dankbar nahm sie ein sauberes Gewand von einem der Dienstmädchen an.

Aber etwas nagte an ihm, als sie weiter in Richtung des Bergfrieds ritten.

»Aedan«, rief er seinem Bruder zu, der neben ihm stand. »Riechst du den Rauch?«

»Aye«, sagte er. Sie tauschten einen Blick aus, dann trieben beide Brüder ihre Pferde an, um schneller zu werden.

Je näher sie dem Cameron-Land kamen, desto stärker wurde der Geruch. Als sie sich näherten, bemerkten sie eine Brigade von Clanmitgliedern, die eimerweise Wasser in einer Reihe von einem Brunnen in Richtung des Bergfrieds weitergaben. Andere rannten in einer weniger organisierten Weise hin und her, Schreie der Angst und der Verzweiflung erfüllten die Luft.

Aedan stieg so schnell ab, dass Ruari ihn kaum sah.

»Jennie? Tara, Riley ... Brin!«

Jennie begrüßte ihn schnell und erklärte: »Den Kindern geht es allen gut. Keiner wurde verletzt.«

»Wo ist der Brandherd?«, fragte er, schob sich an Jennie vorbei und nahm ihre Hand.

Ruari folgte ihm und hielt Julianas Hand. Sie

war inzwischen so weit aufgewacht, dass sie selbst absteigen und auf eigenen Füßen laufen konnte. »Geh«, sagte sie und drückte seine Hand. »Ich warte hier. Der Rauch …«

Der Rauch war dichter, als er es je bei einem Bergfriedfeuer gesehen hatte. Es brauchte einiges, um Steine zum Brennen zu bringen.

»Wie hat es angefangen, Jennie? Wo?«, brüllte Aedan und hielt sich sein Hemd über das Gesicht, als er näher an den Rauch kam. »Ist das Feuer schon gelöscht?«

»Aye, deine Männer haben den Brand gelöscht.« Sie bog in eine der Hütten ein. »Deine Mutter, Aedan. Sie ist eingeschlafen und hat wohl eine Kerze zu nahe an die Felle neben der Feuerstelle gestellt. Wir haben sie rausgeholt, aber sie hat ziemlich viel Rauch eingeatmet. Ich habe sie hierher gebracht, sodass ich ein Auge auf sie haben kann.«

Sie führte die Brüder zu dem Bett, in dem seine Mutter lag und schwer atmete. »Aedan«, sagte sie und griff nach ihrem Sohn. »Geh wieder rein. Du musst … Ruari holen … mein armes Kind …«

»Mama, Ruari ist hier.« Aedan griff nach ihm und zog ihn näher zu sich heran.

»Mama, mir geht's gut. Ich bin ja da.« Er kniete sich neben das Bett, sodass sie sein Gesicht sehen konnte.

Ihre Hand griff nach seiner Wange, aber zu seiner Überraschung sagte sie: »Nein. Ruari ist erst zehn. Er ist noch ein Junge. Du musst ihn rausholen.«

»Hier ist er, Mama«, sagte Aedan. »Es geht ihm

gut.« Etwas blitzte in seinen Augen auf, und sein Blick fiel auf Brin, der sich zu ihnen in die Hütte gesellt hatte. Aedan beugte sich zu seinem Sohn hinunter und flüsterte: »Sag ihr einfach, dass es dir gut geht.«

»Mir geht es gut«, sagte Brin.

»Mama. Sag Mama.«

Brin wiederholte. »Es geht mir gut, Mama.«

»Oh, dem Herrn da oben sei Dank. Ruari, ich habe mir solche Sorgen um dich gemacht. Und jetzt musst du aufhören, dir Sorgen zu machen, dass Aedan der Chieftain ist und du nicht«, sagte sie, und ihre Augen fielen zu.

Jennie klopfte Brin auf den Rücken und sagte: »Gut gemacht. Du kannst wieder nach draußen gehen. Geh zu den Ställen, weg vom Rauch, Brin.« Er huschte davon.

Ruari starrte seinen Bruder entsetzt an. »Hat sie jetzt ihren Verstand verloren?«

Jennie tätschelte sein Handgelenk und sagte: »Ihr Geist ist schon seit Langem weg, Ruari. Sie ist mal da und mal nicht. Es kommt auf den Tag an.«

Ruari starrte seine Mutter an und versuchte zu begreifen, was das bedeutete.

»Du hast es nicht bemerkt?«, fragte Aedan.

Ruari kratzte sich am Kopf und starrte immer noch auf seine Mutter, die schlafend im Bett lag. »Ich wusste, dass sie manchmal verwirrt war, aber ich hätte nicht gedacht, dass sie gänzlich von Sinnen ist.«

»Sie hält dich bereits seit einer ganzen Weile für zehn«, sagte Jennie. »Das passiert oft mit älteren

Menschen. Sie besinnen sich auf ihre Lieblings-
zeiten in ihrem Leben zurück. Als dein Vater
noch lebte und du und Aedan noch jünger wart.
Sie liebt dich immer noch.« Sie ging hinaus und
sagte: »Ich schaue mal, ob mich noch jemand
braucht, Aedan.«

Aedan sah ihn nachdenklich an. »Glaubst du
wirklich, dass sie dich als Mann weniger schätzt
als mich?«, fragte er. »Auf keinen Fall. Sie hielt
dich für zu jung.« Dann grinste er ihn an und
klopfte ihm auf den Rücken.

Seine Mutter wachte auf und sagte: »Ruari, wo
bist du? Ruari, komm, setz dich zu mir.«

»Du warst immer ihr Liebling«, fuhr Aedan fort,
ohne jeden Groll.

Ruari setzte sich auf den Hocker neben dem
Bett und griff nach der Hand seiner Mutter. Er
sagte nichts, aus Angst, seine tiefe Stimme würde
sie verwirren. Er wollte, dass sie dachte, was
immer sie wünschte. Was auch immer ihr Trost
spendete.

»Das ist mein Junge.«

Sie schloss ihre Augen und schlief wieder ein.

Er starrte seine liebe Mutter an und fragte sich,
warum er so blind für ihren Zustand gewesen
war. Zwar sprach sie manchmal mit ihm wie
mit einem kleinen Jungen, aber das tat sie nur
im Dunkeln. Er hatte sich eingeredet, dass ihre
Gedanken des Abends abschweifen, wenn sie
müde war.

»Es tut mir so leid, Mama«, sagte er und küsste
sie auf die Wange. »Ich hätte dich öfter besuchen
sollen.«

Er wischte sich über die Augen, hielt immer noch ihre Hand, um sie aufzuwärmen. »Die ganze Zeit dachte ich, du würdest nicht an mich glauben. Ich habe dir fälschlicherweise vorgeworfen, dass du denkst, Aedan sei der bessere Mann. Aber für dich war er einfach der ältere Mann.«

Er starrte an die Decke und tat sein Bestes, um die Tränen in seinen Augen zurückzuhalten.

»Verdammt.«

Er saß lange Zeit da, starrte auf das schlafende Gesicht seiner Mutter und fragte sich, wie er sie so hatte missverstehen können.

Dann traf ihn plötzlich die Erkenntnis.

»Weil ich es missverstehen wollte.«

KAPITEL NEUNUNDZWANZIG

RUARI LAG IM Bett neben seiner neuen Frau. Er hatte es nie für möglich gehalten, so glücklich zu sein. Wie oft er ihr das bereits gesagt hatte.

Sie hatten in aller Stille geheiratet, obwohl ihr Sire bei der Hochzeit anwesend war. Er war danach sofort nach Hause zurückgekehrt, weil er sich nach all dem, was passiert war, ausruhen musste.

Besonders seit sie erfahren hatten, dass auf dem Friedhof hinter Munros Burg die Gebeine seiner drei Ehefrauen lagen. Seiner drei toten Ehefrauen - etwas, das ihr Vater nur schwer akzeptieren konnte. Obwohl Juliana einige Zeit gebraucht hatte, um den Schock über diese Entdeckung zu überwinden, hatte ihr das Glück der letzten vierzehn Tage sehr geholfen.

Sie wälzte sich im Bett, streckte die Arme aus und griff dann nach ihm. »Werde ich deiner jemals überdrüssig, Ehemann? Mach Liebe mit mir.«

»Bist du sicher? Du bist nicht wund von letzter Nacht?«

»Niemals.«

Ruari küsste sie zärtlich, aber sie streckte ihm die Zunge in den Mund, bereit für ein Duell.

Er beendete den Kuss mit einem Knurren, stützte sich auf die Ellbogen und lehnte sich über sie. »Vorsicht, Juliana, du weckst Bedürfnisse in mir, die ich nicht kontrollieren kann. Ich hatte vor, es zärtlich und langsam anzugehen.«

Sie lachte und griff nach ihm und brachte ihn an ihren Eingang, was beide ungemein erregte. »Ruari, werde ich dessen jemals überdrüssig?«

Er flüsterte ihr ins Ohr: »Nimm mich in dich auf. Zeig mir den Weg.« Sie spreizte ihre Beine und führte ihn, bis er mit einem Stöhnen in sie eindrang und einen Moment innehielt, um sicherzugehen, dass es ihr keine Schmerzen bereitete.

»Mehr«, flüsterte sie.

Er gab ihr, was sie wollte, steigerte seinen Rhythmus, bis sie sich ihm anpasste und sie das Bett zum Wackeln brachten. Als sie so feucht war, dass er es nicht mehr aushalten konnte, sagte er: »Ich kann nicht mehr lange durchhalten, Liebes. Bist du auch soweit?«

Sie spreizte ihre Beine noch weiter und antwortete ihm mit einem Stöhnen, ihre inneren Muskeln zogen sich zusammen, als sie vor Lust zuckte und seinen Namen schrie. Sie stürzten gemeinsam in den Abgrund der Lust.

Später lagen sie sich keuchend in den Armen. Er streichelte ihren Hals mit winzigen Küssen, einfach weil er nicht in der Lage war, zu sprechen.

Er rollte sich auf den Rücken und drückte sie

an sich, wobei er vor Vergnügen seufzte.

»Ruari, weißt du, was mich traurig macht?«, flüsterte sie und ihre Hände spielten mit den Haaren auf seiner Brust.

»Hm?«

»Dass meine Schwester die Liebe nie so kennengelernt hat, wie sie eigentlich sein sollte.«

Wenn Juliana nicht gewesen wäre, hätte er es auch nie erfahren.

Juliana drückte Ruaris Hand, als sie sich der Abtei von Stonecroft näherten. Er half ihr vom Pferd herunter und küsste sie auf die Wange.

»Bist du glücklich, Frau?«

»Oh ja.«

»Gut, denn ich war noch nie glücklicher.«

Ruari hatte sein neues Amt als Aedans Stellvertreter angetreten, mit Padraig als seinem Assistenten. Sie waren in die Turmkammer gezogen, die die Frauen des Clans für sie restauriert hatten, und Ruaris Mutter war in eine Kammer abseits der großen Halle verlegt worden. Es würde für alle einfacher sein, sie im Auge zu behalten, denn die Türöffnung war verbreitert worden.

Das Leben war gut.

Juliana blickte ihren Mann an, den Mann, den sie abgöttisch liebte. Sie erinnerte sich an das Gespräch, das er mit Aedan darüber geführt hatte, dass es ihn ein Feuer und ein Gewitter und ein süßes Mädchen gekostet hatte, um endlich zu sich selbst zu finden, aber was sie betraf, hatte Padraig recht.

»Du wusstest, wer du bist, als du deinem Bruder sagtest, Juliana sei wichtiger, als sein Stellvertreter zu sein«, hatte er gesagt. »Du brauchtest das Feuer nicht, um dich davon zu überzeugen.«

Sie liebte es, dass er das über sie gesagt hatte.

Sie hatten mit der Äbtissin gesprochen, die bestätigte, dass Juliana tatsächlich eine Nichte hatte. Außerdem hatte sie sie kennengelernt.

Und so waren sie an diesem wolkenverhangenen Tag nach Stonecroft Abbey gekommen, damit die Äbtissin sie zu Joans Tochter bringen konnte. Bevor sie durch die Vordertür traten, verspürte Juliana den seltsamen Drang, zur Rückseite der Abtei zu gehen, also zerrte sie an Ruaris Hand und führte ihn in diese Richtung, ohne zu erklären, warum.

Er stellte nicht infrage, was sie tat, und dafür liebte sie ihn. Stattdessen folgte er ihr durch einen kleinen Garten und um eine Steinmauer herum. In dem Moment, als sie um die Mauer trat, keuchte sie auf. Sie hob ihren Blick zu ihm, um zu sehen, ob er es bemerkt hatte.

Er flüsterte: »Das ist genau die Szene in deinem Wandteppich.«

Sie lachte und hob die Hände in Richtung der Sonne, die gerade aus den Wolken hervorlugte und sie beide mit ihren warmen Strahlen überschüttete. Dort, auf der anderen Seite der Lavendelwiese, stand ihre Nichte.

Sie war das fehlende Stück in ihrem Quilt.

Das Mädchen lächelte und kam auf sie zu, Juliana wiederum ließ die Hand ihres Mannes fallen und eilte ihr entgegen.

Ihre Hände zitterten, als das Mädchen vor ihr zum Stehen kam.

»Ich bin so froh, dass du zurückgekommen bist«, sagte Anora und eilte herbei, um sie zu umarmen. »Wir vermissen Schwester Joan furchtbar. Was wirst du nur ohne sie tun?«

Juliana bemerkte eine Bank neben ihnen, sodass sie das Mädchen dorthin führte, während sie Ruari zuwinkte, sich zu ihnen zu setzen. »Setz dich, Anora.«

Das Mädchen tat, wie ihr geheißen, und Juliana konnte nicht anders, als sie anzustarren.

Sie sah tatsächlich aus wie ihre liebe Schwester Joan.

Wie hatte sie das nur beim ersten Mal übersehen können? Ihre Augen waren anders, aber ihr Lächeln war das von Joan und ihre Haarfarbe auch.

»Weißt du noch, wie du mir gesagt hast, dass du wissen willst, woher du kommst?«

Anora nickte.

»Ich bin hier, um dir die Wahrheit zu sagen. Schwester Joan war deine Mutter.«

Anoras Kinnlade fiel herunter, und sie stand auf und starrte sie an.

»Du bist meine Nichte, und ich bin hier, um dich nach Hause zu bringen.«

Zwei Monde später schritt Ruari in ihrem Turmzimmer umher und wünschte, er könnte etwas tun, um seiner Frau zu helfen. Juliana umklammerte die Waschschüssel, während Anora ihr die Stirn abwischte. »Stell dir nur vor, wie schön es sein wird, wenn du dein eigenes Kind in den Armen hältst, Tantchen.«

Juliana stöhnte. »Ich weiß.« Sie spülte sich zum vierten Mal an diesem Tag den Mund aus. Er küsste sie auf die Wange und sagte: »Ich gehe etwas frisches Wasser holen und vielleicht einen kleinen Bissen Brot für dich.« Er verließ die Kammer in Eile, weil er so schnell wie möglich zu ihr zurückkehren wollte. Seine Zuneigung zu ihr war seit den Vorfällen der letzten Zeit nur noch größer geworden, und er hasste es, seine Frau leiden zu sehen. Er wünschte sich inständig, sie würde die Geburt bald hinter sich haben.

Brin lag auf dem Boden, nicht weit von der Tür entfernt, und spielte mit Heckie. Er warf einen großen Stock quer durch den Raum, während der Hund ihm hinterherhüpfte und ihn ankläffte, als wäre er lebendig.

»Heckie wird schon groß, Brin. Du machst das gut mit seiner Erziehung.«

Die Tür zum Innenhof öffnete sich mit einem Knall, und Neil schritt herein, Aedan direkt hinter ihm. »Halt, Neil. Das ist ein Befehl, den du besser nicht ignorierst.«

Aedans Blick wanderte zu Ruari, der bereits in Richtung der Küche unterwegs war. »Ich denke, du solltest bleiben und dir das anhören.«

Ruari hatte keine Ahnung, was vor sich ging, aber er gehorchte seinem Bruder und wartete ab, was als Nächstes passieren würde. Ein weiterer Mann kam hinter Aedan zur Tür herein, aber er blieb stehen und wartete auf Anweisungen.

Neil blieb stehen, drehte sich auf dem Absatz um und sah aus, als wolle er sich mit Aedan prügeln, aber Heckie rannte heran und versuchte, ihm in den Knöchel zu beißen.

»Lass mich verdammt noch mal in Ruhe, du kleiner Bastard.« Neil trat nach dem jungen Hund und schickte ihn quer durch die Halle.

Brin jagte ihm hinterher und kläffte genauso laut wie das Tier.

»Neil, ich warne dich«, sagte Aedan. »Du wirst uns Rede und Antwort stehen wie ein Mann.«

Neil stemmte die Hände in die Hüften und starrte erst Ruari, dann den Mann an der Tür und schließlich Aedan an. »Gut. Wie du möchtest.«

Aedan wies auf den Besucher. »Ruari, das ist einer von Munros Wächtern, der sich kürzlich unserem Clan angeschlossen hat. Er meinte, er hätte einige wichtige Informationen zu teilen. Etwas, das vor drei Jahren passiert ist.«

Ruari rückte näher, um sicherzugehen, dass er hören konnte, was gesagt wurde. »Fahr fort.«

Der Wächter nickte Aedan und Ruari zu, dann sagte er: »Mein Herr und Chieftain, es ist drei Jahre her, als ich diesen Mann vor mir sah.« Er zeigte auf Neil und fuhr dann fort: »Er unterhielt sich mit einer schönen dunkelhaarigen Frau zu Pferde. Sie wurde so wütend auf ihn, dass sie mit ihrem Pferd über ein Feld galoppierte, das nur für Trab geeignet war. Er setzte ihr nach und schrie sie an, anzuhalten, aber sie tat es nicht. Einmal drehte sie ihren Kopf, um ihn anzuschreien, aber es war ein schlechter Zeitpunkt, sich umzudrehen. Ihr Pferd übersah einen Baumstamm, fiel auf sein Vorderbein und schleuderte sie durch die Luft. Sie landete ungünstig und brach sich das Genick. Ich habe ihm geholfen, sie wieder aufs Pferd zu setzen, sodass er sie zu Eurer Burg zurückbringen konnte, um sie zu begraben.«

Aedan nickte dem Mann zu. »Vielen Dank. Du kannst gehen.«

Sie sahen zu, wie der Mann ging, während Ruaris Inneres in hellem Aufruhr war. Was zum Teufel hatte das zu bedeuten?

Schließlich, nachdem sich die Tür geschlossen hatte, wandte sich Ruari an Neil und flüsterte: »Du warst also der Grund, warum sie so schnell geflohen ist? Nicht ich?«

Neils Gesicht durchlief mehrere Gefühlsregungen, bevor er sich auf Traurigkeit oder vielleicht Bedauern besann. »Ich sah sie reiten, also bin ich ihr gefolgt. Ich wollte wissen, warum ihr beide gestritten habt.«

Aedan sagte: »Und du hast sie noch mehr verärgert. Was hast du zu ihr gesagt?«

»Ich sagte ihr, Ruari sei ein Narr. Dass sie jemanden wie mich hätte heiraten sollen. Ich habe es natürlich nicht so gemeint, aber ich war allein. Die Frau, die ich liebte, war eine Nonne. Ich wollte ...«

»Du wolltest, dass mein Bruder genauso unglücklich wird wie du.«

Neil sagte nichts, sondern schaute Ruari nur an. »Ich habe gelogen, und das hätte ich nicht tun sollen. Nicht die erste Lüge, die je in unserem Clan erzählt wurde.«

»Aber die Folgen deiner Lüge lasten so schwer

auf deinem Gewissen, dass du alles getan hast, um die Schuld auf meinen Bruder zu schieben.«

Neil sagte nichts, sondern schritt einfach zur Tür.

Aedan rief: »Neil! Warte!«

Neil blieb stehen, drehte sich aber nicht um.

»Du hast zehn Minuten, um deine Sachen zu holen. Ich verbanne dich hiermit vom Land der Cameron.«

EPILOG

Etwa sieben Monate später

RUARI HIELT SEINEN neugeborenen Sohn in den Armen und wiegte seinen Kopf vorsichtig, wie Juliana es ihm beigebracht hatte. Er trug ihn hinüber zu seiner Mutter, die an der großen Feuerstelle saß und ein Plaid auf ihrem Schoß hatte.

»Lass mich den Kleinen halten. Er ist so ein hübscher Junge, nicht wahr?« Sie streckte ihre Arme nach dem kleinen Kerlchen aus.

»Ja, das ist er, Mama. Hier, bei dir ist er besser aufgehoben.«

Er legte ihr den Kleinen in den Schoß und stellte sich neben sie, um sicherzugehen, dass sie ihn fest genug hielt. Juliana saß in der Nähe, Anora neben ihr. Jennie und Aedan saßen ihnen auf zwei Stühlen gegenüber, während sich ihre drei Kinder auf dem Boden vor dem Kamin niedergelassen hatten.

»Wie sollen wir ihn nennen, Mama?«, fragte Ruari. Er und Juliana hatten über mögliche Namen diskutiert, waren aber zu keiner endgültigen Entscheidung gekommen, obwohl sie ein paar Favoriten hatten.

»Ich bin mir nicht sicher. Was denkst du, Aedan?«

»Dawy? Ludan?«

»Nay«, erwiderten Tara und Riley unisono.

Jennie sagte: »Was denkst du, Juliana? Du bist seine Mutter.«

»Ich mag Coll«, schlug sie vor.

Er wusste, dass Coll einer ihrer Lieblingsnamen war, und er mochte ihn auch.

Seine Mutter sagte: »Nein, das passt nicht ganz.« Sie blickte auf das schlafende Kind hinunter und rieb mit der Handfläche vorsichtig über seinen kahlen Kopf. »Meinst du, sein Haar ist rot?«

»Was ist mit Ross? Oder Mirren?«, fragte Brin.

Viele Namen flogen durch den Raum, ohne dass sie sich auf einen bestimmten einigen konnten, als seine Mutter schließlich ziemlich laut sagte: »Ich hab's!«

»Was?«, fragte Jennie.

»Ruari, er sieht aus wie ein Ruari.«

Der ganze Saal brach in Gelächter aus, aber alles, was Ruari tun konnte, war, sich hinunterzubeugen und seine Mutter zu küssen. »Ich glaube, das ist perfekt, Mama. Wir werden ihn Coll Ruari nennen.«

~ Ende ~

LIEBE LESERINNEN & Leser,

Vielen Dank fürs Lesen! Wie immer würde ich mich sehr über Rezensionen freuen. Melden Sie sich auch gerne für meinen Newsletter auf meiner Website an, unter www.keiramontclair. com. Bei jeder Neuveröffentlichung sind Sie dann unter den Ersten, die davon erfahren.

Eine andere Möglichkeit, über meine Neuerscheinungen auf dem Laufenden zu bleiben, ist, mir auf BookBub zu folgen. Klicken Sie dazu einfach auf den entsprechenden Button in der oberen rechten Ecke meiner Profilseite. Sie können auch eine Rezension auf BookBub schreiben.

Keira Montclair

www.keiramontclair.com
http://facebook.com/KeiraMontclair/
http://www.pinterest.com/KeiraMontclair/

WEITERE BÜCHER VON KEIRA MONTCLAIR

IM FOLGENDEN FINDEN Sie eine Liste der Werke, die ich im Laufe des Jahres 2021 übersetzen lasse. Meine deutschen Leserinnen und Leser bitte ich um Geduld, auch wenn ich mit Hochdruck daran arbeite, die Bücher schnellstmöglich für den deutschen Markt verfügbar zu machen. Dazu beschäftige ich ein handverlesenes Team aus Übersetzerinnen und Übersetzern, die jeweils unterschiedliche Buchreihen bearbeiten, um Ihre Wartezeit so kurz wie möglich zu gestalten.

HIGHLANDSCHWERTER
DER VERRAT DER SCHOTTIN
DIE SCHOTTISCHE SPIONIN
DIE JAGD DES SCHOTTEN
DIE PRÜFUNG DES SCHOTTEN
Buch 5 & 6: Bald erscheinend

DIE CLAN GRANT-SERIE
#1-BEFREIT VON EINEM HIGHLANDER-
Alex und Maddie

ÜBER DIE AUTORIN

KEIRA MONTCLAIR IST das Pseudonym einer Schriftstellerin, die mit ihrem Mann in South Carolina lebt. Sie liebt es, rasante, emotionale Liebesromane zu schreiben, am liebsten mit Kindern als Nebenfiguren in ihren Geschichten.

Früher hat sie als Krankenschwester in der Pädiatrie und in der Intensivpflege gearbeitet. Eine weitere Leidenschaft von ihr ist das Unterrichten. Sie lehrte sowohl Mathematik an der Highschool als auch praktische Krankenpflege.

Jetzt widmet sie ihre Zeit am liebsten dem Schreiben, aber alle Zeit der Welt würde nicht reichen, um alle Ideen zu Papier zu bringen, die sich noch in ihrem Kopf tummeln! Ihre Clan-Grant-Highlander-Serie, die aus acht eigenständigen Romanen besteht, ist bei den Lesern sehr beliebt. Ihre dritte Buchreihe, Der Highland Clan, die zwanzig Jahre nach der Clan Grant-Reihe spielt, konzentriert sich auf die Nachfahren der Grant/Ramsay. Wer es lieber etwas zeitgenössischer mag, dem seien ihre Bücher ans Herz gelegt, die an den Finger Lakes in West New York spielen. Ihre neueste Serie, Highlandschwerter, basiert auf der Serie Der Highland Clan, ist aber eine eigenständige Geschichte.

Kontaktieren Sie sie per E-Mail
keiramontclair@gmail.com
Website: *www.keiramontclair.com*